Felicidade

Temporá

1ª Impressão 2014
Produção Editorial - Editora Charme
Tradutora - Flavia Rocha

Este livro segue as regras da Nova Ortografia da Língua Portuguesa.

CIP-BRASIL, CATALOGAÇÃO NA PUBLICAÇÃO
SINDICATO NACIONAL DE EDITORES DE LIVROS, RJ

S835i
Harvey, BJ
Felicidade Temporária / Temporary Bliss
Série Bliss - Livro 1
Editora Charme, 2014.

ISBN: 978-85-68056-02-8
1. Romance Estrangeiro

CDD 813
CDU 821.111(73)3

Editora
Charme

CEP: 13034-810
www.editoracharme.com.br

Série Bliss

BJ Harvey

Capítulo 1
Garoto Estúpido

Estou sentada na cama, em nosso sombrio apartamento de um quarto, tendo sobrevivido a mais um dia de vida em Dalton, Ohio, sem emprego, sem estudar e, efetivamente, sem vida. Estou esperando meu namorado Beau chegar em casa do trabalho. Ele trabalha como mecânico em uma oficina no final da rua, e normalmente termina o expediente por volta das 18:00h. Eu sei que ele estará em casa em breve, mesmo que seja apenas para verificar se estou aqui, esperando por ele. Ele sempre foi um pouco possessivo, o que costumava me fazer sentir desejada e querida, mas isso parece ter aumentado nos últimos seis meses.

Beau e eu nos conhecemos em nosso último ano no colégio. Ele era um aluno que veio transferido, e entrou no colégio faltando poucos meses para a formatura. Ele me perseguiu fervorosamente e, apesar de meus pais se preocuparem com o fato da sua superprotegida filha estar saindo com novo *bad boy* do bairro, nos apaixonamos, e nos apaixonamos loucamente.

Sua marca registrada era a jaqueta de couro preta e o jeans escuro que ele sempre usava, e que fazia parte do seu guarda-roupa básico. Às vezes, ele usava uma regata branca, no verão, mas sempre que saíamos, ele usava aquela jaqueta e uma camisa por baixo. Não me lembro de um dia sequer que ele tenha usado bermuda, e eu só via suas pernas quando estávamos na cama. Seu cabelo negro era um pouco comprido demais, mas ele sempre conseguia deixá-lo com boa aparência. Seus olhos eram de um azul profundo, que poderia deixá-la nua apenas com um olhar ardente. Sim, ele era O cara.

Ele me prometeu o mundo e muito mais. Nós estacionávamos à beira do lago e conversávamos sobre o futuro, sobre a nossa vida juntos e todas as coisas que poderíamos alcançar. Era um daqueles romances do ensino médio que você lê por aí. Naquela época, eu era uma menina ingênua, de dezoito anos de idade, um tanto inocente e impressionável, que acreditava que ele realmente podia me dar o mundo.

Nós estávamos juntos há um ano quando ele perdeu o emprego em Chicago e eu comecei a perceber uma mudança nele. O seu sorriso, sempre presente quando estávamos juntos, se foi; e a cada dia, ele ficava mais e mais distante e parecia como se ele estivesse carregando o peso do mundo sobre seus ombros.

Então, ele recebeu uma oferta de trabalho de seu tio em Dalton, Ohio. Ele precisava de um mecânico e queria ajudar Beau. Beau me pediu para ir com ele e disse que me amava e não podia viver sem mim.

Meus pais e minha melhor amiga, Kate, foram completamente contra a ideia. Eles tinham notado a mudança de Beau. Eles nunca estiveram satisfeitos com o nosso relacionamento e, obviamente, eles não tiveram nenhum constrangimento em expressar suas preocupações a respeito da minha mudança para outro estado, para viver com o meu namorado "bad boy", e foram veementemente contra eu desistir da escola de enfermagem para fazer isso.

No final, Beau usou o ás que ele tinha na manga, algo que eu não esperava, até que fosse tarde demais.

Ele me chantageou para que eu me mudasse com ele.

Uma noite estávamos deitados na cama, depois de fazermos amor, e eu estava presa na névoa do pós-sexo, pensando em coelhinhos felpudos e arco-íris. Ele virou-se e afastou o cabelo do meu rosto: — Eu não posso deixá-la para trás, então eu decidi que você virá comigo, Mac. Somos eu e você contra o mundo. Eu não posso sobreviver sem você, baby.

E assim foi decidido.

A questão da chantagem emocional é muito mais fácil de perceber o que está acontecendo quando você está fora da situação. Quando você está no centro de tudo, você não pode ver as árvores no meio da floresta.

Apesar das minhas profundas reservas e do comportamento cada vez mais perturbador que Beau estava exibindo para mim, eu fui com ele. Eu acreditava que uma mudança de cenário lhe faria bem.

Menos de um mês após a nossa chegada em Ohio, seu lado possessivo se intensificou. Ele fez um novo grupo de amigos na oficina, que adorava festas, beber, fumar maconha e fazer sexo. Como Beau fazia sexo comigo, ele mergulhou de cabeça no lado das bebidas e drogas dessa equação. Muitas vezes, ele sumia por dias ou faltava ao trabalho porque estava de ressaca.

As coisas têm estado tão ruins, que eu estou começando a achar que o meu doce e amoroso namorado do colégio era apenas fingimento. Sempre que estamos em público, ele é todo carinhoso comigo, me dizendo que sou sua, mas por trás da porta fechada do nosso apartamento, ele fica distante e indiferente. Quando está bêbado, ele me repreende e me deixa para baixo constantemente. Ele reclama que eu sou um fardo para ele e do quanto ele trabalha para nos sustentar, e que eu deveria ser mais grata.

Então aqui estou eu, sem emprego, sem faculdade para me manter ocupada, e a única pessoa que tenho perto de mim é Beau. Ele parece gostar da ideia de que eu preciso dele e não posso ficar sem ele. Todo dia, ele chega em casa do trabalho e me pressiona para saber onde eu estive, quem eu vi, e o que eu fiz naquele dia. Eu costumava ver isso como um sinal do seu amor por mim, e a menina ingênua que eu ainda era tinha esperança de que eu pudesse ter o meu velho Beau de volta.

As coisas estão tão ruins agora, que eu tive que colocar senha no meu celular. Ele tem verificado minhas mensagens, para ver com quem eu falo, questionando quem tem me enviado mensagens, além de me ligar durante o dia, enquanto ele está no trabalho, para se certificar de que estou em casa. Ele também deixou claro que, como ele é o único que está trabalhando e nos bancando para vivermos aqui, então tudo o que eu tenho é por causa dele e que eu deveria ser grata.

Certas noites, quando ele vem para casa, ele me repreende. Ele fica bem na minha cara, ameaçando me expulsar de casa e que nunca mais vai me ver de novo; dizendo que eu não posso sobreviver sem ele, e que eu não deveria sequer tentar dizer não a ele.

Eu comecei a pensar em maneiras de escapar dessa vida, e para ser honesta, como escapar de Beau. Eu não quero viver mais aqui, esta não é a vida que eu imaginava para mim quando concluí o ensino médio.

Eu nasci e cresci em Chicago. E é lá onde o meu coração está, mas quando se é jovem e está apaixonada, você se dispõe a ir a qualquer lugar para ficar com quem você ama. No início, essa era a minha filosofia idealista. Antes de Beau começar a mudar e se tornar a concha vazia do cara que eu conheci na escola.

Tenho lutado para manter as aparências com Beau, e estou achando quase impossível esconder o meu crescente desagrado pelo seu lado possessivo, sua capacidade de me rasgar com suas palavras de ódio, fora as noitadas cheias de álcool, maconha, e Deus sabe mais o quê.

O meu problema é que estou presa. Sem amigos, sem dinheiro, sem esperança de conseguir escapar. Beau disse várias vezes que ele nunca vai desistir de mim; que eu sou sua garota. Eu também sei que ele nunca vai me deixar. Tem que acontecer algo realmente importante para ele me deixar ir.

Às 16:30h de hoje, algo importante se tornou a pior notícia da minha vida.

Enquanto eu estava sentada no banheiro do posto de saúde, observando o bastão de plástico mostrar, lentamente, uma linha cor de rosa e depois outra, meus planos como eu imaginava estavam indo pelo vaso sanitário, assim como o xixi que saía do pote de exames.

Fiquei em transe enquanto o médico explicava a necessidade do exame pré-natal e as vitaminas que eu tinha que tomar. Me parabenizando, quando tudo que eu queria fazer era ter um colapso e chorar. Nós sempre nos prevenimos, mais eu do que Beau, então eu sempre tomei injeção anticoncepcional desde que saí de Chicago. A última coisa que eu precisava agora era engravidar e destruir a minha vida, com minha alma presa a Beau, vivendo longe da minha melhor amiga e dos meus pais.

Agora, a vida decidiu que eu preciso de mais um desafio.

Saí do posto de saúde e fui para casa em transe, uma miríade de possibilidades passando pela minha cabeça. O médico, percebendo que eu não estava muito feliz com a notícia inesperada, me deu folhetos sobre as minhas diferentes opções. Aborto ou adoção. Bem, há também a opção C: ficar na minha relação disfuncional com o meu namorado possessivo emocionalmente abusivo e criar um bebê com ele. Essas são as minhas opções.

Fan-assustadoramente-tástico.

É por isso que estou aqui, sentada no sofá, esperando a bomba explodir. Eu consigo até me lembrar a noite exata da concepção. Era a noite do meu vigésimo aniversário. Nós tínhamos ido a um bar, aqui perto, para beber shots de tequila e cerveja, e dançar músicas da jukebox. Beau disse que eu deveria me divertir, já que era meu aniversário. Ele até convidou alguns de seus novos "amigos" para se juntarem a nós. Pegamos um táxi para casa e tropeçamos na porta. Beau tinha aquele olhar, que sinalizava que ele ia fazer alguma coisa ruim. Logo, eu estava inclinada no sofá, minha bunda para cima, com Beau me fodendo por trás. Eu estava bêbada demais para discutir, ou perceber se ele estava usando preservativo ou não.

Eu estava muito longe.

Mais ou menos como eu estou agora. Eu estou longe demais para pensar sobre isso de forma racional ou com cautela. Eu sei que existem outras opções, mas com Beau Gregory na minha vida, não vale a pena sequer considerar.

Beau chegou tarde em casa, algumas horas depois de ele ter saído do trabalho. Eu sei que ele já está completamente bêbado, pelo fedor de cerveja velha que exala quando ele me beija longa e fortemente para me dizer *Olá*. Ele só é carinhoso quando está bêbado.

Durante toda a noite, eu fiquei me preparando para lhe contar sobre o bebê. Vou até o sofá e me sento.

— Beau, eu tenho algo a lhe dizer — eu falo, tomando cuidado para manter meu tom tão firme e sem emoção quanto possível.

— O que foi, querida? — ele pergunta com os olhos semiabertos, deitando no sofá em meu colo.

— Estou grávida.

Você poderia ouvir um alfinete cair, pelo tempo que levou para as minhas palavras serem absorvidas, mas assim que isso aconteceu, eu pude ver a mudança em seu rosto. Ele sentou-se abruptamente, me dando um susto.

— Que merda é essa que você está falando? — ele grita, pulando do sofá e andando pela sala.

— Estou grávida, de aproximadamente oito semanas — eu digo, ficando de pé na frente dele, incapaz de olhá-lo nos olhos. Por que eu sinto como se isso fosse culpa minha?

— Pelo amor de Deus, Mac. Eu não quero nenhuma maldita criança, nem agora, e provavelmente nunca. Como você pode ser tão estúpida?

Talvez fossem os hormônios, ou talvez isso tenha sido a gota d'água que fez o copo transbordar, mas de repente eu não me importava com o que aconteceria, ou se ele seria capaz de fazer alguma coisa contra mim. Eu cheguei oficialmente ao fundo do poço; não há nenhum lugar para ir que não seja a sete palmos abaixo do chão, ou lutar e me levantar para sair dessa bagunça.

— Foi você quem deixou isso acontecer — eu falo, andando em direção a ele. — Você ficou bêbado e não usou a porra da camisinha! — Eu bato no peito dele com o dedo, minha voz ficando cada vez mais alta a cada palavra que eu cuspia para ele. — Eu não sabia que meu método contraceptivo tinha acabado mais cedo, por isso, se você estiver pensando em culpar alguém, culpe a si mesmo, Beau Gregory!

Eu não tive tempo de me proteger da mão que de repente bateu no meu rosto, me derrubando no sofá. Eu instintivamente me enrolei em posição fetal para proteger a mim e a minha barriga de quaisquer outros golpes.

— Puta estúpida! — Eu o ouço gritar atrás de mim ao bater a porta da frente. Em seguida, eu ouço sua caminhonete Chevy rugir, cantando pneu no estacionamento sujo, quando ele sai.

Eu adoraria dizer que esta é a primeira vez que ele me bate, mas não é. A primeira vez aconteceu quase um mês depois que chegamos em Dalton, e foi o primeiro sinal de que eu tinha cometido um grande erro vindo para cá com ele.

Nós estávamos na pista de boliche, e eu tinha ido pegar bebidas para nós. Beau me viu conversando com um estranho, que estava esperando na fila atrás de mim, e isso foi o suficiente para deixá-lo fora de controle.

Mais tarde, naquela noite, depois que tínhamos chegado em casa, e tendo bebido algumas cervejas a mais, ele me atacou; perguntando quem era o cara, por que eu estava falando com ele, e perguntando se eu estava transando com ele nas suas costas. Quando eu não lhe dei a "resposta certa", sua raiva levou a melhor sobre ele e ele me deu um tapa no rosto. Beau imediatamente ficou sério e passou o resto da noite e a semana seguinte desculpando-se profundamente comigo.

Mas o estrago já tinha sido feito.

Ele me prometeu que isso nunca mais aconteceria; que ele estava bêbado e viu tudo vermelho quando ele me viu conversando com outro cara. As coisas começaram a ir ladeira abaixo depois disso. Olhando para trás, eu deveria ter ido embora naquela época.

Depois de deitar na cama por alguns minutos, esperando para ter certeza de que ele não iria voltar, eu me levantei e tropecei até o banheiro. Olhando no espelho, fico chocada com o reflexo que eu vejo olhando para mim. Meu cabelo castanho escuro, que já foi suave e sedoso, agora é um emaranhado; meu rímel, que foi tão cuidadosamente aplicado esta manhã, agora está manchado e borrado pelo meu rosto, manchado pelas minhas lágrimas; e meu rosto está vermelho e inchado onde a mão de Beau me atingiu.

Eu vejo esta versão quebrada de mim mesma no espelho, e o entendimento da situação me atinge como um trem de carga. Eu sei que eu valho mais do que isso. Eu não posso trazer um bebê ao mundo com a figura de um pai abusivo. Eu não posso ter esse bebê. Não é a hora, e esse definitivamente não é o lugar. Eu preciso decidir o que vou fazer. Por mais que me doa, eu gostaria que o bebê desaparecesse; fosse embora e voltasse outro dia, em um momento melhor, em uma situação melhor, com um homem melhor.

Entro no chuveiro e, em seguida, coloco um pijama e rastejo para a cama. Eu tranquei a porta, porque eu não espero que Beau volte para casa esta noite, e, se eu for honesta, o pensamento de dormir com ele na mesma cama agora faz minha pele arrepiar.

A última vez que Beau me bateu, ele desapareceu por dois dias, voltando com o rabo entre as pernas e me implorando por perdão. A diferença entre a última vez e agora é que eu não vou mais aceitar essa merda. Eu preciso elaborar um plano, e eu preciso fazer isso rápido. Eu preciso recuperar a mim mesma, a minha identidade, minha maldita espinha dorsal pela qual eu costumava ser conhecida.

Isso vai ter que pegá-lo de surpresa. Eu não posso deixá-lo perceber meus planos, ou então eu não serei capaz de sair.

Eu preciso da ajuda da minha melhor amiga. Eu preciso de Kate agora.

Adormeço, contente com a minha nova decisão, a minha mão no estômago, rezando a Deus para que Ele possa encontrar uma maneira de me ajudar.

Eu acordei em agonia, dobrada na cama, enquanto a dor atravessa meu corpo. Eu olho para o rádio relógio ao lado da cama e vejo que são quase 05:00h. Não foi o amanhecer que me acordou; foi a sensação de esfaqueamento na barriga e uma dor nas costas. Quando uma outra onda de dor vem, eu sinto uma sensação molhada entre minhas pernas.

Oh, não. Ah, não, não, não, não, não.

Isso não pode estar acontecendo.

Eu coloco minhas mãos entre as pernas quando eu salto da cama e corro para o banheiro, puxando minha calça para baixo. Eu vejo sangue por toda parte. Eu sei o que é, eu não preciso ir para o hospital. Vi mulheres suficientes com sintomas semelhantes, durante o meu estágio no hospital. Esta não é a mancha clara, que pode ser considerada como normal no início da gravidez. Isto é um aborto. Meu bebê está morrendo.

Eu ligo o chuveiro e tiro minha calça suja, jogando minha camiseta para longe e entro no chuveiro frio, sem esperar que ele aqueça. Eu olho para baixo e vejo a água tingida de vermelho descer pelo ralo. Eu sou atingida por uma onda de tristeza, de perda, e de repente, por uma esmagadora culpa. No fundo, é como se eu quisesse que isso acontecesse; de alguma forma, eu quis que isso se tornasse realidade. Eu deslizo para baixo, contra a parede do chuveiro e envolvo meus braços em volta das minhas pernas, começando a chorar, sentada ali pelo que parece ser uma eternidade. Eu choro pelo bebê que eu perdi, por estar presa nesta vida, pelo homem que Beau se tornou, enfim, por tudo o que deveria ter sido, mas não foi. Fico ali até que a água fique fria, e eu estou uma bagunça tremendo no chão do chuveiro. A maior parte do sangue foi lavada. Tudo o que eu sinto é um vazio e a liberdade.

E culpa porque estou aliviada que Deus escolheu este caminho para mim.

Eu saio do chuveiro e me visto, então pego o telefone e ligo para minha melhor amiga, sabendo que, se eu for fazer isso, essa é a única chance que eu vou ter para escapar desta vida e deixar Beau.

— Kate, é a Mac. Eu preciso de uma passagem pra casa, hoje — eu falo, minha voz ainda trêmula por passar a última hora chorando.

— Já era hora, querida. Arrume suas coisas, vá para o aeroporto, e eu vou vê-la em breve.

— Kate?

— Sim, querida?

— Eu te amo.

— Eu também te amo, Mac. Estou tão feliz que você está voltando pra casa. Tudo vai ficar bem.

Eu pego tudo o que posso e encho duas malas que tenho no armário. Vejo se eu peguei apenas o que eu realmente preciso, então carrego as malas até a porta da frente. Tiro minha chave do chaveiro e coloco-a sobre o balcão da cozinha. Dou uma última olhada ao redor da casa vazia que tem sido o meu lar durante os últimos seis meses. Apague isso, eu não posso nem dizer que isso era um lar. Um lar é cheio de amor e carinho, e durante os últimos cinco meses essa casa foi cheia de mentiras, enganos e, para ser honesta, medo.

— Adeus, Beau Gregory — eu sussurro, quando puxo a maçaneta e fecho a porta atrás de mim.

Ao fugir dessa vida, eu faço uma promessa a mim mesma, nunca mais a minha vida será ditada por um homem, e nunca mais vou deixar o amor me levar ao erro.

Mas, como eu vou descobrir em breve, quatro anos mais tarde, promessas foram feitas para serem quebradas.

Capítulo 2
A primeira vez que eu o vi

Quatro anos depois...

Estou a caminho de casa, depois de terminar um turno no hospital. Eu estou começando a me acomodar para enviar mensagens de texto para Kate, quando deixo meu celular cair. Claro, ele tinha que deslizar pelo chão do trem para longe de mim. Felizmente, como são oito horas da noite, o vagão não está muito cheio. Assim que eu estou prestes a me levantar e procurá-lo no chão, em uma última tentativa desesperada de recuperar a minha vida, *ei, meu telefone é a minha vida*, não *me julgue*, eu o vejo.

Por sorte, meu telefone bateu no sapato preto de um homem, e quando eu olho para cima, vejo o homem vindo em minha direção. Este homem é muito atraente. Eu o vi quando ele entrou no trem na estação seguinte à minha. Estou surpresa que eu estivesse alerta o suficiente para notar quem quer que fosse, uma vez que estou no final de um turno de oito horas, no qual eu estive muito ocupada. Estou extremamente cansada, mas minha mente está inquieta, elétrica, e sim, você adivinhou, com tesão.

Noah está em um treinamento essa semana, por isso não tivemos chance de dar uma escapada para dar uns amassos na sala do plantão; Sean está fora da cidade, a negócios; e Zander teve sucessivas reservas por toda a semana. Somos apenas eu e meu *coelho*[1] de confiança que, *por sorte*, acabou ficando sem bateria, ou a opção número três, este homem delicioso que agora está caminhando em minha direção.

Ding, Ding, Ding! Eu escolho a porta número três!

---

1 Rabitt, no original, vibrador que possui duas extremidades. Na menor, possui duas "orelhinhas" como as de um coelho, que se movimentam em combinações aleatórias.

Ele só não sabe disso ainda.

Ele está vestindo um terno de cor granito, o blazer pendurado no braço que está carregando uma pasta de couro preta. Sua camisa branca tem as mangas arregaçadas, e ele, obviamente, saiu do trabalho porque os dois primeiros botões estão abertos, dando um leve vislumbre de um peito bronzeado e tonificado que você só pode pensar em lamber. Eu estou no paraíso da fantasia do homem de negócios, e ele está sendo entregue a mim em um prato, ou neste caso, num trepidante, e um pouco sujo, metrô de Chicago.

Mas os mendigos não podem escolher.

Ele me pegou olhando para ele, o seu sorriso branco perolado crescendo em seu lindo rosto, enquanto ele se aproxima. Eu lhe dou um sorriso, um pouco envergonhado, de volta, sabendo que eu fui pega olhando para ele como um leão que observa. Ele estende a mão para mim, quando ele chega perto, e sendo a idiota socialmente desajeitada que eu sou, eu estendo a minha mão para cumprimentá-lo, sentindo-me absolutamente mortificada quando eu percebo que ele estava apenas tentando entregar meu telefone de volta.

— Desculpe, este telefone é seu? Ele deslizou pelo chão, vindo desta direção, e você é uma das únicas pessoas no trem sem um telefone ou um e-reader na mão, então eu estou apenas dando um palpite — ele diz, com um leve sorriso, felizmente não rindo da minha incompetência social.

— Sim, é meu. Desculpe por fazer você vir até aqui — eu respondo, um rubor incontrolável tingindo minhas bochechas.

— Ei, não tem problema. Eu não me importo de ter uma desculpa para falar com uma bela estranha sozinha, na L^2, à noite...

Suas palavras são calculadas. De alguma maneira, ele conseguiu me elogiar, ao mesmo tempo em que me recriminou por viajar sozinha na L à noite. Isso que é talento! Eu sinto um arrepio na minha espinha com a simples presença deste homem.

---

2 Linha do metrô de Chicago.

— Makenna Lewis, mas todos me chamam de Mac — eu digo, desta vez realmente estendendo minha mão para apertar a sua.

Ele olha para a minha mão estendida e arrasta os penetrantes olhos cor de caramelo pelo meu corpo vestido com minhas roupas de trabalho, seu queixo se contorcendo quando ele volta a olhar para o meu rosto.

— Daniel Winters — ele responde, pegando a minha mão na sua, sacudindo-a uma vez, enquanto deliberadamente arrasta sua mão lentamente da minha, passando por todo o comprimento dos meus dedos quando ele se afasta. Eu mordo meu lábio quando um formigamento quente viaja dos meus dedos pelos meus braços, em seguida, vai direto até minhas partes de garota.

Puta merda, ele tem pegada, e esse é um jogo que eu quero jogar!

Este homem deixa Zander no chinelo, e Zander é um stripper profissional que é pago para flertar.

— Pra onde você está indo agora? Você encerrou seu expediente, ou está apenas começando? — ele pergunta, segurando no trilho acima da sua cabeça, enquanto olha para mim com uma sobrancelha levantada. Esse movimento chamou minha atenção para sua camisa social apertada sobre seus bíceps tonificados, e depois eu vejo o resto. É como se meus olhos estivessem sendo teleguiados, procurando o menor sinal de pele. Uma pequena parte de sua camisa se soltou de sua cintura, dando-me um vislumbre de um abdômen sarado e o pequeno punhado de cabelo que leva a uma trilha até o sul, abaixo de sua cintura. Deus sabe que eu sou louca por um abdômen sarado e uma trilha feliz.

Vamos, Mac, mantenha o controle, você está babando, e ele está esperando por uma resposta.

— O trabalho, ah, sim, acabei de terminar o meu turno no Northwestern[3] — eu murmuro, balançando a cabeça para me livrar dos pensamentos dele sem camisa, e na minha cama.

— Ah, uma médica, então? — ele pergunta com um sorriso.

---

3 Hospital Memorial Northwestern e Chicago

— Sou uma enfermeira da UTI — eu respondo, agora com um sorriso estúpido cada vez maior enquanto ficamos lá sentados, sorrindo um para o outro.

— E quanto a você? Deixe-me adivinhar... um advogado? Não, espere, talvez um contador? Não, não é isso. Minha última resposta é agente funerário. — Eu inclino minha cabeça e dou-lhe um olhar *"O que você tem para mim agora?"*.

Ele ri e eu, literalmente, paro de respirar.

Todos os atributos físicos de Daniel já estão em posição importante na escala Makenna de gostosura, mas aquele sorriso... o baixo timbre de barítono que pode acabar com guerras, resolver a fome mundial, e curar as mulheres de sua necessidade de calcinha, tudo ao mesmo tempo... Isto é obra do diabo. Eu juro por Deus, tudo o que ele tinha que fazer era ficar lá e sorrir o dia todo, e eu juro que eu poderia sentar-me em seu peito e me divertir muito.

— Eu sou um corretor da bolsa — ele finalmente diz, inclinando-se e colocando o braço livre na parte de trás do meu banco. — E eu acho que nenhuma das minhas piadas de enfermeira sexy vai me fazer ganhar qualquer favor de você, certo? — Eu noto uma ligeira curvatura para cima em seus lábios, e percebo que ele não é apenas sexy e tem uma risada que poderia deixar uma freira com tesão, mas ele é muito engraçado.

Merda!

— Provavelmente não, mas nunca se sabe... — eu divago.

Ele balança a cabeça em concordância. — Aham.

— Então, você gosta de jogar com dinheiro. — Eu não posso acreditar que eu estou sendo tão óbvia com este homem. Ele sorri, e, caso você não tenha imaginado antes, covinhas aparecem. Enlouquecedoramente adoráveis e lindas covinhas, de cada lado de suas bochechas!

Elas vão ser a minha ruína.

— Eu gosto de brincar com o dinheiro dos outros — ele murmura. Seus olhos ficando escuros agora.

— Parece divertido. O que mais você gosta de fazer? — Puta merda, Mac! Por que você simplesmente não se esfrega na perna dele? Droga, eu preciso dormir um pouco, ou ter um pouco de alívio com o *coelho*, ou algo assim. Eu olho para baixo e ruborizo novamente. Eu posso falar um monte de besteiras, mas o meu rubor sempre mostra meu lado autoconsciente.

— Um monte de coisas — ele faz uma pausa por um momento, tempo suficiente para eu olhar de volta para seus lindos olhos. Minha respiração fica suspensa quando eu o vejo olhando para mim como se eu fosse água e ele estivesse morrendo de sede. — Jantares à luz de velas, longas caminhadas... sex on the beach[4]...

Ele sorri quando diz a última coisa, especialmente quando os meus olhos se arregalam.

Confiança simplesmente exala dele; ele é seguro de si, mas não de uma forma demasiadamente arrogante. Mas Deus sabe que o que eu realmente quero saber é o que ele poderia fazer comigo e vice-versa.

— Que tal começar com a minha cama? — eu digo com um sorriso sexy e uma piscadela.

E foi assim que eu conheci Daniel Winters.

---

4 A autora faz um trocadilho com "fazer sexo na praia" e a bebida "sex on the beach".

Capítulo 3
Sexo na praia

Daniel e eu trocamos números de telefone... bem, ele colocou o número dele no meu telefone antes de entregá-lo de volta, e seguimos por caminhos separados.

Quando eu entro em casa, encontro a minha melhor amiga, Kate, sentada com as pernas cruzadas em cima do sofá, lendo a última edição da Cosmopolitan.

— Ei — eu digo, largando a minha bolsa no balcão da cozinha e me jogo no sofá ao lado de Kate.

— Ei, querida. Como foi o seu turno?

— Foi tudo bem. Menos agitado do que a minha vinda de metrô para casa, isso é certo. — Eu me inclino para frente para pegar o controle remoto e ligo a TV.

Sem aviso, a Cosmo[5] é largada em cima da mesa e Kate arranca o controle remoto da minha mão, desligando a TV novamente.

— Fale! Nada memorável acontece no metrô, por isso, se você diz que algo aconteceu, ele deve ser gostoso — ela fala, inclinando-se para mim com entusiasmo.

Eu deixo a emoção de conhecer Daniel correr através de mim mais uma vez. — Bem, eu conheci um cara.

— O quê? Os três que você já tem não são suficientes? — ela pergunta em tom de brincadeira.

---

5 Cosmopolitan

— Ha-ha! Eu deixei meu telefone cair, e ele o pegou e devolveu pra mim. Deixa eu te falar, este cara é bom. Na verdade, apague isso, ele é a definição de ótimo. Executivo. Gostosura embrulhada em um vulcão quente — eu digo rapidamente. Felizmente, Kate está acostumada com as minhas divagações. Ela é a minha melhor amiga desde que tínhamos dez anos de idade, quando eu a salvei do valentão do playground que decidiu implicar com a pequena garota ruiva, que tinha acabado de se mudar para o nosso bairro. Na verdade, eu dei um soco no nariz dele, porque ele estava atrás dela com uma tesoura, ameaçando cortar seu cabelo. Desde então, estamos grudadas como cola. A única vez que ficamos separadas foram os seis meses que passei em Ohio.

— Então, vamos falar sobre este vulcão quente. Qual é o nome dele? O que ele faz? Quando você vai vê-lo novamente? — ela pergunta. Kate é um pouco emotiva demais. Como cabeleireira, ela fala o dia todo, então ela tem o hábito de falar muito.

— Bem, ele tem o abdômen mais sarado que eu já vi.

— Espere, como diabos você já viu o abdômen dele? Deus, Mac, estou admirada com a sua capacidade de pegar homens — ela diz, balançando lentamente a cabeça em descrença. — Eu mal consigo um encontro, a maior parte do tempo, muito menos pegar um estranho na L.

— Ei, me dê algum crédito. Ele estava segurando no trilho e sua camisa se soltou. Eu só dei uma olhada, juro por Deus, mas inferno se eu não quero ver mais. De qualquer forma, ele tem os olhos cor de caramelo mais cativantes que eu já vi. Primeiro, eu me perdi neles, então eu vi o abdômen, e aí ele mostrou duas das covinhas mais *lambíveis* que eu já vi — eu digo sem fôlego. Só de pensar naquelas covinhas, meu coração fica acelerado.

— E Deus sabe que você é doida por covinhas — ela diz com um sorriso. Noah, meu amigo médico, tem a covinha mais linda de um lado do rosto, que aparece em seu sorriso arranca calcinha, que ele me lança com frequência.

— Sim, sim, eu sou — eu respondo com um sorriso. Hmm, eu me pergunto quando Noah vai voltar de sua conferência. Faço uma nota mental para enviar-lhe uma mensagem.

— E o que mais? Qual o nome dele?

— Daniel Winters — eu acaricio seu nome quando falo. Rola da minha língua sedutoramente, como se fosse feito para ser gritado durante o clímax. Toda essa conversa sobre o Sr. Winters me deu um desejo por algo quente na minha cama, neste exato momento.

— Terra para Mac. O que ele faz? — A sempre presente Kate pressiona, franzindo a testa para mim, porque ela sabe que eu estou perdida em meus pensamentos.

— Ah, desculpe. Ele é corretor da bolsa. Embora isso não seja a melhor parte. Você quer saber o que ele disse a seguir? — eu a provoco, à espera da típica reação de Kate.

— Oh, meu Deus, o que o santo de gostosura disse para você? — ela diz, quase pulando de excitação.

— Eu perguntei a ele o que ele gostava de fazer, você sabe, para se divertir. E, sem perder a chance, ele disse jantares à luz de velas, longas caminhadas e sex on the beach — eu digo com um sorriso malicioso e um rubor subindo pelo meu rosto, ainda um pouco constrangida com a minha resposta para ele.

— E... — ela diz, olhando para mim, com os olhos brilhando de emoção.

— E eu sugeri que nós começássemos com a minha cama.

— Não, você não fez isso! Puta merda, Mac, sem rodeios? — O fato de que ela está boquiaberta com a minha resposta me dá a dica de que eu a choquei. Isso não é algo novo para mim. Eu choco Kate quase diariamente.

— Sim, por que não? — Eu encolho os ombros. Eu estive solteira e feliz nos últimos quatro anos; felizmente fazendo sexo nos últimos 18 meses, com três dos mais agradáveis e descontraídos caras que eu já conheci. Qual é a reclamação? Se eu vejo o que eu quero, eu vou atrás. Eu aprendi há muito tempo que a vida é muito curta para esperar que as coisas boas aconteçam com você. Você tem que ser proativa com esse tipo de coisa.

— E? — Ela olha para mim com as sobrancelhas levantadas.

— E nós vamos nos encontrar amanhã à noite para tomar uma bebida no bar da rua 42, depois do meu turno — eu digo com naturalidade.

— Legal! Será que ele tem algum amigo solteiro gostoso, talvez um irmão mais velho gerado do mesmo útero ardente?

Eu morro de rir. Kate sempre teve jeito com as palavras. É uma das coisas que eu amo nessa menina. — Não tenho certeza, mas eu vou descobrir para você — eu digo com uma piscada.

— Sabia que eu te amava por algum motivo, mas agora estou pensando que devemos tornar isto interessante. Acabei de ler aqui — ela pega a Cosmo de novo — que a minha regra de três encontros é altamente recomendada. Acho que você deveria experimentar com Daniel.

Eu dou uma tossida. Ela não pode estar falando sério. Três encontros sem sexo? Santo Deus, até lá meu gatinho terá feito as malas e ido embora.

Kate acredita na regra de três encontros: nada de sexo até depois de três encontros. Se os caras não estiverem interessados em algo diferente de um trepada rápida e fácil, eles vão parar de ligar após o primeiro ou o segundo encontro. A filosofia de Kate é que três encontros provam que algum esforço está sendo feito em seu nome. Isso funciona para ela. Isso a faz feliz, e quando Kate está feliz, eu estou feliz. Mas não tanto quando ela impõe esta regra para mim!

— Você está brincando, certo?

— Não. Pelo menos, três encontros. Aposto que você não consegue — ela acrescenta com um sorriso.

— Grrr, tudo bem, você ganhou. O que eu ganho se eu aguentar? — pergunto com interesse.

— Sem lavar os pratos por uma semana? — ela sugere, com um sorriso, sabendo o quanto eu detesto lavar louça.

— Pratos e roupas e você tem um acordo.

— Tudo bem, mas eu só estou concordando porque eu sei que você não pode fazer isso. — O sorriso dela é enorme agora, enquanto ela esfrega as mãos com alegria. Ela acha que já ganhou essa aposta.

— Agora, eu preciso tirar essa roupa e tomar um banho. Quer pedir comida e assistir Big Brother?

— Parece um bom plano — ela diz, se jogando de volta no sofá e retomando sua leitura das sessenta e nove melhores posições sexuais para o orgasmo feminino.

E isso, meus amigos, é a beleza de Kate McGuinness. Sagaz, direta ao ponto, e frustrante como o inferno. Bem, vamos seguir sua regra de três encontros!

Depois do banho e nossa noite de excessiva ingestão de pizza, assistindo pessoas querendo ser o que não são, agindo como idiotas num reality show, eu decidi encerrar a noite e rastejar para a cama. Aproveito para verificar a hora no meu celular, e ajustar o alarme para a manhã seguinte. Eu tenho um turno amanhã, então terei um fim de semana de três dias, e amanhã à noite eu vou me encontrar com o delicioso Daniel. Quem sabe aonde isso vai levar?

Eu me aconchego sob os cobertores e começo a checar meus e-mails quando eu sinto meu celular vibrar com uma mensagem de texto. São 23:00h. Quem iria me mandar mensagem a esta hora da noite? Com um sorriso, eu abro a mensagem, meio que esperando um *SMS* com tesão de Zander ou o cronograma de Noah, mas eu vejo que é de alguém chamado *"Sexo na Praia"*. Eu morro de rir com a sua audácia. Eu já adoro seu senso de humor. Obviamente, ele não é de fazer rodeios. Ele é um pouco parecido comigo neste aspecto.

Nem sempre eu fui assim. Eu fui sugada para um relacionamento abusivo e tóxico há quatro anos e jurei nunca ter minha vida ditada por um homem novamente, e nunca me apaixonar. Tenho seguido cada um desses votos, e só quebro um quando Sean me deixa de joelhos e me faz implorar por ele. E então ele faz essa coisa na qual ele... Espere, oh sim... o *SMS* de Daniel, também conhecido como *Sexo na Praia*.

Sexo na Praia: Ei, bela estranha, estou deitado na minha cama, fantasiando sobre todas as maneiras que eu posso fazer você se envergonhar amanhã à noite. Será um desafio e um prazer, para nós dois.

Uau. Este homem é o problema com P maiúsculo, e este é exatamente o tipo de problema que eu preciso.

Mac: Sexo na Praia é uma bebida fantástica. É frutada, com um sabor incrível que permanece em sua língua por horas.

Sexo na Praia: Você é um problema, sabia?

Mac: Problema pode ser divertido.

Sexo na Praia: Aposto que você é. Mas, vamos beber e tirar esse estranho primeiro encontro do caminho em primeiro lugar, não é? Afinal, eu sou um cavalheiro do sul.

Meu monólogo interior está realmente sem palavras. Essa é para o livro dos recordes. Ele me venceu no meu próprio jogo e me deixou literalmente muda.

Mac: Um cavalheiro do sul que se denomina Sexo na Praia?

Sexo na Praia: Eu sou um otimista, o que posso fazer? A propósito, eu estou ansioso para vê-la fora desse uniforme.

Mac: Whoa!

Sexo na Praia: Merda! Não, eu quis dizer com roupa casual, que não seja roupa de trabalho, sem uniforme. Droga. Eu deveria parar enquanto eu estou ganhando, certo?

Mac: Vejo você amanhã à noite, Delicioso Daniel. ;)

Sexo na Praia: Bons sonhos, bela estranha.

Caramba, toda essa paquera e brincadeiras por SMS me deixou molhada e dolorida. Eu alcanço minha gaveta de cabeceira, agradecendo aos céus que eu parei para comprar pilhas no caminho de casa. Deus sabe que eu já estava com muito tesão, antes de conhecer o Delicioso Daniel. Agora que eu descobri que ele tem uma mente suja, esse sentimento simplesmente se multiplicou.

Com o apertar de um botão, e um puxão rápido para baixo na minha calça do pijama, vou logo acariciando meu coelho vibrador roxo favorito contra minha boceta cada vez mais molhada. Eu fecho meus olhos, empurrando com firmeza o aparelho, vibrando contra o meu clítoris dolorido enquanto a minha mão esquerda aperta suavemente meu mamilo, rolando-o entre o polegar e o indicador, enviando uma vibração maravilhosa direto para minha boceta.

Enquanto eu facilito a entrada do brinquedo vibrando em meu canal quente, eu esfrego meu dedo pela minha protuberância dura. Fecho meus olhos e saboreio as sensações que eu estou produzindo com cada golpe, cada impulso dentro de mim, enquanto eu imagino que são as mãos de Daniel em meu corpo, sua língua me lambendo, acelerando quando ele me traz mais perto do clímax. Penso nele, dirigindo as mãos até minhas coxas, abrindo as minhas pernas enquanto ele move a sua boca em direção ao meu monte latejante. Eu levanto meus quadris, empurrando o meu brinquedo mais profundamente dentro de mim, me esticando quando eu sinto a aceleração de boas-vindas de um orgasmo iminente. Penso em Daniel empurrando profundamente e com força dentro de mim, me empalando, impulsionando seu pau duro cada vez mais rápido. Meus dedos aceleram e eu rapidamente desmorono sob minhas próprias mãos.

Eu deito na cama, mole e sem fôlego, em cima dos meus lençóis, quando eu retorno de um dos melhores orgasmos autoinduzidos que tive em muito tempo. De repente, eu estou realmente ansiosa pelo encontro de amanhã.

Capítulo 4
Beije-me

São 20:00h de uma sexta-feira à noite, e eu estou sentada em um sofá de couro preto no bar da rua 42 em frente ao epítome da gostosura masculina, Daniel Winters.

Eu o encontrei aqui porque eu não queria passar por aquele momento estranho das apresentações na porta de casa, muito menos submetê-lo à voz estridente de Kate e ao seu interrogatório intenso. Eu aprendi isso da pior maneira, alguns meses atrás, quando Zander me ligou para me pegar no caminho de um show e Kate agiu como uma colegial com tesão durante as férias de primavera. Foi tão hilariante quanto humilhante.

O bar está bem cheio, já que é uma noite de sexta-feira, mas conseguimos pegar uma pequena mesa de canto, longe da multidão e do barulho. Ele voltou do bar, e eu morro de rir quando ele coloca a minha bebida na minha frente. Claro que ele pegou para mim Sex on the beach. Estou começando a pensar que ele é uma dessas pessoas que têm uma ideia e faz o que é necessário para conseguir o que quer. Gostaria de saber que outras ideias ele pode ter para esta noite.

Peguei o canudo entre os meus dois dedos, mexendo a bebida, antes de baixar lentamente os lábios nele e tomar um longo gole. Eu não consigo abafar meu gemido diante do sabor delicioso. É como se fosse uma salada de frutas fazendo uma festa na minha boca e todos estão convidados.

— Porra, isso é bom — eu murmuro, olhando para ele. Ele tem um leve sorriso no rosto.

— Sexo na Praia é sempre bom — ele diz com uma sobrancelha levantada.

Eu não posso me segurar. Eu começo a rir como uma menina da escola. Ele fez isso de novo, me mostrando o incrível senso de humor que ele tem. Se eu pudesse fazê-lo rir de novo, eu seria a garota mais feliz do bar.

— Claro que você iria me trazer isso, não é?

— Não critique até experimentar, linda.

Há algo no jeito que ele me chama de linda que acende um fósforo dentro de mim. Eu ruborizo, mas não quebro o contato visual com ele quando eu respondo com um aceno atrevido da minha cabeça. — Eu não saberia. Nunca tentei. Há alguns lugares que a areia simplesmente não deve ir.

— Isso é um aviso ou uma promessa? — ele pergunta, sem perder uma batida.

Agora, isso faz meus olhos se arregalarem. — Ainda é cedo. Vamos ver como isso vai ficar depois do nosso terceiro encontro — eu digo com uma piscadela, e seus olhos cor de caramelo brilham de emoção com a sugestão.

— Mal estamos em nosso primeiro, e você já está planejando o nosso terceiro encontro? Você é uma mulher intrigante, Makenna Lewis — ele diz, olhando diretamente para mim, me paralisando com seu olhar.

— Bem, minha mãe sempre me disse para estar bem preparada — eu digo com um falso sotaque do sul.

— Esse é um bom conselho. O que mais ela disse? — ele pergunta com um sorriso.

— Não fale com estranhos na L — eu retruco, tomando mais um gole da mágica bebida frutada. Eu não sei o que tem nela, mas eu gosto e os arrepios que está criando no meu corpo são uma adição bem-vinda também.

Ele ri. Não é uma gargalhada profunda como ele deu no metrô, que quase me fez gozar ali mesmo, no entanto, é cativante. — Sua mãe é uma mulher inteligente. E o que você acha sobre encontrar homens estranhos na L? — ele pergunta, tomando um gole de sua garrafa de Millers[6]. Eu posso ver um

---

6 Marca de cerveja

brilho de diversão em seus olhos, mesmo no bar escuro.

— Às vezes, vale a pena dar uma chance.

— Eu sou completamente a favor de arriscar. É o meu trabalho. — Ele aponta o dedo de volta para si mesmo — Corretor, lembra?

— Ah, sim, claro — eu murmuro, tomando outro gole rápido da maravilha frutada na minha frente.

— Então, você é de Chicago?

— Eu sou de Louisiana, mas os meus pais se mudaram para cá quando eu tinha oito anos. Eu fui para a faculdade em Nova York, mas voltei pra cá depois de me formar e tive a sorte de conseguir um estágio na minha empresa.

— Uau, então você é um menino do sul? — eu pergunto com um sorriso.

— Sim, senhora, nascido e criado. E você?

— Bem, eu nasci aqui, e além dos seis meses que passei em Ohio, quando eu tinha vinte anos, eu vivi aqui toda a minha vida.

Merda, por favor, não pergunte! Por favor, não pergunte!

— Ohio? Isso é uma mudança de vida. Mas, obviamente, você gosta de Chicago, já que você voltou.

— Sim, eu não posso imaginar viver em qualquer outro lugar, e agora eu tenho um bom trabalho aqui, com muitas perspectivas. Então, sim, posso dizer que gosto — eu respondo. E não consigo tirar o sorriso do rosto quando estou perto dele.

— Parece que você está razoavelmente resolvida, então.

— Com certeza.

— E a enfermagem, você sempre quis fazer isso? — ele pergunta, colocando o braço sobre a mesa e inclinando-se sobre ela, dando-me um perfil incrível de seu corpo.

— Eu sempre gostei de cuidar das pessoas. Eu conheci minha melhor amiga, Kate, socando o valentão da escola quando tinha dez anos.

— Uau, então eu deveria tomar cuidado perto de você? — ele pergunta, com um sorriso malicioso.

— Sim, amigo, ou então você vai estar em apuros — eu digo, apertando os punhos em uma imitação falsa de Rocky. Eu tento manter meu rosto firme, mas falho miseravelmente quando começo a rir.

— Ei, não há necessidade de ficar violenta agora. — Ele segura as mãos para cima em sinal de rendição. — Eu poderia dizer, no momento em que te conheci, que você era um osso duro de roer.

Eu levanto minha sobrancelha. Parece que Sex on the beach acha que tem talento para ler as pessoas.

— E o que mais você poderia dizer de mim? — Estou realmente interessada agora, mas o meu lado cínico se pergunta se isso é apenas uma cantada que ele usa com as mulheres para levá-las para a cama.

— Que você é uma bela jovem, bem resolvida, com os olhos azuis mais lindos que eu já vi, e um sorriso de deixar qualquer homem de joelhos. — Oh meu Deus. Será que ele realmente disse isso? Puta merda! É como se ele fosse o professor de *"Como tirar a calcinha de uma garota em 101 lições"* e ele está dando a cada homem uma lição.

Eu sinto minha respiração acelerar e minhas pupilas dilatarem. Delicioso Daniel está jogando e eu definitivamente quero jogar, nua, agora! Droga de Kate e seu desafio de três encontros.

— Tudo isso só de olhar? — eu pergunto, minha voz rouca mostrando o meu interesse.

— E mais...

Eu aperto minhas pernas juntas, tentando me distrair dos pensamentos errantes correndo pela minha cabeça agora. Bem, dois podem jogar esse jogo. — Sério? Seus óculos têm visão de raio-x? — eu pergunto, minha mente saltando e fazendo uma ultrapassagem. — Puta merda, você é Clark Kent da vida real, não é? — Eu me inclino para frente com entusiasmo, saltando um pouco no meu lugar. Eu faço questão de olhar ao redor para fingir que ninguém pode nos ouvir.

— Isso quer dizer que você está vestindo o macacão sexy do Superman debaixo desta roupa? Porque eu tenho essa fantasia na qual Superman faz esta coisa com o seu... — eu sussurro para ele, levando-o a engasgar com sua boca cheia de cerveja.

— Eu.... hum...... merda, Mac, agora estou todo aquecido bem naquele lugar.

Eu amo o fato de tê-lo deixado todo atrapalhado. — Oh, droga, me desculpe, meu cérebro tem um lado um pouco distraído — eu digo inocentemente, acrescentando uma piscadela quando ele lentamente começa a recuperar o fôlego e os pensamentos.

— Esse pensamento vai ficar queimando em meu cérebro por um tempo, linda; é disso que os sonhos são feitos — ele diz com voz rouca. Ele balança a cabeça, obviamente, tentando recuperar alguma compostura.

— E quantos anos você tinha quando voltou de Nova York? — Eu enrugo minha testa. Estou morrendo de vontade de saber quantos anos ele tem.

— Sutil, Mac, muito sutil — ele murmura, tomando outro gole de sua cerveja. — Tenho vinte e oito anos, e voltei para Chicago há cerca de quatro anos.

— Uau, isso é incrível. — Eu dou o último gole na minha bebida, corando quando eu acidentalmente sugo do copo vazio. — Oh, meu Deus, isso é tão embaraçoso.

Daniel, sendo sempre um cavalheiro, ri baixinho e sorri para mim como se eu fosse a pessoa mais engraçada do mundo. — Eu devo arrotar para ficarmos iguais? — ele pergunta, brincando, me tirando totalmente do meu embaraço.

— Ha, ha. Muito engraçado. Você é um cara engraçado, sabia?

— Estou feliz que você pense assim. Você gosta de caras engraçados?

— Eu acho que estou começando a gostar — eu digo, brincando, curtindo as brincadeiras que estamos fazendo. Eu sempre tive uma queda por homens que podem me acompanhar de igual para igual. — Mudando de assunto, você sempre pega mulheres na L?

Ele me mostra seu sorriso megawatt de novo, e eu literalmente derreto na frente dele.

Tire os pensamentos sexuais da mente.

Tomando o gole final de sua cerveja, ele se move de onde estava sentado e senta ao meu lado. Merda! Ele já está terminando o encontro?

Segurando a minha mão, ele se inclina, sussurrando em meu ouvido: — Vem comigo, Mac. Eu quero ver as luzes sobre o lago com você. — Este homem é de verdade? Estou começando a pensar que ele é apenas um delicioso fruto da minha imaginação. Quero dizer, sério, quem pode resistir a uma sugestão como essa? Especialmente quando é sussurrada em seu ouvido.

— Parece perfeito — eu respondo, pegando minha bolsa enquanto tento sair da mesa tão graciosamente quanto possível e pego sua mão estendida quando ele me leva para fora do bar.

Uma vez que estamos na calçada, eu tremo. Ficou mais frio desde a hora que chegamos no bar, e é claro que eu não trouxe meu casaco. Daniel, me sentindo tremer, para de repente ao meu lado. Atordoada, eu o vejo tirar seu casaco e deixá-lo aberto para eu colocar. Enquanto coloco meus braços através do casaco, ele lentamente o puxa sobre os meus ombros, acariciando gentilmente seus dedos sobre minha pele enquanto me ajuda a colocar o casaco. Uau, isso é tão potente quanto a risada dele.

Eu olho para ele, e seus olhos estão ardentes, cheios de algo que eu não consigo saber o que é, mas definitivamente vou tentar descobrir. — Obrigada — eu agradeço com a voz trêmula, tentando permanecer de pé. Agora eu quero me lançar neste homem, mas:

a) Acabamos de nos conhecer.

b) É o nosso primeiro encontro.

c) Estamos em pé, no meio da calçada, do lado de fora de um bar movimentado da cidade.

— Você ainda quer ver o lago? — ele pergunta, olhando para mim. Seus olhos à deriva em meus lábios. Merda, eu não posso quebrar essa maldita regra de três encontros, Kate nunca me desaponta, mesmo que a única coisa em minha mente agora seja transar com Daniel, aqui e agora.

— Com certeza — eu respondo com um sorriso. Qualquer coisa para me fazer parar de pensar em nós dois indo direto para a cama, sem roupas.

Algo parece diferente sobre esse encontro, sobre estar com Daniel. Eu não posso explicar isso, mas eu não quero que esta noite acabe. Quero passar mais tempo com ele. Seus olhos, seu lindo cabelo castanho escuro que você quer agarrar enquanto você o beija enlouquecidamente. A maneira como ele se comporta, ele realmente é um cavalheiro. Quero dizer, ele cedeu o seu casaco para mim em um primeiro encontro. Quem faz isso?

Eu preciso ter certeza de que eu vou manter meus limites claramente definidos. Eu não tenho relacionamentos sérios, eu não tenho tido nos últimos quatro anos. Não me interpretem mal, eu gosto de homens e eu gosto de sexo. Quero dizer, quem não gosta? Mas Daniel parece estar me afetando demais, cedo demais. Eu tenho que ter cuidado com ele.

— Chegamos — ele diz em voz baixa, me tirando da minha conversa com a Mac interior.

Eu olho em volta da beira do lago e engasgo com sua beleza. — Não importa quantas vezes eu o veja, ele sempre me deixa sem fôlego. — Eu sou incapaz de tirar os olhos das luzes cintilantes em cascata em toda a água ondulante do Lago Michigan.

— Alguns poderiam dizer o mesmo sobre você, Mac — ele sussurra em meu ouvido, atrás de mim. Eu viro minha cabeça em direção à sua.

— Daniel — eu suspiro quando ele se inclina e roça os lábios contra os meus, me dando um golpe rápido de sua língua antes de se afastar, muito breve para o meu gosto, e deixando seus lábios levemente longe dos meus.

— É como eu sonhei... você é tão doce quanto parece — ele murmura se inclinando novamente, empurrando com mais força contra mim desta vez. Sem quebrar o nosso beijo, eu coloco os braços em volta do seu pescoço enquanto suas mãos estão em meu quadril e me puxam para perto contra ele.

Nossos lábios se abrem e nossas línguas se acariciam, envolvidas em uma dança suave e exploratória. Esse beijo é suave e romântico, mas com uma tendência que grita quente e excitante. Eu não quero que pare.

Eu deslizo minhas mãos pelo seu cabelo, que eu estive esperando para passar meus dedos desde que o conheci, e ele é tão suave como eu imaginava. Ele geme em minha boca, e eu me encosto ainda mais contra seu corpo. A cada golpe da minha língua, eu estou conscientemente tentando fazê-lo perder o controle, mas ele rapidamente percebe o meu plano e gentilmente termina o beijo. Ele beija o meu nariz e depois minha testa antes de me aconchegar ao seu lado.

Depois de andar pela orla e retornar, eu deixei Daniel me levar até a porta do meu aconchegante apartamento. Ele me deixa com a promessa de me ligar no fim de semana e me dá outro beijo cheio de promessas e possibilidades.

Quando estou aconchegada na minha cama, após o interrogatório obrigatório com Kate, minha mente começa a vagar. Lembro-me de como eu me senti quando estávamos caminhando ao redor do lago. O forte braço de Daniel ao meu redor, me segurando contra seu corpo.

Talvez fosse disso que eu estava sentindo falta. Tenho sexo quente, sexo áspero e duro, e sexo aventureiro e impulsivo. Talvez haja algo a ser dito sobre intimidade. O carinho, as conversas, os suaves beijos intermináveis, a sedução, o romance, as longas manhãs preguiçosas passadas na cama juntos. Basicamente, todas as coisas que Daniel parece representar e oferecer.

Eu preciso de um delicioso e confortável chamego com capacidade de Superman.

Eu preciso de um Daniel na minha vida.

Eu só não sei se ele pode lidar com tudo o que tenho para dar.

Capítulo 5
Variedade é o tempero da vida

É sábado à noite.

A noite depois do meu primeiro encontro com o Delicioso Daniel.

Fiel à sua palavra, ele me mandou uma mensagem hoje cedo, enquanto eu estava fazendo a faxina semanal com Kate.

Delicioso Daniel (eu mudei o nome dele no meu telefone, Sexo na Praia era muito tentador): Como é que a minha linda estranha dormiu? Eu dormi muito bem. Sonhei com Sexo na Praia e o doce sabor da sua boca ;)

Mac: Eu dormi muito bem. Deve ter sido por causa de todos os esforços noturnos pelo lago ;)

Delicioso Daniel: Você é um problema com P maiúsculo, não é?

Mac: Talvez...

Delicioso Daniel: Será que o problema gostaria de vir comigo ao jogo dos Bears no próximo domingo? Estou indo com alguns amigos, e eu adoraria que você viesse comigo.

Mac: Parece incrível! Eu amo os Bears. Você me encontra lá ou...?

Delicioso Daniel: Que tipo de cavalheiro eu seria se não fosse buscá-la?

Mac: É disso que estou falando ;)

Delicioso Daniel: Pego você por volta do meio-dia?

Mac: Perfeito.

Delicioso Daniel: *Vejo você depois, linda.*

Ok, então eu posso ter dado uma risada e caído para trás em minha cama depois dessa troca de mensagens. O que este homem está fazendo comigo? Eu não sou de bajular um cara. Sempre foi amizade e sexo, de mãos dadas. Nenhum sentimento, sem chance de machucar, fim.

Tudo começou com Noah, o meu colega de trabalho dos sonhos.

Também conhecido como *"Vibrador Ambulante"*.

Sem brincadeira, o pau deste homem deveria ser imortalizado em ouro, ou látex, e vendido em todo o mundo, para que todas as mulheres possam desfrutar da perfeição que é o seu pênis. Ele tem uma leve curvatura para cima quando ereto que parece se mover para o ponto certo a cada vez, e ele tem a energia de um gigante.

Somos amigos, que de vez em quando, fazem uso de uma sala de plantão disponível. Bem, com toda a honestidade, pelo menos uma vez por turno, se ambos estivermos trabalhando. Nada faz um turno da noite terminar mais rápido do que um orgasmo ou dois, nas mãos de um mestre.

Nós nos conhecemos na minha primeira semana no hospital. Eu tinha um turno na cirurgia, e Noah era residente de cirurgia. Faíscas voaram, uniformes foram tirados, e meu relacionamento sem compromisso com o Dr. Noah Taylor começou. Isso foi há quase dois anos. Ele é um grande cara, e um bom amigo, mas ambos trabalhamos demais para ser algo mais.

Nós estabelecemos os limites emocionais do nosso relacionamento muito cedo. Ele teve relacionamentos durante esse tempo, e, quando ele está namorando outra pessoa, nós paramos o nosso arranjo, só retomando quando ele está solteiro. Eu sou totalmente contra a traição em um relacionamento, e eu me recuso a ser a outra mulher, a destruidora de lares, a prostituta.

Cerca de um ano depois de eu ter conhecido Noah, ele começou a namorar uma fonoaudióloga de outro hospital, e estava parecendo promissor, então Kate me falou sobre irmos a uma boate que era a nova sensação da cidade, e os rumores eram de que este era um clube de sexo também. Apesar dos rumores, fiquei intrigada, para dizer o mínimo. A propaganda estava anunciado como sendo um dos maiores e melhores em Chicago, então eu estava totalmente excitada quando sábado à noite chegou.

Nós compramos especificamente roupas sensuais, que nos fariam ser notadas, e talvez ganharmos algumas bebidas de graça. Além disso, o mundo era nossa ostra. Kate tinha arrumado o meu cabelo em grandes ondas, que, em seguida, suavizaram com um rabo de cavalo na nuca; parecia sexy com um ar de sofisticação. Eu não queria parecer uma prostituta de alta classe em busca de um novo patrocinador. Tudo o que eu queria era uma noite divertida com a minha melhor amiga, e se eu encontrasse um homem atraente que me levasse para casa, para uma noite de sexo escaldante, desenfreado, desapegado, eu não iria reclamar.

Nesse dia, nós esperamos na fila por vinte minutos antes que o segurança nos deixasse passar. Avançamos no meio da multidão até o bar, pedindo quatro shots de Tequila Prata 1800 com uma gota de limão cada. Nós viramos nossos shots de tequila e nos afastamos do bar, bebericando nossas bebidas, para conferir os homens atraentes do local.

— Este lugar é demais — Kate sussurrou em meu ouvido.

— Sim, e eu acho que essas salas no segundo andar podem ser o lugar onde toda a diversão da noite acontece. — Eu não consigo evitar de me perguntar o que realmente acontece por trás dessas portas fechadas. Essa sempre foi uma fantasia minha, dar o controle a um homem, em vez de ser obrigada, como eu fui no passado, mas eu nunca tinha encontrado o homem certo para conseguir este tipo de reação de mim.

Quando olhei rapidamente ao redor do lugar lotado, eu também não tinha certeza se iria encontrar alguém interessante naquela noite na boate. Eu estava tirando a bebida dos meus lábios aquecidos pelo álcool, quando vi um par de olhos azuis me encarando, como se estivessem olhando diretamente através de mim. Eu tremi sob aquele olhar e fiquei ali, incapaz de desviar. De repente, senti a necessidade de olhar para baixo, como uma silenciosa submissão à sua vontade, então foi o que eu fiz. Quando olhei para cima novamente, um momento depois, ele se foi.

Kate tinha visto a minha reação, e estava olhando para mim, a boca aberta em choque. — O que foi ISSO? — ela exclamou.

Balançando a cabeça para fora da neblina que era Sean Miller, olhei para a minha espevitada melhor amiga. — Eu honestamente não tenho a menor ideia, mas eu preciso descobrir — respondo, ofegante.

— Eu tenho que dizer, uau! Tinha uma tensão sexual forte ali, e você nem sequer o conhece! Imagine a intensidade se você chegar a conhecê-lo — ela diz, emocionada, saltando na ponta dos pés ao meu lado.

— Sossegue, gatinha, isso nunca vai acontecer. Foi apenas um momento, isso é tudo — eu digo, dando uma última olhada ao redor, procurando pelo homem misterioso novamente, mas sem sucesso. — Vamos tomar mais alguns shots; — Coloquei meu braço no dela e levei Katie de volta para o bar.

— Barman, mais quatro shots de 1800, por favor! — Tive que gritar em seu ouvido quando ele se inclinou sobre o balcão. Eu lembro que ele olhou para trás e acenou com a cabeça, confirmando, antes de servir as doses e passar as fatias de limão e o sal. Peguei vinte da minha bolsa, mas ele me dispensou. — É por conta da casa, querida. — E lá foi ele servir algum outro cliente bêbado.

— O que foi aquilo? — Kate perguntou.

— Eu não estou muito certa, para ser honesta. Talvez ele ache que somos bonitas, ou ele pensa que precisamos ficar bêbadas — eu digo, antes de me inclinar, dando uma risadinha. Kate começou a rir também, mas parou de repente, me empurrando com o ombro para chamar a minha atenção. Quando olhei de volta para ela, ela estava olhando para algo sobre o meu ombro. Eu viro lentamente, a sala girando comigo, quando eu o vi.

Sr. Sombrio e Perigoso.

O Senhor Olhos Azuis, aquele que eu havia visto do outro lado do salão, em pessoa. Ele estava todo vestido de preto: uma camisa risca de giz preta, com o colarinho aberto, com duas abotoaduras de platina no pulso; calça preta, que se agarrava ao seu corpo como a tanga de um stripper que se apega a uma nota de um dólar; e sapatos pretos recém-polidos. Ele era definitivamente o *Sr. Dom.*

Sombrio e Perigoso.

Delicioso e Dominante.

— Oi — eu consegui falar, minha garganta apertando-se com a visão dele. Até mesmo a sua presença me consumia.

— Olá — ele disse. — Eu vejo que você está se divertindo. — Ele tinha o sorriso mais incrível. Era desarmante, emocionante, e arrepiante, tudo ao mesmo tempo.

Eu fiquei sem palavras. A minha capacidade de falar qualquer coisa decifrável naquele momento estava morta e enterrada. Felizmente, Kate veio em meu socorro. — Sim, é fantástico. Definitivamente de acordo com a campanha publicitária, com certeza — ela responde alegremente, inclinando-se para apertar a mão do Sr. Dom. — A propósito, eu sou Kate, e esta é a Mac, ou Makenna. — Ela inclinou a cabeça em minha direção, me tirando da minha neblina deslumbrada.

— Makenna — ele disse com uma voz de comando muito profunda. — Eu sou Sean Miller. É um prazer conhecê-la.

Puta merda! Eu poderia estar em um quarto escuro, com os olhos vendados e amarrada, e ainda assim gozar apenas com a sua voz. Você sabe exatamente do que estou falando. Ele tinha uma presença; uma confiança que era inigualável a qualquer um dos outros homens ao seu redor. Era como se meu corpo fosse um localizador, e ele o meu destino.

Depois de olhar de um para o outro por uns bons minutos, Kate limpou a garganta. — Eu vou ao banheiro. Você quer vir também, Mac? — Quando eu olhei para ela, ela arqueou as sobrancelhas e inclinou a cabeça para longe do Sr. Dom e em direção aos banheiros.

— Oh, sim. Claro, Kate. Prazer em conhecê-lo, senhor... quero dizer, Sean — eu digo, tropeçando nas palavras. Eu não perdi o momento que ele arregalou seus olhos quando eu acidentalmente o chamei de senhor. Eu li muitos romances BDSM para saber como chamar um Dom, e este homem é, definitivamente, um macho alfa dominante, sem sombra de dúvida.

— Eu estarei esperando por você bem aqui, Makenna — ele disse suavemente quando Kate puxou meu braço. Quando passei por ele, eu tive uma amostra do cheiro do perfume masculino mais atraente que já senti. Era forte, potente, irresistível, cheio de insinuações, de desejo. Eu me lembro que as minhas pernas quase se dobraram debaixo de mim como se eu estivesse, de repente, sob o feitiço que era Sean.

Quando voltamos do banheiro, havia um homem igualmente bonito ao lado de Sean, que só tinha olhos para Kate. Ela riu, sorriu, e Kate estava perdida. Ela saiu meia hora depois, com Ryan. Logo recebi uma mensagem dela.

Kate: Eu estou indo para a casa do Ryan. Você quer que eu chame um táxi, ou você vai ficar bem?

Mac: E sobre a sua regra de 3 encontros? LOL. Eu vou ficar bem. Divirta-se ;)

Lembro-me de pensar, naquele momento, que Kate realmente precisava ficar com alguém, e eu estava me divertindo conversando com Sean.

Também conhecido como *Sr. Dom.*

Antes que eu percebesse, ele estava me colocando de pé, beijando minha boca rápido e intensamente, como se ele fosse meu dono, ali mesmo no bar. Logo depois, subimos as escadas em direção ao segundo andar e aos quartos VIP com as portas fechadas, que me chamaram a noite toda. Essa foi a noite, que Sean Miller me apresentou a um mundo de dominação, submissão, e orgasmos de fazerem a terra tremer, que poderiam vir das suas mãos e de outras partes do corpo.

Sean, da mesma forma que Noah, não tem nenhum problema com a minha política *"sem compromisso"*. Na verdade, ele apoia de todo coração. Ele é um advogado corporativo que viaja muito a trabalho e não tem tempo, propensão ou inclinação para estar em uma relação monogâmica. Na verdade, Sean e eu só nos encontramos quando ele está na cidade, e eu tenho uma coceira submissa que só ele pode coçar. É quase como o relacionamento perfeito.

Agora Zander...

Bem, ele é uma outra história. Zander é um stripper que eu conheci na festa de despedida de solteira da minha amiga Sophie, há seis meses. Eu tinha arrastado Kate junto comigo, e eis que, por volta de uma hora da manhã, um belo espécime vestido com um uniforme da polícia bate à porta. Por acaso, eu abri a porta, e nenhuma palavra saiu da minha boca, juro que fiquei lá por um bom minuto com minha boca aberta, babando no belo exemplar de homem de pé diante de mim.

— Desculpe-me, senhorita, eu fui chamado por conta de um distúrbio doméstico neste endereço. Existe uma Srta. Sophie Newhart vivendo aqui? — ele perguntou em um tom muito sério, exigente, olhando para um pequeno caderno preto. Ele parecia muito genuíno e convincente.

— Ah, sim, ela está na sala de estar. O que houve? — eu perguntei, um pouco desconfiada do uniforme do homem e sua falta de protocolo. Afinal, ele não deveria mostrar seu distintivo em primeiro lugar?

— Bom, por favor, me leve até ela — ele pediu e eu senti uma certa agitação no meu estômago. Ele me lembrava um pouco o Sean, mas com o corpo de um deus envolto em um uniforme de policial apertado.

Eu estendi minha mão, apontando na direção da sala de estar. — Por aqui.

No momento em que ele entrou pela porta, alguma terrível música pornô começou a explodir do aparelho de som surround, e, sem aviso, o policial estava jogando o chapéu do outro lado da sala e girando os quadris no ritmo da batida.

Depois de sua performance, na qual ele submeteu Sophie a um intenso "*interrogatório*" e insistiu para que ela conduzisse uma busca no corpo dele. Ele ficou com a gente pelo resto da hora, relaxando e bebendo uma cerveja.

Eu tinha ido lá fora para tomar um ar fresco, e estava pensando em ligar para Sean para um pouco de sexo, quando senti um corpo duro e quente nas minhas costas. — Eu me perguntava quando teria a chance de falar com você — ele sussurrou em meu ouvido, beijando o ponto sensível do meu pescoço que sempre me faz tremer.

— E por quê? — eu perguntei, pensando que ele provavelmente usava esta frase com pelo menos uma mulher por noite.

— Por que, enquanto as mãos de Sophie estavam sobre o meu corpo, lá dentro, eu estava imaginando que eram as suas mãos, seu corpo, sua boca na minha...

Isso foi o suficiente para mim!

Eu sempre fui uma idiota para um homem de fala mansa, e Zander... bem, ele é um mestre do flerte e sedução.

— E onde eu faria isso? — eu perguntei descaradamente. A essa altura, eu tinha bebido um pouco demais e estava, definitivamente, me sentindo ousada e corajosa. Ah, e com tesão pra caralho.

— Siga-me — ele disse, pegando a minha mão e me levando para o corredor ao lado da casa de dois andares de Sophie.

Naquela noite, Zander e eu tivemos relações sexuais contra a parede da casa de Sophie. Foi rápido, obsceno, e maldito seja, aquele homem pode fazer coisas com as mãos e a boca que a maioria das mulheres sonha. Trocamos números de telefone, então ele foi para outro trabalho, e eu voltei para dentro para um outro shot de tequila. Foi uma noite fantástica, que tem se repetido pelo menos uma vez a cada poucas semanas, desde então.

Além de nossas relações físicas, eu sou amiga de todos os três. Cada homem preenche uma necessidade física diferente que eu desejo, e que às vezes estou apenas a fim. Mas não sou uma vagabunda, e não sou fácil. Eu não tenho a conexão emocional com o sexo que várias outras mulheres têm. Eu tenho três homens, em uma relação mutuamente benéfica, sem compromisso. Estamos todos a salvo, e todos nós sabemos a natureza exata de nosso relacionamento.

Assim, com todos esses homens atraentes, decentes, e fisicamente compatíveis na minha vida, como é que eu estou em casa, deitada na cama em um sábado à noite, não querendo Sean, Noah ou Zander?

Pela primeira vez em quatro anos, um homem fez o meu coração bater mais rápido, os olhos brilharem mais, e meu cérebro virar mingau. O toque e o sabor que eu desejo são de Daniel Winters, e eu quero viajar no tempo, para uma semana à frente, para que eu não tenha que esperar para vê-lo.

Eu trabalhei cinco turnos noturnos consecutivos esta semana, e meu corpo está sentindo a confusão de noite e dia, sol e claro. Eu quase não vi Kate, muito menos qualquer outra pessoa. Zander me ligou na quarta-feira, antes do meu turno começar, querendo tomar uma bebida, mas eu estava tão zumbi do turno da noite que eu tive que recusar. No entanto, eu prometi enviar-lhe uma mensagem quando eu estivesse com as noites livres e me sentindo mais humana.

Delicioso Daniel tem sido tão irresistível e sedutor como sempre. Ele me enviou uma mensagem de texto aleatória a cada dia desta semana. Ontem à noite, ele me enviou uma mensagem por volta de meia-noite, dizendo que ele tinha passado pelo lago e isso o fez pensar em mim. Este homem é seriamente digno de um desmaio de emoção, mas eu não sou do tipo que desmaia. Eu e conexões emocionais não andamos juntos.

No entanto, Daniel parece me afetar em um nível diferente de outros homens. Ele parece querer entrar e virar-me de cabeça para baixo, descobrir mais sobre mim, e o que me faz vibrar. Isso faz com que eu o deseje de uma forma que me é desconhecida e muito assustadora.

Estou no intervalo, na sala do plantão, e minha mente está fazendo o que faz melhor: não desligar e me deixar dormir. Em vez disso, eu estou lembrando da semana passada, quando eu estava aqui com Noah, antes do meu encontro casual com Daniel no metrô.

Ele tinha me visto na lanchonete pegando um lanche da meia-noite, da máquina de venda automática, e me mandou uma mensagem de texto descrevendo exatamente o que ele queria para seu intervalo para refeição. Cinco minutos mais tarde, eu estava presa contra a parede de uma das salas de plantão, nos andares do centro cirúrgico, sendo atacada por um *vibrador ambulante* muito duro e com tesão. Sem tempo para as preliminares, ele empurrou minha calça para baixo, desesperado para chegar dentro de mim.

Durante o sexo, eu tive um bloqueio e comecei a pensar demais.

Isso é bom, mas não tão bom como costumava ser.

Que diabos, Mac? Se recomponha. Ele é o *vibrador ambulante*, ele sempre faz você gozar e rápido, geralmente várias vezes. Então, por que dessa vez você sente como se estivesse em uma corrida de longa distância, em vez de uma corrida de cem metros? Para ser honesta, isto está ficando um pouco desconfortável.

Merda, ele está ficando mais duro, e eu posso senti-lo tenso e seus grunhidos estão ficando mais altos, suas estocadas, mais rápidas. Eu dou um gemido, sabendo que ele gosta de me ouvir, e isso funciona, aparentemente estimulando-o.

Neste momento, eu sinto como se eu estivesse num passeio num daqueles pôneis de fibra que fica do lado de fora do supermercado. Coloque 25 centavos e suba a bordo! Eu nunca tive problemas para ter orgasmos antes. Inferno, eu me orgulho disso. O que há de errado comigo?

Oh, Deus. E se eu quebrei meu clitóris por excesso de uso? Ou por uso indevido? Autoabuso?

Eu gemo novamente.

— Porra, Mac. Goze comigo. Eu estou perto, querida. Realmente...

Estocada!

— Porra...

Estocada!

— Perto...

Estocada!

Eu tenho que fazer alguma coisa. Merda, eu vou ter que fingir.

— Oh, sim. Me fode, Noah. Mais forte. Oooh, sim, é isso. Bem aí. Porra! Argh! — eu grito, apertando os músculos da minha vagina e fingindo totalmente um orgasmo. Noah endurece e geme meu nome entre os dentes cerrados, quando ele atinge o orgasmo.

Graças a Deus por isso!

Após o incontável número de orgasmos que tive nas mãos, boca e pênis de Noah, eu nunca tive que fingir. Nunca. Talvez seja a maneira do meu corpo me dizer que eu quero mais do que apenas sexo. Talvez eu precise de mais. Já se passaram quatro anos desde o desastre com Beau. É hora de eu abrir meus olhos e mente para mais do que só sexo?

Exatamente o tipo de pensamento pesado que eu preciso ter, quando eu caio no sono. Mas pensar no Delicioso Daniel e no quanto eu mal posso esperar para vê-lo no jogo de domingo... é disso que os sonhos são feitos.

Meu DD, sexo na praia, beijos à beira do lago, e Superman.

 Capítulo 6
Eu esperei o dia inteiro pela noite de domingo

É domingo. Dia do jogo.

Dia do Delicioso Daniel.

Eu realmente preciso parar de adicionar a palavra delicioso ao seu nome, mas sério, depois de beijá-lo na sexta-feira, você também o estaria chamando de delicioso. Ele tinha gosto de cerveja, um toque de menta, e me fez sentir como se eu estivesse deitada ao sol em um dia quente e ensolarado. Sim, ele me transportou para outro tempo e lugar. Ele é bom. Eu quero isso de novo. Eu tenho desejado isso. Sem sexo, apenas os beijos *viagens no tempo* de Daniel.

Merda, agora eu estou pensando sobre como seria fazer outras coisas com Daniel, agora mesmo, enquanto eu estou deitada na cama. Eu durmo nua em casa, faço isso desde que me mudei de volta para Chicago. Há algo de libertador em dormir nua, sem limitações de tecido ou costuras. Eu amo isso. Pego meu celular, e decido enviar uma mensagem para Daniel, para avaliar onde sua cabeça está.

Mac: Bom dia, Delicioso Daniel. Dia do jogo! Woohoo.

Delicioso Daniel (eu realmente tenho que mudar isso): Bom dia, linda. Você está pronta para uma festinha no estacionamento e futebol?

Mac: Claro que sim! Preciso levar alguma coisa?

Delicioso Daniel: Apenas o seu belo ser. Você está acordada há muito tempo?

Ha! Agora é a minha chance de testar o Sr. Delicioso.

Mac: Na verdade, eu ainda estou deitada na cama.

Delicioso Daniel: Sério? E o que você está fazendo aí?

Mac: Estava pensando na última sexta-feira à noite e no quanto você foi cavalheiro. Você é sempre tão cavalheiro?

Delicioso Daniel: Eu sou conhecido por ter os meus momentos, mas me dizer que você está na cama pensando em mim não está ajudando a manter minha mente longe da sacanagem. Ou do seu quarto.

Mac: Então não fique. Deixe sua mente vagar livre no meu quarto. Eu acredito firmemente no pensamento livre.

Delicioso Daniel: É mesmo? E para onde você gostaria que meus pensamentos fossem?

Mac: Eu, na cama, nua como no dia em que nasci, pensando em você e seus beijos.

Delicioso Daniel: Merda. Preciso de um banho frio.

Mac: Por quê?

Delicioso Daniel: Porque a minha mente está indo definitivamente por uma estrada que leva a algum lugar perigoso.

Mac: Não diga...

Delicioso Daniel: Olhos no prêmio, Mac. Dia do jogo, futebol, homens correndo em shorts de elastano.

Mac: Oooh, Daniel, você sabe como fazer uma garota desmaiar, não é? Agora você está me lembrando da minha fantasia com o Superman.

*Delicioso Daniel: *cabeça contra a parede* Droga, Mac, eu vou precisar de uma ducha fria. Agora, garota impertinente, que tal você ir tomar um banho frio e eu vou encontrá-la em algumas horas ;)*

Mac: *fazendo beicinho* Ok, não tem graça.

Delicioso Daniel: Não se preocupe com diversão, Mac. Há tempo de sobra para isso, bela estranha.

Mac: Até então, eu vou ter que mudar o nome do meu chuveirinho para Daniel e me divertir com ele ;)

Duas horas e um banho de água fria depois, no qual fiquei bem familiarizada com o meu chuveirinho, estou vestida com meu casaco de capuz dos Bears com um grande C laranja na frente, com jeans skinny azul escuro e tênis cor tangerina, e finalizando com a minha incrível bolsa do Chicago Bears que eu comprei no ano passado. Eu sou como a criança do pôster, mas num estilo sexy e divertido de uma fã dos Bears.

Kate não voltou para casa ontem à noite. Ela está com o seu novo homem brinquedo, Jeremy.

Também conhecido como *O Gorila.*

Quero dizer, sério, eu sou a favor de um homem que pode expressar-se, mas não um homem gorila que grunhe durante os três minutos de sexo das preliminares até terminar. Mas ele é atraente, e faz Kate feliz (eca), por isso tenho a esperança de que ela vá se cansar dele e de seus grunhidos.

Kate é mais uma garota de romance e flores. Ela acredita no amor, no amor à primeira vista, ou amor à vista com frequência, como é o caso.

Exceto quando Jeremy grunhidor está do outro lado da parede do meu quarto!

Estou terminando minha maquiagem quando ouço a campainha. Tentando não agir como um cachorro animado pronto para transar com sua perna, eu me forço a caminhar lentamente até a porta. Eu a abro e encontro um sorridente e totalmente enfeitado Daniel, encostado no batente da minha porta, com um olhar de pura adoração em seu rosto.

— Bom dia, linda. — Ele tem o maior sorriso no rosto, o olhar percorre os meus pés de tênis laranja e de volta até a grande letra C por cima do meu busto e seu sorriso fica incrivelmente maior. — Porra, você é uma bela visão com roupas dos Bears.

— Eu te disse que eu sou fã, e uma garota tem que apoiá-los e estar na moda — eu respondo com um sorriso, saindo da porta. — Entre, eu estou quase pronta.

Ele fecha a porta atrás de si e senta num banquinho do balcão da cozinha. Eu vejo quando ele olha pelo nosso apartamento. — Belo apartamento — ele murmura em aprovação.

— Nós gostamos — eu respondo, verificando minha bolsa para ter certeza de que tenho o essencial: telefone, carteira, e gloss. — Ok, eu estou pronta.

Daniel se levanta do banquinho e está em pé diante de mim no meio da cozinha. Ele se move lentamente até que nossos troncos estão quase se tocando, se aproximando e colocando suavemente uma mecha solta de cabelo atrás da minha orelha. — E como foi o seu banho frio, Mac? — ele pergunta em voz baixa, seus olhos mostrando apenas uma sugestão do fogo que eu sei que está queimando por trás deles.

— Quente e satisfatório — eu respondo suavemente, movendo minhas mãos pela lateral do meu corpo, não sei exatamente o que fazer com elas... com ele. Droga! Eu não estou acostumada a esse tipo de química. É palpável. Estou seriamente esperando que faíscas comecem a zumbir entre nós.

Ele coloca as mãos sobre meus quadris e se inclina, beijando suavemente meu rosto. — E o chuveirinho? — ele sussurra com voz rouca no meu ouvido.

— Daniel foi muito gratificante — eu respondo sem fôlego, enquanto levanto os meus braços e os coloco em torno do seu pescoço. Como pode este homem me afetar com um olhar, um toque, um leve roçar na minha bochecha?

— Talvez um dia você possa experimentar a completa *experiência com Daniel* — ele diz antes de circular a língua no ponto sensível abaixo da minha orelha, fazendo todo o meu corpo tremer contra ele.

— Jogue suas cartas direito, amigo, e esta pode ser a sua noite de sorte — eu digo, colocando as duas mãos em seu peito e o empurrando lentamente para longe de mim.

Ele fica em pé novamente, as mãos ainda descansando em meus quadris.

— Eu posso ser o melhor jogador das malditas cartas que você já viu. — Ele move as mãos para cima do meu corpo, até que ele está segurando meu queixo e inclinando a cabeça para me dar um beijo que faz a minha espinha formigar do topo da minha cabeça até a ponta do meu dedo mindinho. — Agora, vamos para a festinha antes do jogo, antes de começarmos com outros jogos e a gente nunca saia de casa.

Chegamos no estádio-Soldier Field por volta de 13:00h, e, com o braço em volta da minha cintura, Daniel me leva em direção ao estacionamento. Eu já participei de festinhas antes do jogo, então isso não é novidade para mim. Conforme caminhamos em direção ao estacionamento e vemos as filas de carros estacionados, porta-malas abertos, e as hordas de pessoas que os cercam, me sinto em casa. O ar é preenchido com o aroma de churrasqueiras portáteis cheias de alimentos, e as risadas e gozação dos fãs dos Bears, enquanto eles se prepararam para o jogo.

— Você está bem? — Daniel me pergunta, arqueando uma sobrancelha quando eu olho em volta, absorvendo a experiência.

— Eu estou ótima, Superman — eu digo com um sorriso.

— Superman? Eu gosto disso — ele responde, beijando o lado da minha cabeça. — Eu gosto muito disso.

Eu não posso tirar o sorriso bobo do meu rosto. Isso é quase cômico. Makenna, a que tem fobia de relacionamentos, realmente desfrutando de um segundo encontro, e não querendo que ele acabe tão cedo.

Bem, isto é, até que Daniel para ao lado de uma Pick-Up Dodge branca e eu olho diretamente nos olhos azuis do Dr. Noah Taylor. Meu Noah.

Puta merda!

Daniel, sem perceber que meu corpo fica duro como um corpo morto na neve, levanta o queixo para seus amigos antes de me apresentar. — Mac, este é Thomas, Cade e Noah. Eles são antigos amigos da faculdade. E esta é a Mac — ele diz com um sorriso enorme.

Thomas é o primeiro a dar um passo à frente, oferecendo-me sua mão estendida. Eu coloco minha mão na sua e ele me assusta quando levanta a palma da minha mão até a boca e a beija suavemente. — Prazer em conhecê-la, Mac.

— Cuidado, Tom. Ela está comigo — Daniel diz em tom de brincadeira enquanto eu abafo uma risadinha.

— Só cumprimentando a dama, Danny Boy. Não precisa ficar com ciúmes — ele responde com um sorriso e uma piscadela para mim.

Eu tento não encontrar o olhar de Noah, que não me deixou desde que nós chegamos. Entretanto, eu posso sentir seus olhos queimando em mim, então eu me aproximo de Daniel, ganhando uma risada e um aperto dele.

— Eles não mordem, linda — ele murmura no meu cabelo enquanto beija suavemente minha cabeça.

— Eu não estou muito certa disso — eu murmuro. Eu lembro de alguns meses atrás, quando Noah ficou um pouco animado, deixando um chupão do tamanho do Monte Rushmore no meu pescoço. Eu tive que usar uma camiseta por baixo do meu uniforme por uma semana inteira para esconder a coisa.

Eu olho de rabo de olho para Noah e ele está ali com o maior sorriso no rosto, suavemente acenando para mim. Eu conheço Noah há dois anos, por isso posso dizer que nos conhecemos muito bem, dentro e fora da sala do plantão, então ele sabe que eu não namoro. Inferno, eu não costumo ter segundos encontros.

Eu suspiro quando o vejo dar um passo à frente. — Dan, meu caro. Há quanto tempo! — ele diz, batendo nas costas do Daniel. — E, Mac, não te vejo há algum tempo.

— Vocês dois se conhecem?

— Nós trabalhamos no mesmo hospital — eu digo tão alegremente quanto possível.

Daniel sorri. — Uau, mundo pequeno, hein? E onde você esteve, Taylor? Não vi você por aí.

— Estava fora da cidade para um curso de formação. Realmente não tenho visto ninguém recentemente — ele diz, claramente querendo me incomodar.

— Claro, às vezes, precisa focar mesmo no trabalho. Está saindo com alguém? — Daniel pergunta a ele, ignorando o desconforto que eu estou sentindo agora.

— Não. Ainda estou vendo aquela enfermeira do trabalho que lhe falei. É uma amiga com benefícios. Isso funciona bem — ele diz calorosamente.

Eu ainda não consigo olhar para ele, e posso sentir minha pressão arterial começar a ferver. Noah pode ser um amigo e, sim, temos fodido como coelhos durante os últimos dois anos, mas falar sobre isso aqui na frente do meu encontro, do meu Daniel. É irritante.

— Parece grandioso — eu digo entre os dentes.

— O que é isso? — Daniel diz quando se afasta e começa a falar com um dos caras. Aproveito a oportunidade para dar a Noah um olhar pronto para balançar a sua alma, mas ele apenas dá o seu *sorriso tira a calcinha* para mim, me irritando ainda mais.

Eu coloco minha mão sobre o peito de Daniel, erguendo-me na ponta dos pés para dar-lhe um beijo suave sobre os deliciosos lábios dele. — Vou pegar um refrigerante daquele carrinho. Você quer alguma coisa? — eu pergunto, desejando que um buraco se abrisse agora mesmo e me engolisse... ou Noah!

— Eu estou bem. Vou pegar uma cerveja do cooler. Você quer que eu vá com você?

— Está tudo bem, eu sou uma menina crescida, Superman. Eu já volto — eu digo com excesso de entusiasmo quando lhe dou mais um beijo na bochecha e saio dos seus braços antes de virar e me afastar do grupo.

Assim que eu estou fora de vista, pego meu telefone para ligar para Kate. É assim que agimos. Sempre que uma de nós está pirando ou com problemas, ligamos e desabafamos. Deixamos tudo sair, geralmente falando muito rápido para que a outra pessoa sequer ouça cada palavra que dizemos, mas sempre funciona. Ultimamente, eu que tenho recebido esse tipo de chamada de Kate, mas agora é a minha vez. Desta vez, eu sei que ela vai rir na minha cara. Ela sempre disse que meus pequenos arranjos iriam se voltar contra mim.

— Ei, Mac. Você não deveria estar em seu encontro? — ela pergunta, logo que atende a chamada.

— Estou no meu encontro. Só que Noah está aqui também! — eu falo rapidamente. Eu tenho o hábito de falar rápido quando estou preocupada ou chateada. Agora, eu sou uma mistura de ambos.

— O QUÊ? Você tem que estar brincando comigo! Como isso aconteceu? — ela questiona. Eu posso ouvir choque e diversão em sua voz. Claro, ela acha esta situação hilária. Talvez eu também, caso eu estivesse em casa e bêbada.

— Supostamente, eles são velhos amigos da faculdade, mas escuta isso. Dan perguntou a Noah sobre sua vida amorosa, e ele disse que ainda tem aquele acordo com a enfermeira, mas ele não a vê há algumas semanas. Sério, Kate, eu poderia ter morrido. E ele teria sido transformado em pedra se tivesse se dado ao trabalho de olhar em minha direção naquele exato momento. O filho da puta ainda manteve uma cara séria.

Ela está rindo da minha situação. — Desculpe, Mac, mas você tem que admitir que isso é meio engraçado. Então, onde está você agora?

— Eu disse que estava com sede, então saí para comprar um refrigerante. Quais são as chances dessa merda acontecer, Kate? Quero dizer, realmente. Delicioso Daniel e Dr. Noah se conhecerem? Santa merda, Batman!

— Ok, Mac, respire fundo — ela diz com calma, felizmente parando de rir, enquanto eu sigo o conselho dela e inspiro e expiro. — Tudo bem. Você precisa decidir se você vai continuar neste encontro, ou fazer uma fuga covarde neste momento?

Eu acho que isso estava decidido. Eu esperei por este encontro com Daniel durante toda a semana, e eu não vou deixar Noah arruiná-lo. Se ele disser a Daniel que eu sou a enfermeira, vou explicar tudo para ele. Isso vai ser depois de eu ter chutado Noah na sarjeta e deixar o babaca soluçando no chão.

— Obrigada, querida. Eu sabia que você ia me fazer voltar ao ringue. Vejo você quando eu chegar em casa? — eu pergunto, esperando que eu seja capaz de passar pelo interrogatório da minha melhor amiga, esta noite.

— Eu devo estar em casa, mas eu te aviso se eu não for estar — ela explica, parecendo demasiadamente alegre para alguém que não está transando.

— Oh, meu Deus, Kate. Você transou! — eu grito no telefone, ganhando alguns olhares estranhos e intrigados de pessoas próximas a mim.

— Você acabou de anunciar isso no Soldier Field, Mac?

— Talvez — eu digo antes de morrer de rir. — Desculpe, mas você transou, ou não?

— Eu defendo a quinta emenda. Agora seja legal com Noah e Daniel e eu te vejo mais tarde, devoradora de homens — ela diz, sem esconder o riso em sua voz.

— Eu vou tentar — eu respondo amuada, antes de desligar.

Merda, esse vai ser o pior dia da história, e nada disso será culpa do meu encontro! De todas as malditas pessoas do mundo que Daniel tinha que conhecer, tinha que ser logo ele! Argh! Eu pareço uma louca enquanto caminho em direção ao carrinho de venda de refrigerantes.

Agora, eu mal posso esperar para este encontro acabar. Não tem nada a ver com Delicioso Daniel, mas tudo a ver com os homens que a minha vagina escolheu para brincar. Que sorte a minha!

Felizmente, o resto do dia passa sem intercorrências. Eu engulo o meu orgulho e minha raiva, e faço bonito com Noah, que se comportou durante o resto do dia.

Nós voltamos para o meu apartamento por volta das oito horas da noite, e, quando eu convido Daniel para entrar, ele declina da maneira mais gentil possível, me dizendo que tem que levantar cedo no dia seguinte.

— E se eu entrar com você, vestindo essa atraente roupa do Bears, eu poderia não querer sair, e tanto quanto é isso que eu quero fazer, e eu quero dizer realmente isso — ele acrescenta com um grunhido, — eu acho que nós tivemos um dia perfeito, e você tem a sua regra de três encontros.

Eu gemo com decepção e faço beicinho como uma criança malcriada. Ele joga a cabeça para trás e ri. — Você fica linda quando faz beicinho. Como isso é possível? — ele pergunta com um aceno de cabeça. Voltando-se para mim, no banco do passageiro, ele se inclina, colocando suavemente um cacho rebelde atrás da minha orelha. — Linda — ele murmura, olhando-me fixamente. — Mas eu posso te dar um beijo de boa noite.

Pegando o meu rosto com uma das mãos, ele desliza a outra no meu cabelo, e mordisca meu lábio inferior, pedindo entrada. Eu obedeço imediatamente, envolvendo minhas mãos em seu pescoço e puxando-o o mais perto que eu posso, acariciando sua língua com a minha, e me perco no momento.

Eu sempre amei beijar. Eu posso não ter relacionamentos sérios, mas o beijo é uma obrigação. É íntimo, é quente quando bem feito, e Daniel parece ser um especialista nisso. Quero dizer, claro que é! Estou começando a me perguntar se há alguma coisa que este homem não pode fazer bem.

Eu movo meus dedos pela parte de trás do seu cabelo, aplicando pressão apenas o suficiente para mostrar a minha apreciação. Eu ouço um gemido no fundo de seu peito, e eu sei que ele está chegando perto do ponto de ruptura. Eu sinto sua mão se mover para baixo no meu braço, a ligeira aspereza de seus dedos traçando uma linha invisível de desejo pelo meu corpo. Ele coloca sua mão em meu seio, esfregando o polegar sobre o meu mamilo agora ereto, lutando contra sua prisão de renda, e implorando para ser libertado. Eu movo as minhas mãos, passando os dedos pelas costas e sentindo-o arquear contra mim. Estamos perdidos em um frenesi de bocas, lábios, línguas e mãos, nenhum de nós quererendo parar. De repente, o carro balança quando um cão salta contra a lateral do carro, agora embaçado, obrigando-me a gritar em estado de choque.

Nos separamos um pouco, e eu descanso minha cabeça em seu ombro enquanto explodo em um ataque de risos. Sinto um beijo leve na minha bochecha antes de ele sussurrar: — Eu estou começando a pensar que você pode ser o super-herói, Mac. Você me faz perder a cabeça.

— Te digo o mesmo, Superman.

Capítulo 7
A noite de um dia difícil

Eu tropeço dentro da cozinha, presa em um estado meio dormindo, meio acordada, quando sou cumprimentada por uma Kate sorridente.

— Bom dia, querida. Como foi o jogo de futebol? — ela pergunta com um sorriso de quem comeu e gostou.

Eu ando meio grogue até a cafeteira e encho minha enorme caneca de viagem até o topo. Agradeço ao Senhor pela cafeteira de doze cafezinhos. — Foi sem intercorrências após o nosso telefonema. Nós torcemos e gritamos quando o Bears venceu. Voltamos para casa, ficamos lá fora conversando em seu carro por mais ou menos uma boa meia hora, e ele me convidou para sair na quinta-feira. Ele quer me levar ao Navy Pier.

— Sim! Estou gostando desse cara, Mac — Kate afirma com orgulho, quase pulando de empolgação no banquinho do balcão da cozinha em que ela está sentada diante de mim.

— Sossegue, gatinha. Foram apenas dois encontros. Ele não está propondo casamento ou qualquer coisa parecida.

— Oh, meu Deus, imagine se ele for *o cara*, Mac. Aquele que vai quebrar a sua regra de "sem compromisso".

— Ei, chega disso! — eu retruco.

— Você já chegou *lá* com Danny Boy? — ela pergunta.

— Não. Bem, talvez em minha mente, mas ainda não passamos da primeira base. — Por que eu não consigo tirar esse sorriso de mulherzinha do meu rosto?

— Então, você ainda mantém a minha regra de três encontros?

— Claro. Não quero que você pense que eu pulo na cama com qualquer um — eu digo com uma piscadela.

Ela segura a mão para cima e começa a contar os dedos. — Noah, um. Sean, dois, e Zander, o número três da sorte.

— Shhh. É muito cedo para você ficar falando merda sobre o estado da minha vida amorosa. — Eu balanço minha cabeça e faço uma careta engraçada.

— Ok, então quinta-feira com o vulcão quente? Eu posso trabalhar com isso. Talvez eu possa realmente conhecê-lo desta vez — ela murmura. Eu posso ver que sua mente está acelerada. Eu não quero nem pensar no que ela está planejando. Só espero que não seja:

Horripilante.

Embaraçoso pra caralho.

Ela estará muito bêbada e sua boca estará batendo como uma porta de celeiro em um tornado.

Nota para mim mesma: Esconder de Kate todo o álcool da casa antes de quinta-feira!

Eu estou trabalhando em turnos, durante o dia, esta semana a partir de terça-feira, assim eu posso passar o resto do dia fazendo tarefas domésticas como lavanderia, limpeza e recuperar o atraso em todos os meus programas de TV. Estou no meio de um episódio de Vampire Diaries, no qual Damon está sendo obsceno e ultrassexy, quando ouço o telefone vibrar na mesa à minha frente. Eu vejo que é Sean, então atendo imediatamente.

— Oi — eu respondo.

— Oi, bonequinha. Como você está?

Eu não posso deixar de sorrir para o apelido que ele me deu. Ele me chama assim desde aquela primeira noite no clube. — Estou bem, senhor — eu respondo, com um sorriso.

Ele ri, mas não é uma risada divertida. É uma risada cheia de promessas, uma risada profunda que envia arrepios pelo meu corpo o tempo todo. Ele pode dizer que eu estou sendo uma espertinha. — Parece que você está precisando de um pouco de disciplina?

— Não, não mesmo. Hoje eu vou tirar um dia de folga do mundo. Você pode chamar de um dia de saúde mental, se você quiser.

— Todo mundo precisa de dias assim, de vez em quando. Quais são os seus planos para hoje à noite? — ele pergunta.

— Para ser honesta, eu ia dormir mais cedo, fui ao jogo do Bears ontem. Eu fui a uma festinha no estacionamento antes do jogo — eu respondo com entusiasmo.

— Sério? Quem levou minha bonequinha para sua primeira festinha no estacionamento? — ele pergunta com interesse. É assim que Sean é. Ele está sempre preocupado com meu bem-estar, sempre interessado na minha vida, e eu aprecio isso mais do que ele imagina. É bom ter um amigo que se preocupa com você, e não apenas sobre as posições sexuais que você pode fazer.

— Hum, ele é um cara que eu conheci no trem na semana passada no meu caminho do trabalho para casa. Ele é só um amigo — eu digo rapidamente. Foda-se! Por que eu sinto a necessidade de esclarecer isso? Não há nenhum jeito de que Daniel seja apenas um amigo. Podemos não ter dormido juntos ainda, e tudo tem sido muito respeitado até agora, mas, cara, o homem sabe beijar. Se eu fosse um cachorro, eu teria me esfregado nele há dias atrás.

— Mac, você sabe que não é seguro andar na L à noite. Eu já disse várias vezes que você precisa pegar um táxi ou ligar para o meu serviço de transporte. Você sabe que eu não me importo.

— Eu sei, Sean, mas está tudo bem. Eu sempre tomo cuidado, eu prometo — eu digo com tristeza, me sentindo um pouco repreendida. Mesmo quando ele não está no mesmo quarto que eu, eu me submeto a ele, é um poder muito inebriante que ele tem sobre mim. Felizmente, Sean nunca foi de tirar proveito. Era sempre nas situações certas e sempre no quarto. Nunca atravessou para a vida cotidiana. Eu acho que é por isso que funciona bem para nós.

— Então, eu devo aguardar a sua ligação? — Eu detecto uma pequena decepção em sua voz, não que ele fosse admitir isso.

— Definitivamente, eu te ligo na próxima semana e vejo se você ainda está na cidade. Talvez possamos tomar uma bebida? — eu acrescento, esperando que ele vá dizer sim. Eu não o vejo há um mês e realmente sinto a sua falta, bem como o sexo quente que ele, oh, faz tão bem.

— Parece bom. Tome cuidado, ou então eu vou bater em você até que você tenha aprendido a se cuidar — ele adverte. Caramba, esse homem e suas promessas. Apenas o pensamento de sua mão aquecendo minha bunda submissa me faz corar.

A primeira noite que passamos juntos foi irreal.

Com um aperto firme na minha mão, ele me guiou além da corda de veludo vermelho e subimos a elegante escada de madeira escura para a área VIP do clube. Sua personalidade era viciante. Ele exalava tanta confiança, era tão determinado. Eu sabia que, quando ele via algo ou alguém que ele queria, ele ia atrás. Naquela noite, o que ele queria era eu, e eu não passava de uma mariposa atraída por sua chama ardente.

Quando chegamos ao topo da escada, ele me levou para um corredor mal iluminado com lâmpadas vermelhas. Até mesmo o corredor tinha uma energia sexual. Havia três portas de cada lado, cada porta de uma cor diferente, desvanecendo do preto no início até o vermelho ardente no final.

Quando chegamos à porta vermelha, ele se virou e me empurrou contra a porta, beijando a minha boca com abandono imprudente. Eu engasguei com sua ferocidade, permitindo à sua língua ávida o acesso bem-vindo. Ele me provocou, sua boca reivindicando a minha como sua. Suavizando, ele passou levemente os dentes pelo meu lábio inferior, enviando um delicioso arrepio por todo o meu corpo.

— Hoje à noite, bonequinha, você é minha. Você entende isso?

Eu balancei a cabeça, incapaz de formar palavras. Eu estava excitada pelo seu súbito poder sobre mim. Eu apreciava a perda de controle, o súbito desejo de entregar-me a este sombrio homem sedutor me consumindo.

Seu olhar penetrante me cimentou contra a parede. Ele silenciosamente falou do desejo e poder, mas eu não estava com medo dele. A maneira como sua mão firmemente agarrava o meu quadril, enquanto a outra estava me prendendo, me fazia sentir segura. Lembro-me de me sentir confusa pelo enorme magnetismo dele.

Tirando a mão da porta, ele tirou uma chave dourada do bolso e abriu a porta atrás de mim. Envolvendo seu braço ao redor das minhas costas, ele abriu a porta, me guiando para trás, para o abismo desconhecido, enquanto sua boca encontrava a minha de novo. Desta vez, eu estava preparada, correspondendo ao ritmo de sua língua, golpe a golpe. Eu levantei minhas mãos em seus cabelos, pegando os fios entre os dedos e apertando-os, quando comecei a me perder em seus lábios.

Um grunhido retumbou em seu peito enquanto eu aumentava o meu aperto nele, e antes que eu percebesse a porta se fechou atrás de mim, e eu tinha minhas costas contra ela enquanto Sean continuava a explorar cada centímetro de mim. Tirando a boca da minha, ele moveu os lábios pelo meu queixo, mordiscando minha orelha enquanto ele sussurrava: — Você é tão quente, bonequinha. Eu mal posso esperar para colocar a minha mão na sua bunda sexy. Para ter você submissa diante de mim, pedindo para ser fodida.

Um choque sacudiu o meu corpo, suas palavras grosseiras me inflamando, me deixando louca. Ele arrastou a língua no meu pescoço, mordiscando a pele onde meu pescoço e clavícula se encontram. Eu cedi, entregando-me. Ele sentiu isso acontecer, murmurando contra a minha pele, enquanto ele deslizava os dedos entre o tecido da malha colante do meu vestido, tirando-o lentamente do meu ombro e expondo minha pele formigando quando a roupa foi retirada. Movendo-se para o outro ombro, ele fez o mesmo, arrastando o material pelo meu braço com os dentes, em seguida, passando a sua língua subindo no meu braço, na parte superior do corselete de rendas sem alça que eu estava usando por baixo da roupa.

— Mãos na porta, não se mova — ele ordenou enquanto movia as duas mãos até os meus seios, passando os polegares em meus mamilos endurecidos e provocando um gemido estridente da minha boca. — Tão bela, bonequinha — ele disse enfiando os dedos dentro do top, puxando meus seios para cima e expondo-os. Antes que eu pudesse racionalizar o que estava acontecendo, sua boca quente e úmida estava em

mim, puxando meu bico sensível em sua boca e roçando os dentes suavemente contra ele. Ele solta-o com um som de estalo antes de mudar para o outro lado e dar a mesma atenção. Até então, meu corpo estava queimando, e eu senti como se eu pudesse entrar em combustão instantânea a qualquer momento.

Arqueando as costas para suas mãos e boca, minha mente estava inquieta com o que poderia acontecer depois, o prazer que este homem estava prometendo dar. Uma noite, uma noite livre de inibições, sem estresse, apenas me entregando a este homem sexy pra caralho que queria me devorar.

Ele tirou a boca de cima de mim e deu um passo para trás, olhando para mim enquanto observava o meu corpo, agora seminu, diante dele. — Precisamos tirar essas roupas — ele soltou, antes de pegar meu vestido, que agora estava embolado na minha cintura, e puxá-lo para baixo, pelas minhas pernas, até que eu fiquei nua na frente dele.

O vestido que eu estava usando não me permitia usar calcinha, por isso a parte inferior do meu corpo foi exposta, deixando-me de pé diante dele, só com o meu corselete e salto alto preto. A maneira como ele olhou para mim queimou minha pele e me deixou sem fôlego. Ouvindo sua respiração acelerar quando o último centímetro do meu corpo foi mostrado a ele, apenas me estimulou. Tirei minhas mãos da porta, esquecendo o seu comando para deixá-las lá, e passei meus braços ao redor dos seus ombros, instigando-o para mais perto de mim. Sua boca encontrou meu pescoço enquanto sua mão descia pelo lado do meu corpo, acariciando meu quadril antes de passar os dedos para o seu interior, entre as minhas pernas entreabertas.

— Oh, bonequinha, você está tão molhada pra mim. Uma vergonha que você tenha me desobedecido — ele disse perigosamente. — Minha mão vai aquecer o seu traseiro até que você esteja me implorando para estar dentro de você.

Não me dando qualquer oportunidade de absorver o que ele tinha acabado de prometer fazer comigo, ele agarrou minha mão, levando-me até uma cadeira de couro preto e sentou-se, me deixando nua na frente dele, entre suas pernas abertas. Eu admirava a grande protuberância contra suas calças cinzentas escuras, inconscientemente, lambendo meus lábios com a visão. A dor entre as minhas pernas se intensificou, e lembro-me de pensar que eu iria morrer se ele não estivesse dentro de mim em breve. Limpando a garganta, meus olhos se voltaram para o seu rosto. Ele esboçou um sorriso maroto para mim.

Merda!

— *Agora seria a hora de mudar de ideia, Mac. Caso contrário, em menos de trinta segundos, eu vou colocar o seu traseiro nu deitado em meu colo, e minha mão estará ardendo da surra dura que eu pretendo dar-lhe* — ele afirmou com uma sobrancelha arqueada, como se ele estivesse me desafiando.

Eu saio do meu delicioso flashback com uma batida na porta da frente. Olho para o relógio na parede e vejo que é uma da tarde. Quando chego à porta, eu olho pelo olho mágico para encontrar um símbolo do Superman e começo a rir. Abro a porta para encontrar um Daniel radiante segurando duas sacolas marrons em suas mãos, e o chaveiro do Superman com suas chaves.

Encostada à porta aberta, eu levanto a sobrancelha. — E a que devo este prazer? — Eu não posso segurar o sorriso que está em meus lábios com a mera visão dele.

— Você mencionou que teria o dia de folga, e eu tenho uma tarde tranquila, então eu pensei: o que poderia ser melhor do que almoçar com uma bela estranha? — ele diz com uma piscadela.

Eu olho para a minha roupa, que no momento consiste de uma parte superior de grandes dimensões com uma foto de um garfo e uma colher e a legenda "*O que começa com carinho, pode facilmente acabar em sexo*" (não é o meu melhor momento) e leggings. Daniel está muito atraente com sua calça preta e camisa branca aberta com as mangas arregaçadas, mostrando antebraços impressionantes. Aposto que ele poderia fazer flexões em cima de mim enquanto ele...

Merda! Onde eu estava? Oh, sim.

— Ah, como você pode ver, eu não estou vestida para sair em público. — Eu posso sentir o rubor subindo pelas minhas bochechas. Deus, não deixe qualquer parceiro de cama em potencial vê-la em sua sala de estar usando esse tipo de roupa até DEPOIS de terem dormido juntos.

— Para ser honesto, Mac, vê-la assim? É sexy pra caralho — ele diz com um sorriso. — Que tal a gente almoçar aqui mesmo? Então eu posso avaliá-la em particular. Contanto que você não se importe de eu me intrometer aqui — ele acrescenta com uma pitada de incerteza em seu tom de voz.

Uau, parece que o divertido e gracioso Daniel sacana está presente hoje. Estou gostando de todos os diferentes lados de Daniel que eu vi até agora, talvez um pouco demais. Isso não me impede de dar um passo para a frente e dar um beijo suave na sua bochecha.

— Parece bom.

Dando um passo para o lado, eu o oriento como um policial de pé em um cruzamento. Você é uma idiota, Mac!

— Gostaria de uma bebida? — eu pergunto, entrando na cozinha e abrindo a geladeira para ver o que posso oferecer. — Temos suco de laranja, água, leite... oooh, há duas garrafas de cerveja Miller perdidas.

— Seria uma vergonha deixar uma Miller perdida — ele diz atrás de mim enquanto coloca a comida na mesa.

— Porra, a minha alma gêmea — eu digo, sem ligar o meu filtro da estupidez.

Eu me viro, segurando as duas garrafas na mão, e, quando vejo o olhar em seu rosto, estou sem palavras. Seus olhos se suavizaram, e ele está me dando o sorriso mais sexy que eu já vi. — Você nunca sabe a sua sorte na cidade grande, Mac — ele acrescenta, copiando um comentário meu. — Mas, por agora, chega de paquera ou então eu vou esquecer tudo sobre este almoço e vou devorá-la como meu almoço.

Não, eu estava errada. Agora sou eu com o olhar pateta no meu rosto. Mac interior está gritando para ele *Me devora, me devora agora!*.

Eu balanço minha cabeça, tentando recuperar a compostura. Daniel ri quando ele se senta em um banquinho do balcão e começa a servir o nosso almoço, que se parece mais com um almoço gourmet do que um almoço casual.

No entanto, outro ponto a seu favor.

Capítulo 8
Olhos famintos

Em um piscar de olhos, é quinta-feira e está quase na hora do meu terceiro encontro com Daniel. Sim, terceiro encontro. Isto é um milagre, pelo menos para mim.

Eu não sou uma pessoa namoradeira. Eu posso aceitar uma bebida ou duas de um estranho bonito em um bar, ou encontrar-me com um amigo com benefícios para uma bebida e um jogo de bilhar, mas, desde que eu voltei a viver em Chicago, eu só fui a alguns encontros. Kate é uma namoradeira. Eu a amo muito, mas ela sempre teve a crença delirante de amor à primeira vista e felizes para sempre. Ela é uma romântica incurável, que, infelizmente, significa que ela teve mais do que seu quinhão de desgostos ao longo dos anos.

Eu agora já sei lidar com o coração partido, e aperfeiçoei uma técnica para lidar com isto, como uma arte.

Dia 1: Envolve pijamas, sorvete Ben & Jerry, e uma maratona de DVD de Supernatural ou Gossip Girl. Não há nada como um pouco de Sam e Dean, ou Chuck Bass para fazer uma garota se sentir melhor.

Dia 2: É a fase da raiva, na qual ela quer torcer o pescoço de cada membro da raça masculina, com suas próprias mãos. Nesses dias, nós consumimos grandes quantidades de vodca e Red Bull. Tequila também pode ter sua aparição bem-vinda. A ressaca que temos no dia seguinte é uma merda, mas, geralmente, no terceiro dia, Kate está pronta para pular de volta no cavalo, ou no próximo macho disponível, por assim dizer.

Eu chego em casa do trabalho antes da Kate, depois de ter saído uma hora mais cedo para dar uma passada na Avenida Michigan para encontrar uma nova blusa sexy para vestir para o meu encontro. Eu sei que Daniel quer me levar ao Navy Pier. Parte de mim espera acabar no Pier Park e ficarmos presos no topo da roda gigante, então eu preciso de uma roupa que aqueça, seja funcional e sexy.

A regra de três encontros não se aplicará depois desta noite e agradeço a Deus por isso! Estou morrendo de vontade de descobrir o quão talentoso Daniel é com aquela boca. Podemos ter ficado presos na segunda base, mas isso não descarta um gol de placa iminente, especialmente quando ele está envolvido. Aquele sorriso, o brilho nos olhos, aquela boca deliciosa pode transformar o meu interior numa geleia em poucos segundos...

Argh!

Estou depilada, de banho tomado e esfoliada dos pés à cabeça no momento em que Kate entra pela porta. Largando sua bolsa e as chaves no balcão da cozinha, ela fica lá descaradamente me conferindo. Com um pequeno giro de seu dedo, eu faço uma volta mostrando-lhe o visual completo.

— Muito bom, querida. Blusa nova? — ela pergunta, inclinando-se para a frente e verificando a marca. — Sim, e cara também. — ela se inclina contra o banco e levanta uma sobrancelha para mim. — Um grande esforço para um encontro, Mac — ela acrescenta com um sorriso.

— Não — eu digo com firmeza, mas com um sorriso enorme. — Não diga. Eu só quero ficar bonita para ele. O que há de errado com isso?

— Nada — ela diz em uma voz cantante irritante. — Eu vou calar a boca antes que você comece a ficar brava comigo. É bom vê-la assim. Indo a um encontro, e realmente querendo sair com o mesmo homem mais de uma vez.

— Chega. Você pode fazer alguma coisa com o meu cabelo? — eu inclino minha cabeça e dou-lhe o meu melhor olhar de cachorrinho triste que a convence sempre.

Ela solta um suspiro exagerado. — Oh, venha para o meu banheiro. Eu vou fazer algo com essa bagunça que está o seu cabelo.

— Sim! Amo você — Eu franzo os lábios para ela dando um beijo no ar, assim que ela pega a minha mão e me arrasta para o lugar de fazer milagres mais conhecido como "seu banheiro".

Às sete e meia, Kate e eu estamos sentadas no sofá assistindo o nosso noticiário favorito sobre entretenimento e recuperando o atraso de todas as fofocas sobre celebridades quando há uma batida na porta.

— Eu atendo — Kate diz, levantando e correndo para a porta antes que eu tenha a chance de detê-la.

— Oi, você deve ser o vulcão quente que eu ouvi muito falar a respeito. — Sua voz é cheia de alegria quando ela o cumprimenta. Droga, essa garota! — Eu sou a Kate, a melhor amiga, e divido o apartamento com a Mac.

Ela está estendendo a mão para ele, a qual ele aperta firmemente, sendo o cavalheiro que é e eu não perco a risada baixa que ele dá, pela apresentação de Kate. Eu balanço minha cabeça enquanto eu caminho em direção à cozinha para pegar a bolsa.

— Prazer em conhecê-la — ele diz, antes de olhar em minha direção. Ele para e olha para mim.

— O quê? Eu tenho algo no meu rosto? — eu pergunto, esfregando as mãos sobre meu rosto. Caramba, isso é tudo que eu preciso.

— Não, linda, você está ótima. Eu só queria olhar para você por um momento — ele diz com um sorriso largo.

Eu olho para a minha roupa. Uma blusa cor vinho com recortes de renda, um bonito jeans skinny preto com bolsos cargo nas pernas e três zíperes nas coxas, ankle boots de couro preto com zíper na frente que eu vi na Nordstrom e não poderia deixar para trás.

— Oh! — Eu fico corada. Maldito homem e sua capacidade de me fazer perder a cabeça a qualquer momento.

Ele caminha em minha direção, parando tão perto que eu posso sentir o calor irradiando de seu corpo. Ele levanta a mão para o meu rosto e empurra um cabelo rebelde de volta para atrás da minha orelha. — Você fica sexy quando fica corada — ele diz tão baixinho que eu tenho certeza que eu estou ouvindo coisas. Ele beija minha bochecha suavemente antes de dar um passo para trás e sorrir. Droga, ele tem os dentes mais retos que eu já vi, e perfeitamente brancos. Será que não tem nada de errado com ele? Nem uma coisinha... bem, não aquela coisa, porque isso seria um desastre para todas as mulheres do mundo.

— Você quer tomar uma bebida aqui primeiro, ou podemos ir? — eu pergunto, fazendo uma verificação de último minuto da minha bolsa para o essencial: gloss, rímel, perfume, desodorante e preservativos.

Confere!

— Bem, se você não se importa, eu fiz uma reserva para jantar às oito, por isso é melhor sairmos agora — ele sugere.

— Claro. Kate, te amo. Vejo você quando eu voltar?

— Eu não vou esperar — ela responde com uma piscadela. — De qualquer forma, eu tenho um encontro com os irmãos Salvatore.

Daniel caminha em direção à porta da frente, sorrindo de orelha a orelha. Ele se vira e pega meu casaco no meu braço, segurando-o para mim. — Tchau, Kate. Espero vê-la novamente.

Eu ando até ele e guio as minhas mãos para os braços do casaco. Daniel passa as mãos sobre os ombros e na parte da frente do casaco, as mãos roçando em meus seios quando ele o ajusta para mim. — Perfeito — ele diz antes de se inclinar para a frente, beijando a minha testa. — Assim como você.

Eu ouço Kate suspirar atrás de nós, e rio quando eu dou um aceno de adeus para ela e saio pela porta da frente com o meu Delicioso Daniel.

Eu mal andei quinze metros na calçada antes de sentir meu celular vibrar no bolso com uma mensagem de texto. Eu o pego e vejo que é de Kate, suspiro, já sabendo o que vou ver quando eu ler a mensagem.

— Kate? Já? — Daniel pergunta.

— Sim, sem dúvida será sobre você — eu digo em tom de brincadeira. Eu abro a mensagem e bufo para o que eu leio.

__Kate: Caramba, Mac. Se você não quiser ficar com ele, estou mais do__ *que feliz em tirá-lo das suas mãos com fobia a compromissos. Ele me deixou babando em ambas as extremidades!*

Eu ouço uma risada vinda de Daniel, e, quando eu olho para ele, vejo que ele leu a mensagem sobre o meu ombro. Merda!

— Eu sinto muito! Kate perdeu o filtro do cérebro para a boca há muito tempo.

— Eu gosto dela. Ela fala o que pensa. — Ele envolve o braço em volta da minha cintura e me puxa para seu lado, beijando meu cabelo antes de murmurar: — Contudo, gostaria de saber se eu faço você babar muito.

— Eu aposto que você gostaria, Superman. Lembre-se, você disse que ia me mostrar o quão bem você joga as cartas — eu digo com um ligeiro solavanco em seu quadril.

— Oh, eu vou, Mac. Não duvide nem por um segundo. — Ele me lança aquele sorriso sexy de novo.

Depois de andar mais um quarteirão, e silenciosamente me repreendendo por escolher esses sapatos ridículos, porém bonitos, paramos na frente de um pequeno restaurante italiano. Para ser honesta, não parece tão convidativo do lado de fora. Daniel vê a descrença no meu rosto e sorri.

— Apenas confie em mim, Mac. Você vai amar o lugar. — Ele pega a minha mão e caminha em direção à porta. Eu acho que ele vai abrir a porta para mim, mas, ao invés disso, ele me puxa para seus braços e me mergulha para trás, me dando um beijo de arrasar. Depois de ele ter me beijado insanamente, ele me puxa de volta e me abraça enquanto eu recupero tanto a minha respiração quanto os meus sentidos. Ele literalmente me tirou do chão, no meio da maldita calçada.

Santa Mãe de Deus. Este cara é um profissional!

Ele sorri, sabendo muito bem o efeito que ele tem sobre mim. — Você está bem, Mac? — ele pergunta, sabendo que eu sou um peão em seu jogo sexy.

— Você sabe exatamente o que você está fazendo comigo, Superman —

eu retruco — e dois podem jogar este jogo. — Eu dou um passo à frente e abro a porta do restaurante, me certificando de adicionar um leve balanço, mexendo os quadris, enquanto eu caminho até a hostess do restaurante.

Ele está ao meu lado, me dando um sorriso maroto antes de voltar sua atenção para a jovem hostess que está corando com a simples visão dele. Sim, garota. Ele é atraente, e ele é meu, então cai fora!

Ei, de onde veio esse monstro de olhos verdes?

— Mesa para dois em nome de Winters — ele diz para a hostess.

— Por aqui, Sr. Winters.

Daniel pega a minha mão, entrelaçando os dedos e me levando para a nossa mesa.

Superman 1. Mac 0.

A hostess nos leva a uma mesa perto da parte de trás do restaurante, e, claro, Daniel para e puxa minha cadeira. A maneira como ele está se comportando hoje está me deixando nervosa. Ele não é como a maioria dos caras com quem eu já estive com o passar dos anos. Ele não tem um plano de jogo, e ele não está sendo um cavalheiro para entrar em minhas calças. Ele parece genuíno. Como se ele realmente quisesse estar aqui e ter um jantar civilizado comigo.

Cada encontro que tivemos foi iniciado por ele, organizado por ele. Em nenhum momento eu senti que ele está fazendo tudo isso só para entrar em minhas calças. Não estou acostumada a ser tratada dessa maneira, ser respeitada e tratada como uma dama. Com toda a honestidade, isso está fazendo a minha cabeça girar.

Uma vez que eu estou sentada, Daniel senta-se à minha frente e me dá aquele sorriso estelar dele. Tão quente que pode derreter icebergs. Deus, aquele sorriso sozinho me deixa com fome de mais do que apenas jantar. Sim, pode ser nosso terceiro encontro e eu consegui seguir a minha nova regra, mas definitivamente não tem sido fácil. Se ele concordasse em entrar em casa no último fim de semana, eu teria dito a ele para ir direto para o meu quarto, fim da história. E não haveria qualquer joguinho acontecendo, isso é certo.

— Você parece distraída, Mac — ele diz, nem mesmo tentando esconder sua diversão.

— Desculpe, minha mente estava longe — eu respondo com um sorriso.

Arqueando uma sobrancelha, ele inclina a cabeça ligeiramente. — E para onde ela estava indo, exatamente?

— Ah... Eu estava pensando no que pedir — Eu pego o menu e o abro, tentando esconder meu rosto em chamas.

Inclinando-se para frente, ele coloca o dedo no meio do menu e empurra-o para baixo para que ele possa ver o meu rosto. — Mac, não esconda esse rosto bonito de mim. Na verdade, não há nenhuma necessidade de esconder nada de mim. Eu gosto do que eu vi em você até agora, gosto especialmente do seu rosto. Este é apenas mais um encontro. Não há expectativas, e, definitivamente, sem obrigações. Para qualquer um de nós.

Merda, agora eu me sinto mal. Como é possível que Daniel seja tão bom?

— Tudo bem. Sinto muito. Eu só não estou acostumada a ser tratada assim — eu digo honestamente, jogando minha mão no ar.

— Assim como? Sendo levada a um bom restaurante por um homem deliciosamente bonito, e ter que parar a si mesma para não jogá-lo em cima da mesa e transar com ele? — Seus olhos estão fixos em mim, mas eles estão dançando com diversão agora.

— Exatamente! Como é que eu vou me segurar? — eu exclamo dramaticamente. Ele dá uma gargalhada e se inclina sobre a mesa, pegando a minha mão na dele.

— Mac, eu gosto de você, mas ainda estamos começando a nos conhecer. Se você se sentir pressionada ou desconfortável, a qualquer momento, é só me dizer e nós vamos dar um passo atrás. — Eu não posso duvidar da sinceridade em seu rosto. Sentamos lá por um bom minuto apenas olhando um para o outro, absorvendo um ao outro. A química entre nós é inegável.

E isso me assusta até a morte.

— Posso anotar seu pedido, senhor? — um jovem garçom pergunta, ao lado de nossa mesa. A magia entre nós é quebrada, e eu vejo Daniel sacudir a cabeça para voltar rapidamente à realidade.

— Desculpe. Mac, você está pronta para pedir?

— Você escolhe, Superman. Eu vou te julgar por sua seleção — eu acrescento com uma piscadela.

— Ooh, desafio aceito, linda. Ok, eu vou querer frango à parmegiana e para minha acompanhante, o fettuccine Alfredo. Podemos pedir também um pouco de pão com pastinhas e um prato de antepasto de entrada? — Daniel solicita habilmente. Ele deve realmente gostar de comida italiana!

— Certamente, senhor. Gostaria de pedir bebidas? — ele pergunta.

— Sim, eu vou querer um Chianti, por favor — eu digo, com um sorriso amigável.

— Traga uma garrafa para nós dividirmos — Daniel interrompe.

— Ótimo. Eu já volto com o seu vinho. — O garçom se vira e se retira.

— Este restaurante é ótimo. Você vem sempre aqui? — eu pergunto.

— Eu tento aparecer uma vez a cada poucos meses. A comida é autêntica e eu adoro o ambiente.

— Isso é legal. Eu adoro quando você se depara com um bom pequeno restaurante como este. Eles parecem mais relaxados e confortáveis, se isso faz sentido. — Eu tenho certeza de que estou divagando como uma adolescente nervosa. Eu não sei por que, mas estou muito nervosa esta noite. Poderia ter algo a ver com o fato de eu nunca ter conseguido superar o primeiro encontro com um cara novo, antes de eu lhe contar sobre meu voto de não ter compromisso, ou eu ter encontrado algo irritantemente errado nele e ignorá-lo.

Eu não consigo encontrar nenhuma falha no Daniel.

Ele é atraente. Confere!

Ele é gentil e cortês. Confere!

Ele é totalmente gostoso. Verificação tripla!

E ele é um cavalheiro. Golaço!

Por que eu não consigo encontrar nada de errado nele? Certamente, ele não pode realmente ser tão perfeito.

— Ok, então me conte sobre sua família. Irmãos ou irmãs? — eu pergunto.

— Na verdade, sim. Eu tenho um irmão e duas irmãs. Todos ainda estão aqui em Chicago também — ele responde, assim que o garçom retorna com a nossa garrafa de vinho. Ele mostra a Daniel o rótulo antes de abrir e servir uma taça para cada um. Depois de colocar a garrafa sobre a mesa, ele nos deixa sozinhos novamente.

Eu pego o meu copo e seguro-o para Daniel, que retribui e nós brindamos nossos copos juntos. — Um brinde a terceiros encontros com super-heróis — eu digo, com um sorriso atrevido.

Daniel levanta uma sobrancelha enquanto aceita o meu desafio. — A terceiros encontros com mulheres sensuais que não percebem como são verdadeiramente de tirar o fôlego, por dentro e por fora.

Santo Deus! Este homem está pegando fogo hoje à noite! Com um brinde, ele conseguiu me fazer desmaiar e apertar minhas pernas juntas ao mesmo tempo.

Superman 2. Mac 0.

Merda!

Capítulo 9
Calor na cidade

Depois de um jantar muito agradável, e algumas taças do fantástico Chianti, eu estou relaxada e feliz.

O encontro foi preenchido com uma conversa incrível, na qual nós falamos sobre nossos empregos, as nossas famílias, até mesmo como nós dois gostamos de correr no verão. Decidimos pedir um Tiramisú para compartilhar ao término do jantar.

O garçom traz a sobremesa para a nossa mesa com duas colheres. Assim que ele se foi, Daniel olha para mim com aquele grande sorriso dele, que eu juro que ele está usando a noite toda. Aquele que grita que ele está me imaginando nua, enquanto o brilho nos olhos me lembra que ainda tenho algumas cartas na manga.

— Posso alimentá-la? — ele pergunta, com uma voz perigosamente baixa. Mais uma vez, sou forçada a apertar minhas pernas juntas para tentar aliviar a dor crescente.

Embora eu esteja surpresa com a intimidade de tal pedido, estou tentando não demonstrar que ele está me deixando nervosa. — Eu adoraria.

Ele mergulha sua colher na sobremesa cremosa e se inclina para frente em seu assento para me alcançar, levando a colher com o extraordinário creme de baunilha aos meus lábios. Eu levo toda a colher na minha boca, meus olhos nunca deixando os seus, até que ele vê a minha língua vir para fora para pegar uma pequena quantidade que ficou no meu lábio. Seu olhar cai para os meus lábios, e eu posso ver seus olhos se dilatarem quando ele me vê fazendo isso.

— Droga, agora eu quero provar sua boca — ele murmura baixinho.

— O que está te impedindo? — eu retruco com um sorriso.

Eu o ouço rosnar. — Você é uma pequena provocadora, sabia disso?

— Pode ser que já tenham me dito isso — Eu mergulho meu dedo no chantilly e o seguro para ele. Ele suavemente leva meu dedo em sua boca. Meus olhos se arregalam, e minha respiração acelera quando ele roda a língua em volta do meu dedo dentro de sua boca, sugando-o levemente antes de liberá-lo com um barulho alto.

Eu gemo de prazer. — Porra. Você está me dando coisas demais para pensar.

Ele se levanta e se inclina sobre a mesa até que seus lábios estão a poucos centímetros de distância dos meus. — Então, não pense. Basta deixar rolar — ele murmura contra os meus lábios enquanto traça sua língua ao longo do meu lábio inferior. Minha boca se abre, e assim que a minha língua doendo toca a sua, o beijo se torna voraz. Eu envolvo minhas mãos em volta do pescoço e batalho pela supremacia, enquanto degustamos o tiramisú nos lábios um do outro. Então, tão rápido quanto começou o beijo, ele termina quando se afasta, descansando sua testa na minha enquanto nós recuperamos o fôlego.

— Se eu começar agora, Mac, não serei capaz de parar até que você esteja debaixo de mim nesta mesa. Então, eu estou pensando... — ele diz com voz rouca, acariciando sua mão suavemente pelo meu rosto — que precisamos de uma mudança de cenário.

Ele se levanta e anda em volta da mesa, estendendo sua mão para mim. Colocando minha mão na sua, nós paramos brevemente na mesa da hostess para pagar a conta, em seguida, saímos pela porta e para a noite quente da primavera. Eu verifico o meu relógio e vejo que são apenas nove horas.

Daniel para e se vira para mim no meio da calçada, fora do restaurante. — Onde agora, milady? — ele pergunta com um falso sotaque britânico muito ruim.

Eu olho para ele e sorrio, tentando segurar o riso. — Bem, você fez uma promessa de me levar ao Navy Pier, senhor — eu digo brincando, cutucando o peito dele com a mão livre. — E uma promessa é dívida. — Ainda segurando minha mão, ele a segura nas minhas costas enquanto aumenta a pressão, prendendo o meu corpo ao dele. — E eu pretendo manter essa promessa, assim que eu fizer isso. — Ele inclina a cabeça para baixo e me beija suavemente novamente.

Este homem sabe beijar. Eu poderia, honestamente, ficar aqui e beijá-lo durante a noite toda. Eu fecho meus olhos e me deixo levar com este beijo. É diferente do que ele me deu no restaurante. Este beijo é cheio de promessas, cheio de desejo, e se seu pênis grande e duro que agora está pressionado contra o meu ventre for sinal de alguma coisa, boas coisas estão por vir.

Percebendo que estamos bloqueando a calçada em um cruzamento movimentado, nos beijando como adolescentes, eu me obrigo a me libertar, mas não posso evitar o sorriso bobo que cobre o meu rosto.

— Uau — eu digo, sem fôlego.

— Uau é certo. Eu poderia ficar aqui e fazer ISSO todos os dias — ele diz, com o rosto radiante.

— Navy Pier, Pier Park. Vamos agora, antes de perdermos a nossa linha de pensamento, e eu o arraste para a minha casa, ou a sua, o que for mais próximo — eu digo, tentando afastar a Mac interior de suas exigências para arrastá-lo na direção oposta. Mac interior é mal-humorada e sempre com tesão, pensando com sua vagina em primeiro lugar, e só depois com seu cérebro.

— Sim, vamos lá — ele diz, ajustando as calças sempre tão discretamente, para que sua "felicidade" não seja tão visível para cada Tom, Dick e Harry que passe por nós.

Eu não posso evitar, e dou uma risada da situação. Eu tenho que admitir, quando se trata de ficar animadas em público, as mulheres são muito mais sortudas do que os homens.

— Você acha que é engraçado que eu tenha que andar três quarteirões desse jeito, e você parecendo tão pouco afetada, como sempre.

Eu me viro para ele, esticando-me um pouco para sussurrar em seu ouvido. — Eu estou longe de não estar afetada. Eu queria que você soubesse o quão molhada e pronta eu estou agora.

Daniel de repente começa a tossir. — Porra, Mac. Isso não ajuda as coisas agora — ele diz, com a voz embargada.

Encolho os ombros e sorrio. — Pelo menos eu sei que você está pensando sobre as mesmas coisas que eu.

Chegamos ao parque cerca de quinze minutos depois, o nosso progresso impedido pelas minhas botas de salto altíssimo, e agora meus pés estão reclamando comigo... e muito! Pier Park fechou mais cedo esta noite, arruinando nossos planos de dar algumas voltas na roda-gigante. — Seus pés estão doloridos? Você quer apenas dar uma lenta caminhada em torno do cais?

— Parece bom, mas eu vou tirar esses instrumentos de tortura dos meus pés — eu digo, ao encontrar um banco do parque e sentar-me, me curvando para retirá-las.

— Deixe-me ajudar.

Ele fica de joelhos e segura meu tornozelo, desamarrando as botas e deslizando a primeira para fora dos meus pés. Ele então começa a esfregar as mãos nos meus pés, amassando-os com firmeza. Eu não posso abafar o gemido que me escapa quando eu me inclino para trás contra o banco e desfruto da feliz massagem nos pés que estou recebendo.

— Isso é tão bom — eu gemo enquanto ele continua a sua massagem. Em seguida, ele volta sua atenção para o meu outro pé, seu toque na minha pele é tão suave, mas seu calor queima através de mim em uma linha direta para o meu núcleo agora dolorido. Esta é a preliminar mais prolongada que eu já experimentei, e eu quase não quero que isso acabe.

Depois que ele terminou, ele fica de pé, minhas botas super bonitas em uma mão enquanto com a outra ele me puxa para que eu fique de pé. — Melhor? — ele pergunta, beijando a minha têmpora.

— Muito melhor. No entanto, é melhor tomar cuidado. Eu poderia mantê-lo escondido no canto do meu quarto como o meu escravo pessoal de massagem de pés — eu digo com uma risada.

Seus olhos escurecem, cheios de fome e desejo. — Você não teria que me forçar a ficar em seu quarto, Mac.

— A ideia me deixa excitada — eu respondo com uma piscadela.

Começamos a caminhar, o braço dele em volta da minha cintura enquanto ele me puxa para perto de seu lado. É uma sensação agradável, talvez muito agradável. Por que essa porra me deixa com uma sensação bizarra? Ele é apenas um homem. Gostoso pra cacete, um cavalheiro do sul que por acaso eu estou namorando.

Não!

Eu **não** estou namorando. Estou encontrando casualmente uma ou duas vezes por semana e beijando frequentemente. Não, não é grave.

Sem compromisso.

Sem expectativas.

Sem chance de ele ditar a minha vida.

— Apenas relaxe, Mac. Nós estamos apenas caminhando.

Merda! O que ele é agora, um leitor de mentes?

Suas palavras são meu remédio, e eu instantaneamente derreto de volta para ele. Há algo sobre sua voz que me acalma. É como se ele pudesse sentir meu nervosismo e ele está pisando suavemente. Como este homem pode me conhecer tão bem depois de três encontros? Bem, quatro, se você contar o almoço improvisado na segunda-feira.

— Já se passaram quatro encontros — eu digo, não percebendo o que eu disse até que já fosse tarde demais. A porra do filtro do meu cérebro para a boca está quebrado. Ele para e se vira para mim, o sorriso no rosto inconfundível.

— E então?

— E isso significa que nós podemos fazer o que quisermos um com o outro — eu respondo, meu sorriso cada vez mais amplo para coincidir com o enorme sorriso no rosto dele.

Ele inclina a cabeça para o lado daquela maneira bonita que ele faz. — Então por que ainda estamos no cais?

— Você me diz. E nós dois saberemos.

— A sua casa ou a minha?

— A minha é mais perto.

— Vamos — ele diz com a voz rouca, incapaz de esconder o efeito que esta virada na noite tem sobre ele enquanto se vira e começa a caminhar rapidamente para o ponto de táxi.

Assim que eu levo Daniel pela mão pela porta do meu quarto, eu me encontro presa contra a parede, seu corpo pressionado firmemente contra o meu enquanto ele saqueia a minha boca com uma fome que a maioria das mulheres só fantasia a respeito. Eu devolvo o seu beijo com fervor, liberando algumas semanas de frustração sexual reprimida em nosso beijo. Suas mãos envolvem a minha cabeça, enquanto sua língua habilmente explora a minha boca. Eu desço as minhas mãos para baixo em seus braços querendo tocá-lo, marcando-o como ele me marcou tantas vezes antes, com suas palavras, sua voz, seus beijos intermináveis. Eu não posso ter o suficiente dele, quando começamos a rasgar a roupa um do outro. Duas semanas e meia, dezenove longos dias sem nudez, sem um orgasmo que não fosse autoinduzido. Pode ser a nossa primeira vez juntos, mas não há tempo para sedução ou sutilezas.

É quente e autêntico, e estamos ambos desesperados para começar.

Ele cai de joelhos depois de puxar o meu top sobre a minha cabeça e jogá-lo na direção do meu banheiro. Minha respiração foi reduzida a pequenos suspiros, choramingando enquanto ele conecta os dedos no cós da minha calça jeans, habilmente abrindo o botão, em seguida, puxando o zíper e descendo junto com a minha calcinha fio dental rendada. Sua cabeça mergulha em mim, imediatamente movendo-se para acariciar a parte interna das minhas coxas quando eu separo as minhas pernas, desesperada para senti-lo.

Sem um momento de hesitação, sua língua está sobre mim, batendo sobre o meu clitóris endurecido como se fosse um interruptor que ele está tentando deixar ligado e desligado. Ondas de prazer começam a me dominar. Sim, tem sido um longo tempo sem orgasmos. As coisas que este homem pode fazer com a língua devem ser estudadas e documentadas. Pelo amor de Deus, ele deveria dar aulas sobre isso!

Depois de me lamber e chupar até a beira de um orgasmo, e sentindo minhas pernas ficarem tensas, ele move uma mão para o exterior da minha coxa para me manter no lugar e serpenteia a outra mão entre as minhas pernas, um dedo solitário avançando dentro de mim, me acariciando ao mesmo tempo com a sua língua.

— Mais — eu consegui dizer quando ele acrescenta outro dedo dentro de mim, empurrando-os sem parar enquanto meus quadris começam a se mover contra ele. — Ahh, Daniel! — eu grito enquanto ele suga meu clitóris, sacudindo sua língua contra ele, me jogando de cabeça em um complexo clímax que faz com que minhas pernas se apertem e meus olhos lacrimejem com espanto.

— Droga, eu nunca poderei esquecer seu gosto, Mac. Você é como o melhor champanhe, e tudo que eu quero fazer é ficar bêbado de você.

— Mmm hmm — eu murmuro, tentando reunir os meus sentidos e voltar a minha respiração para algo semelhante ao normal. Suas palavras não estão me ajudando a manter a cabeça limpa, isso é fato.

— Agora, para o prato principal — ele anuncia confiante, levantando-se, puxando as calças para baixo e empurrando-as para longe de nós no chão.

— Talvez eu devesse dizer obrigada em primeiro lugar — eu digo com um sorriso insolente, beijando-o ardentemente, enquanto eu o empurro para a minha cama de dossel, silenciosamente me elogiando por me lembrar de arrumá-la antes de Daniel me pegar para o nosso encontro.

— Eu nunca vou parar de fazer isso, Mac. Apenas beijar essa sua boca me deixa louco — ele responde com voz rouca quando a parte de trás de seus joelhos bate na cama e ele se senta, inclinando-se para trás em suas mãos, oferecendo sua ereção de bom grado para mim.

Eu sempre amei fazer um boquete num homem. Há algo poderoso e emocionante sobre a possibilidade de deixar até os homens mais dominantes de joelhos. Figurativamente, é claro, porque é muito mais fácil quando eles estão sentados ou em pé, ou montando seu rosto.

Eu lentamente me curvo, levemente lambendo a ponta com a minha língua, ganhando um gemido encorajador dele. Eu olho para ele enquanto eu levo o seu comprimento na minha boca e vejo o seu olhar preso ao espelho atrás de mim. Ele percebeu que eu estou inclinada bem na frente do espelho, que está na porta do meu armário, e ele pode ver tudo o que tenho para oferecer, enquanto eu continuo a levar profundamente seu pau latejando na minha boca. Eu corro uma das minhas mãos pelo meu corpo, parando entre as minhas pernas quando eu uso os dedos para lhe mostrar exatamente onde eu quero que ele esteja, e logo.

— Puta merda, Mac, essa é a coisa mais quente que eu já vi. Porra, absolutamente linda — ele diz antes de jogar a cabeça para trás contra a parede, gemendo quando seu comprimento duro bate no fundo da minha boca e eu engulo até o fim, os músculos da minha garganta travando seu pênis antes de liberá-lo, e ele desliza para trás e para fora. Repito meu truque, enquanto meus dedos roçam suavemente sobre a pele sensível da parte interna da sua coxa, fazendo-o tremer com a intensidade da emoção. Eu começo a arfar contra a sua pele, enviando vibrações através de nós dois, e eu me sinto cada vez mais molhada e mais excitada quanto mais louco eu o deixo. Estou realmente perto de gozar só de fazer um boquete nele, o que nunca aconteceu antes. Juro por Deus que eu poderia continuar fazendo esse boquete, e com apenas um toque no meu clitóris, eu estaria explodindo como um foguete no quatro de julho. Minha boceta está latejando em protesto, gritando para ser preenchida por seu pênis.

— Eu preciso entrar em você, Mac. Há cerca de cinco malditos minutos atrás. — Eu ouço, antes de suas mãos se firmarem em meus quadris, puxando-me sobre ele. Felizmente, eu lembro de pegar uma camisinha da minha gaveta de cabeceira. Eu rasgo a embalagem de alumínio e prendo a ponta antes de rolar o látex fino em seu pênis com a minha boca.

— Porra — ele geme, antes de me levantar sobre a sua pélvis e me puxar para baixo, me empalando, oh, tão lentamente. Eu me inclino para a frente e o beijo, lambendo o interior de sua boca e lutando contra a sua língua pelo controle, enquanto meu corpo se ajusta ao seu formidável tamanho. Sentindo que eu estou relaxando em volta dele, ele começa a bater seu quadril contra o meu enquanto eu começo a descer em cima dele, combinando nossas estocadas enquanto ele continua a empurrar-se mais profundo em mim. Ele move os braços, segurando um em volta da minha cintura para me controlar enquanto a outra mão se move entre nós para acariciar meu clitóris com vigor renovado.

— Eu quero que você goze comigo, querida. Ao mesmo tempo, porra! — ele diz entre estocadas duras e rápidas, dentro e fora de mim. Eu não tenho nenhum controle sobre os sons que estão escapando da minha boca, tudo causado pela plenitude emocionante que eu sinto com Daniel enterrado dentro de mim. Este é o céu puro e eu não quero que acabe. Eu poderia ficar presa ao corpo deste homem para sempre, cedendo a orgasmos contínuos, que eu sei que ele vai me dar.

— Você está perto, querida? — ele pergunta ofegante, enquanto empurra mais profundo dentro de mim. — Oh, sim, você está. Eu posso sentir sua boceta apertando o meu pau. — Eu choramingo com suas palavras sujas. Há algo sobre as palavras apertado, pênis e boceta que amplia as sensações quando estou no momento. Mas, com Daniel falando isso, elas me empurraram sobre a maldita borda.

— Oh, sim. Mais forte, Daniel. Sim, não pare. Porra! — eu grito, quando eu gozo com um último empurrão sobre ele, enquanto ele bate no meu colo do útero e explode dentro de mim.

Eu desabo em cima dele, e ele simplesmente fica lá, pulsando dentro de mim, todo o seu corpo tremendo enquanto os últimos efeitos de seu orgasmo deixam o seu corpo.

— Porra, Mac, isso nunca vai ser ruim com você, não é? — ele diz, sem fôlego.

— Meu objetivo é agradar, Superman — eu digo contra seu peito enquanto tento recuperar o meu equilíbrio, que dispersou no momento em que eu gozei forte.

Daniel se levanta e vai para o banheiro cuidar do preservativo, antes de retornar à cama, nu como no dia em que nasceu, e rastejar sob as cobertas ao meu lado. Ele me puxa apertado contra seu corpo e envolve o braço em volta da minha cabeça, descansando a mão no meu quadril nu.

— Você se importa se eu ficar? — ele pergunta, sonolento, levemente traçando círculos com o polegar na minha pele, enviando arrepios divinos por todo o meu corpo destroçado pelo orgasmo.

— Eu não vou deixar você ir a qualquer lugar agora — eu murmuro contra o seu peito, exausta.

Eu o sinto rir. — Bom, Mac, porque agora não há outro lugar que eu queira estar.

Me assusta demais que a sua última declaração seja verdadeira para mim também.

Capítulo 10
Venha e pegue

Meus olhos abrem lentamente, quando a luz do sol flutua através das cortinas sobre a cama. Eu tento rolar, mas sinto um homem bastante duro, totalmente excitado, contra as minhas costas. Seu braço em volta da minha cintura, me segurando perto quando eu sinto uma leve pressão contra mim.

— Parece um bom dia — eu murmuro sonolenta.

— Não posso reclamar. — Eu ouço enquanto sua mão serpenteia até um dos meus seios, passando o polegar sobre meu mamilo sensível e duro. Arqueando as costas para a sua dureza matinal, eu gemo de prazer quando ele me aperta levemente, o envio de um impulso direto para minha boceta agora molhada.

— De novo — eu digo enquanto ele desliza o corpo para baixo tão levemente, de modo que seu comprimento duro corre contra os meus lábios, minha umidade se espalhando contra ele.

— Eu gosto de te acordar dessa forma, Mac, você está toda sonolenta e flexível. É como se eu estivesse vendo todo um outro lado da personalidade Makenna — ele sussurra em meu ouvido enquanto acelera seu delicioso ataque contra mim. Meu quadril se move contra ele, sua cabeça escorregadia batendo no meu clitóris no ângulo perfeito com cada empurrão para dentro.

— Deus, isso é tão bom — eu digo, minha voz embargada enquanto o meu corpo com tesão se entrega ao desejo. Eu passo a minha mão entre as pernas, meus dedos acariciando meu clitóris e girando em torno de seu pênis enquanto ele mergulha em minha entrada em um movimento perfeitamente posicionado.

— Porra, você é tão gostosa, linda. Sua boceta está agarrando meu pau como uma luva de seda quente — ele diz, inclinando-se para mordiscar e beijar minha clavícula. Merda, sem preservativo! Mas foda-se, ele é tão bom. Eu não faço sem preservativo desde a época de Beau.

Ele se acalma, seu pênis dentro de mim. — Estou limpo, Mac, e você é a única mulher que eu fiquei sem preservativo, mas, porra, eu não posso resistir — ele diz em voz baixa entre beijos. Ele retira, um pouco antes de empurrar de volta mais forte e rápido. Cada impulso de seu quadril acende uma faísca, aproximando-nos da explosão que ambos anseiam. Estou muito envolvida com a sensação de excitação da investida sexual de Daniel para contemplar o que ele disse.

— Eu uso DIU, estamos bem. Porra, você está duro como pedra Superman. — Eu acelero a minha mão, a mola bem enrolada dentro de mim cada vez mais perto de se libertar, me catapultando sobre a linha de chegada. Daniel move sua mão em cima da minha, seus dedos imitando o meu movimento, golpe a golpe.

— Não pare. Isso é tão bom. Caramba, Mac, não se atreva a parar. — Ele acelera, me batendo incansavelmente, acelerando a fricção no meu clitóris até que eu sinta minha boceta estrangulando seu pênis. — Puta merda! — eu falo antes de gritar seu nome, uma e outra vez, desmoronando em cima dele enquanto ele continua batendo dentro e fora de mim. Com uma estocada final profunda, ele me enche ao máximo e se deixa ir, atirando seu esperma dentro de mim e mordendo meu pescoço para abafar seu gemido quando ele chega ao clímax.

Nós ficamos deitados, pulsando através um do outro pelo que parece uma eternidade. Estou tão totalmente esvaziada e saboreando a plenitude do orgasmo, que leva uns bons cinco minutos para eu perceber que ele meio que tinha feito o discurso *"Eu quero ser monogâmico"* no meio do complexo prazer sexual alucinante, e totalmente me escapou na hora.

Esse desgraçado sorrateiro! Ele se aproveitou totalmente do meu surto sexual.

Estremeço quando ele puxa para fora de mim, um jorro de umidade saindo após sua retirada, lembrando-me de como ele queria me encher, gozar dentro de mim.

— Isso foi demais, Mac — ele resmunga, me puxando com força contra ele mais uma vez.

— Sim, você é muito bom nisso — eu digo, tentando mascarar meu monólogo interior gritando.

— Obrigado. Você não é muito ruim também — ele diz com uma risada.

Eu me afasto dele, na esperança de chegar ao banheiro antes que o pânico me atinja. Isso parece bom demais, cedo demais. É muita coisa para o meu cérebro lidar a esta hora da manhã.

— Ah, eu vou ao banheiro para me limpar — eu digo, me movendo um pouco para sair do seu alcance.

— Só mais uma coisa, Mac — ele diz, antes de me rolar e plantar um beijo molhado contra os meus lábios.

Eu me afasto antes do meu corpo traidor decidir mergulhar de cabeça no segundo round. Eu salto da cama e vou para o banheiro anexo ao meu quarto, dando a Daniel um sorriso malicioso antes de fechar a porta atrás de mim.

Puta merda! Esse homem tem poderes telepáticos. Não só tivemos sexo explosivo no quarto encontro ontem à noite, mas também tivemos uma sequência esta manhã com mais um desempenho de explodir a mente e deixar sequelas, e sem camisinha. Não é que eu esteja preocupada com DSTs ou similares, e meu anticoncepcional está firmemente enraizado dentro de mim, mas eu me senti tão bem, tão íntima...

Tão absurdamente certo.

Eu faço o que tenho que fazer de manhã e fico na frente do espelho do banheiro, me preparando enquanto olho para o meu reflexo. Meus lábios estão inchados, meus seios estão pesados, e eu me sinto perfeitamente saciada. Então, por que estou pirando como uma virgem na noite do baile? Porra, Mac, coloque sua cabeça de volta no jogo. É apenas sexo, com Delicioso Daniel, que eu estou começando a acreditar que é um lobo em pele de cordeiro. Ele é muito perfeito, muito bom, muito certo. Eu preciso dizer-lhe sobre os outros, especialmente se vamos continuar a nos encontrar e dormir juntos assim. Ele tem o direito de saber.

Todos sabem sobre os outros e qual é o acordo. Não há ciúme, não há besteira machista. É sexo casual com os caras de quem eu sou amiga. Qual é o problema com isso?

"Ah, a propósito, Daniel, eu adoro o seu pênis, especialmente quando ele está dentro de mim. E eu quero continuar transando com você pelo próximo milênio, mas também tenho outros três amigos, igualmente talentosos, igualmente gostosos, com quem eu durmo ocasionalmente, e eu não iria recusar você se tornar o quarto membro do meu harém de pênis".

Puta que pariu!

Com toda a honestidade, com sexo como aquele, eu seria mais do que feliz em nunca deixar minha cama enquanto Daniel estivesse nela comigo. Eu ignorei Sean na semana passada, e depois de ver o olhar presunçoso no rosto de Noah na festinha do estacionamento do estádio, não estou muito interessada em ver o homem nu de novo tão cedo. E depois há Zander, meu lindo coelho *Energizer*, que me faz fazer coisas em lugares que eu nunca teria pensado antes, mas que ultimamente tem estado muito ocupado para fazer outra coisa senão trabalhar e dormir.

E agora, eu tenho que fazer a minha caminhada da vergonha em minha própria casa!

Eu recupero a compostura, mas ainda ignorante sobre o que vai acontecer a seguir, eu salpico água no meu rosto e escovo os dentes. Eu pego meu robe e o coloco antes de voltar para o meu quarto. Eu fico surpresa ao ver Daniel sentado ao lado da minha cama, totalmente vestido com suas roupas amarrotadas da noite anterior. Ele sorri para mim enquanto eu ando em direção ao meu armário, tirando um par de roupas íntimas limpas, colocando-as por baixo do meu robe. Eu nunca fui tímida com meu corpo. Eu acredito firmemente que você deve amar o que você tem e seguir em frente, se orgulhando disso, mas de repente, eu estou me sentindo realmente autoconsciente em torno dele.

— Você já vai? — eu pergunto, genuinamente surpresa com o quão fácil isto vai ser.

Ele termina de colocar seus sapatos e se levanta, andando em minha direção até que ele está quase me tocando.

— Bem, por mais que eu adoraria faltar ao trabalho e ficar na cama com você, os mercados estão esperando. E eu estou ficando com a impressão de que você pode precisar de um pouco de tempo para processar isso — ele diz, acenando com a mão entre nós. — Mas eu quero dizer uma coisa, algo para que você possa pensar.

Ele faz uma pausa por um momento, olhando diretamente para mim com aqueles lindos olhos caramelo. Eles estão cheios de esperança, com o conhecimento, e zumbindo com a centelha inegável que correu entre nós desde o nosso primeiro encontro na L e agora está queimando mais brilhante do que nunca.

— Eu quero encontrá-la novamente. Eu quero mais do que vê-la novamente, e espero ansiosamente que você me mande uma mensagem mais tarde. Mas eu vou deixar você agora, para surtar e meditar sobre isso, e espero que você relembre o que aconteceu entre nós, porque, linda, eu sei que há muito mais de onde isso veio.

E com isso, ele se inclina para a frente, encosta seus lábios nos meus, roça a língua contra a minha com propósito e promessa, me deixando agarrar firme o seu bíceps e deixá-lo pegar o que ele quer. Ele se afasta, beijando meus lábios suavemente mais uma vez, então meu nariz, e, finalmente, minha testa enquanto ele murmura: — Eu vou esperar, linda. — E sai pela porta do meu quarto.

Eu fico ali parada, encostada à minha cômoda e sem fala, minha mente correndo com suas palavras e ao mesmo tempo me obrigando a ficar e não sair correndo atrás dele para trepar na perna dele como uma cachorrinha.

Ouço a porta da frente fechar-se e olho para o meu despertador. 07:00h. Graças a Deus, Kate ainda deve estar em casa. Ela pode me ajudar a processar o que está acontecendo na minha mente.

— E quem era o cara que acabou de escapar da nossa casa? — Kate pergunta com um sorriso.

— Era o Daniel — eu respondo melancolicamente.

Eu rio quando Kate cospe o café para fora e começa a sufocar.

— Maldição, Mac. Eu nunca pensei que veria esse dia. Você gosta dele, não é?

— Eu gosto, mas eu acho que ele quer mais.

— E você está, estupidamente, tentando manter a sua regra de *"sem compromisso"*? Mac, você sabe que não pode manter isso para sempre.

— Isso funciona para mim.

— Você é uma garota fácil.

— Eu não sou fácil. Eu sou um espírito livre.

— Espírito livre com seu corpo.

— Ei, é uma ótima forma de não ficar com ciúmes. É como ter um namorado com quatro talentos diferentes. Eles são todos ótimos no que fazem, mas há coisas específicas em que se destacam — eu digo com uma piscadela. Nossa conversa leve me arranca do meu surto.

Kate ri com isso. Eu sei que ela tem boas intenções, mas eu sempre sinto a necessidade de me justificar para ela. Ela vem de um lar feliz, onde seus pais são amigos de infância que se casaram e tiveram três filhos perfeitos. Seus dois irmãos mais velhos têm bons empregos e começaram suas próprias famílias perfeitas. Ela lê romances sentimentais, nos quais o cavaleiro de armadura brilhante vem e tira a donzela do perigo, lutando contra todos os demônios e vivem felizes para sempre. Apesar de ter sido provado muitas vezes que a vida está longe de ser a porra de um conto de fadas, ela ainda tem a esperança de que ela vai ser levada para jantar em um restaurante caro por seu príncipe encantado, seu Sr. Perfeito. Acho que é agradável, mas é tão longe da realidade para mim que eu não entendo.

— Olha, é o que eu gosto. É o que eu preciso agora. Depois de Beau, eu não quero nada além de sexo. Todos sabem qual é a situação, e eles estão bem com isso.

No entanto, eu realmente não sinto convicção no meu último comentário. Eles devem saber a situação e ficar bem com isso. Mas Daniel... Eu não estou tão certa sobre isso. Ele deixou claro esta manhã que ele quer me conhecer, quer continuar seja o que for isso que está acontecendo entre nós, e, definitivamente, anunciando que eu sou a única mulher em sua cama agora.

— Até mesmo Daniel?

— Bem, ele ainda não sabe, mas eu definitivamente preciso ter a conversa com ele. — E eu vou ter. Eu me orgulho de ser aberta e honesta, e Daniel merece saber a verdade.

— Mac, eu gosto dele. Gosto da maneira como ele olha para você, e caramba, estou definitivamente gostando do jeito que ele parece em geral. Como diabos você encontra esses caras gostosos de Chicago? Quer dizer, sério! Quatro deles e você não compartilha?

Eu morro de rir. — Bem, Noah está definitivamente fora de questão, por ser amigo de faculdade de Daniel, e por ter sido arrogante pra caralho no jogo de futebol. Sean me ligou no outro dia, mas eu o dispensei porque eu estava cansada, e Zander está sumido no momento, provavelmente ocupado com o trabalho ou algo assim. Então, agora, é apenas Daniel. E se a noite passada e esta manhã foram um sinal do que vou ter, eu estou feliz com isso.

— Bem, pelos gemidos e gritos que eu ouvi do meu quarto, se você não o quiser, eu o arranco das suas mãos com prazer. Caramba, Mac, eu quase tive que trocar as pilhas.

— Kate! — eu a repreendo antes de cairmos na gargalhada.

Deus, eu amo essa garota. Ela pode lidar com as minhas crises e ouvir os gritos dos meus orgasmos sem pestanejar. Se ao menos eu estivesse disposta a considerar sua sugestão mais a sério. Se ao menos eu pudesse me convencer a dar uma chance a Daniel.

Será que realmente vale a pena quebrar meu voto por ele?

Capítulo 11
Você pode deixar o seu chapéu

Depois da conversa de Daniel sobre sexo monogâmico e de ponderar sobre isso na minha cabeça durante todo o meu turno, eu decidi que precisamos ter uma conversa. Aquela em que nós confessamos nossas histórias sexuais e conquistas. Não é algo que eu tive problema antes.

Noah e eu sempre concordamos. Se estamos no trabalho, e nós estamos solteiros, nós ficamos. É simples assim. Não há sentimentos nem explicações, honestidade total. Essas são as únicas regras.

Com Sean é a mesma coisa. Faz um ano que eu o conheço, mas com o seu comprometido horário de trabalho e frequentes viagens por todo o país, isso nunca vai ser uma relação monogâmica séria, mesmo que eu estivesse à procura de um relacionamento. Sean não faz o estilo *namorado*. Corremos em dois círculos diferentes, e ele é muito mais velho do que eu. Você pode imaginar o ataque que meu pai teria se eu o levasse para casa para conhecer meus pais e ele abrisse a porta para descobrir que o meu namorado está mais perto da sua idade do que da minha? Santo Deus, eu tremo só de pensar nisso. Eles podem compartilhar histórias sobre uma dor no corpo ou como eles não são tão jovens como eles costumavam ser.

E também tem o Zander. Somos amigos íntimos que transam eventualmente. Desde aquela primeira noite em que ele me apresentou ao sexo em público, contra a parede da casa de Sophie, parece que nós desenvolvemos o hábito por passeios públicos indecentes.

Nossa última *"aventura"* aconteceu há um mês. Zander estava trabalhando no centro da cidade e me enviou uma mensagem perguntando se eu queria encontrá-lo. Ele estava fazendo uma festa de despedida de solteira no Pink

Monkey, um novo bar requintado de entretenimento adulto. Com nada mais planejado para uma sexta-feira à noite que não fosse encomendar alguma coisa para comer e uma maratona de *Desesperate Housewives*, eu aceitei na hora.

Eu peguei um táxi para o clube, e depois de mostrar minha identidade, eu entrei e fiquei imediatamente impressionada com a atmosfera. Para um estabelecimento de alta classe, eles certamente fizeram a lição de casa para se certificarem de que o lugar fosse caloroso e acolhedor. Havia um bar circular no meio do salão, com bancos em torno dele, e algumas mesas próximas às paredes. Havia também espaços privados com cortinas ao redor, cada uma com uma iluminação diferente em neon suave.

Procurando por Zander no salão, eu não consegui encontrá-lo, então decidi ir até o bar sozinha e pedir uma bebida, enquanto ele terminava o que quer que ele estivesse fazendo. Alguns minutos depois de enviar-lhe uma mensagem dizendo-lhe que eu estava lá, eu senti dois braços musculosos em volta da minha cintura, me fazendo pular.

— Ei, querida — ele disse, beijando a minha nuca exposta. — Porra, você cheira bem.

— Zander! Você quase me deu um ataque cardíaco! — exclamei, virando-me para olhar para o belo exemplar na minha frente. Ele estava usando uma regata preta apertada com jeans escuro que se moldava ao seu corpo, como se tivesse sido feito só para ele. Para coroar o visual incrível que só Zander poderia usar, ele está usando um chapéu preto inclinado apenas o suficiente para parecer atraente. Zander sabe que eu vou avaliá-lo, e muitas vezes. A centelha instantânea que tivemos na primeira noite que nos conhecemos está sempre pairando entre nós.

— Como tem passado? Você tem andado sumido — eu digo, cutucando seu peito e ganhando uma risada baixa dele.

— Sim, eu tenho estado ocupado com o trabalho e acabo de diminuir o ritmo. E você? — Ele sentou ao meu lado, recém-desocupado, e sinalizou para o barman.

— Só trabalhando e tentando ficar fora de problemas — eu disse com um sorriso malicioso.

— Por que não acredito nisso, Mac? Você e os problemas caminham lado a lado, e muitas vezes.

— *Ei, cuidado, senhor. Mas não, nada de espetacular vem acontecendo.*

Ele estendeu a mão e passou pela minha coxa, enviando um delicioso choque de calor direto para o local certo. — Isso é uma vergonha, querida. Você merece coisas espetaculares. Mas eu acho que a sua sorte está prestes a mudar — ele disse com um sorriso enquanto avançava sua mão pelo meu quadril antes de tirá-la e pagar ao barman, que tinha escolhido aquele momento para chegar com sua bebida.

Eu gemi com a perda de contato, lhe dando a minha melhor carranca. — Você não está jogando limpo. Eu poderia começar a pensar que você é só conversa e nenhuma ação.

Ele balbuciou alguma coisa enquanto tomava um gole do seu uísque. — Eu sou todo ação e muito pouca conversa. Eu pensei que nós já tínhamos estabelecido isso.

— Não ultimamente — eu disse com um beicinho.

— Porra, você fica linda quando faz isso. Quer procurar uma mesa? — ele perguntou, levantando-se e estendendo a mão para mim.

— Uma sala privada pode ser mais apropriada. — Eu saio do meu assento e paro ao lado dele. Com os meus saltos, ficamos da mesma altura, e olhando diretamente em seus olhos, eu posso ver sua mente pensando sobre nossas opções.

— Ok — ele disse antes de pegar a minha mão e me puxar rapidamente em direção a uma porta fechada de um lado do clube que afirma: Somente para funcionários.

— Zan, não podemos entrar aqui. Nós não trabalhamos aqui.

— Hoje à noite, eu trabalho, por isso hoje nós podemos e iremos. Apenas confie em mim, Mac — ele disse, me puxando para um beijo duro e rápido. — Eu esqueci o quão bom é o seu gosto. Acho que vou precisar de um curso de reciclagem. — Agora estou corada, e posso sentir meu coração batendo no meu peito, em antecipação.

Nós caminhamos por um corredor curto, então passamos por uma porta aberta para uma linda sala que era forrada com veludo cor de vinho. As almofadas eram feitas de couro preto e cobertas de botões, e a iluminação definia o humor da sala perfeitamente, dando-lhe uma baixa tonalidade vermelha. A sala gritava sexo, libertinagem, e beleza. Em suma, era perfeita.

Segui Zander para a sala, antes de ele fechar a porta atrás de nós, com um clique alto da fechadura.

— Eu estive pensando em você — ele disse, puxando seu corpo duro contra as minhas costas. Ele passou as mãos pelas minhas costas, começando em meus ombros e, lentamente, movendo as mãos para o lado do meu tronco até que descansou em meus quadris.

— Você quer dançar? — ele murmurou em meu ouvido enquanto o meu corpo derretia contra ele.

Olhei em volta e encontrei um poste de pole dance num lado da sala.

Me virando para ele, eu arqueei uma sobrancelha. — Você quer que eu dance para você? Você é o profissional — eu acrescentei com uma piscadela.

— Pode ser, querida, mas você... você tem talento bruto. Basta fingir que você está em uma cama comigo. — Ele colocou a mão no meu pescoço e me puxou, puxando vigorosamente meu lábio inferior antes de unir nossos lábios e enroscar sua língua na minha.

Ele se afastou um pouco, e eu gemi em decepção. — Nua... — Ele mordeu meu lábio de novo antes de traçar a sua língua ao longo dele, acalmando a ligeira mordida com uma deliciosa mistura de dor e prazer.

— Tudo bem — eu suspirei, sem fôlego. — Zan, nós nunca realmente transamos em uma cama.

E foi assim a minha primeira experiência de dança no poste numa sala privada de um clube de strip de Chicago. Zander pegou um controle remoto de um bolso de trás do banco e de repente a sala se encheu com o som de Joe Cocker "You Can Leave Your Hat On". Roubei o chapéu da sua cabeça e o coloquei, inclinando-o para a frente sobre os olhos. Eu estava me sentindo totalmente na vibe stripper.

No final da canção, eu tinha rodopiado e girado no poste, terminando com nada além de um sorriso e seu chapéu. Depois dessa performance, Zander retomou a maneira que eu gosto, e eu gritei tão alto seu nome durante um orgasmo de arrepiar, que depois deixou o meu corpo mole por uns bons dez minutos.

Eu busco o de Daniel no meu celular e aperto o botão de chamada. Eu ouço o telefone tocar duas vezes antes de ele atender.

— Ei, linda.

— Oi, Superman. Como está o seu dia?

— Bem, ele começou com um estrondo, e eu meio que esperava que a noite pudesse acabar com um também? — ele pergunta descaradamente.

Eu dou uma risada — Tão sutil?

— Ei, o que eu posso dizer? Eu sou um otimista. — Ele ri ao telefone. Como pode a risada de um homem ser tão sexy? Deveria ser ilegal, ou gravada para repetir várias vezes no futuro.

— Eu ainda estou no trabalho, mas eu saio em poucas horas — eu digo, tentando disfarçar minha incerteza por vê-lo novamente tão rápido. Talvez eu tenha o meu próprio super poder escondido dentro da minha vagina, que o faz querer voltar para mais.

— Eu espero sair em poucas horas...

Merda, ficou quente aqui ou o quê?

— ... Mas isso vai funcionar perfeitamente. Eu vou à academia e não vou estar em casa até depois das sete. Quer me encontrar depois do trabalho? Eu posso pegar alguma coisa para viagem ou algo assim.

Bem, merda. Agora eu tenho um dilema. Precisamos conversar, e com toda a honestidade, eu adoraria nada mais do que uma boa e dura transa agora, especialmente depois do dia que já tive. Mas e se ele tiver a ideia errada? Espere, eu quero que ele tenha a ideia errada? Ah, foda-se. Eu decidi seguir o meu instinto e ignorar a Mac melodramática interior.

— Parece bom, Superman. Devo avisá-lo que eu ainda vou estar usando meu uniforme e eu vou precisar urgentemente de um banho.

— Eu também. Talvez possamos salvar o planeta e economizar água.

Nossa, eu vou ter que tomar cuidado perto desse cara. Eu já sei que ele tem fala mansa, e com aquele corpo firme que me fez sentir tão bem na noite passada, quando eu arranhei suas costas com minhas unhas e agarrei sua bunda firme, empurrando-o mais profundo enquanto eu...

— Terra para Mac. Você ainda está na linha, linda? — Eu o ouvi dizer, me tirando do meu sonho incrível.

— Sim, desculpe — eu digo com voz rouca. — Eu estava lembrando de algo.

— Agora eu realmente mal posso esperar para ouvir o que você estava pensando, porque sua voz soa exatamente da mesma forma de quando eu te acordei esta manhã com meu pau deslizando dentro de você, e, em seguida, assim que você estava prestes a...

— Ok, sim, eu posso ter pensado sobre as atividades desta manhã — eu digo rapidamente, tentando limpar a minha cabeça desses pensamentos pornográficos. — Chega dessa conversa, ou então eu não vou conseguir terminar o meu turno. Me envie seu endereço e vou tentar chegar lá logo após as sete. Tudo bem?

— Parece perfeito, Mac. E para que conste, eu adoro quando você soa confusa. Só faz você ficar ainda mais bonita.

Deus me ajude, minha calcinha está molhada apenas com um telefonema, e agora tudo o que posso pensar é em Daniel me deixando nervosa em pessoa.

— Ok, legal. Vejo você daqui a pouco, Superman — eu acrescento, alegremente.

— Até mais — ele diz sedutoramente antes de desligar.

O que diabos eu acabei de fazer, porque eu me sinto como Alice caindo no buraco do coelho, entrando de cabeça em um relacionamento instantâneo com Daniel. Merda! Eu preciso dizer-lhe sobre os outros paus na minha vida. Então, cabe a ele decidir se ele quer ficar comigo ou não. Sim, isso é o que vou fazer. Colocar tudo para fora e deixá-lo decidir. No entanto, eu meio que espero que ele fique comigo. Eu ainda não quero que isso acabe.

Exaltada pelo meu novo plano de ataque, eu volto para o posto de enfermagem para terminar o meu turno, empurrando para longe a sensação desconfortável no estômago sobre a noite que me espera.

Capítulo 12
Linhas borradas

Terminei meu turno um pouco mais tarde do que o planejado e peguei um táxi para o apartamento de Daniel. Eu ainda estou vestida com o meu uniforme, e, apesar de ter tentado me refrescar para parecer levemente apresentável antes de deixar o hospital, eu sei que eu não estou no meu melhor. Mas, considerando que Daniel me viu pior nessa manhã, e suas ações não me deram exatamente a impressão de que ele estava com aversão ao meu cabelo doido saído da cama e o mau hálito matinal, eu acho que estou bem. O que é verdadeiramente injusto é que ele ainda parecia gostoso como o inferno, mesmo depois de acordar após uma noite de sexo alucinante.

Para os caras é fácil. Eu juro por Deus, eu entendo perfeitamente porque as mulheres nos anos cinquenta eram orientadas a levantar-se meia hora antes de seus maridos para fazer o seu cabelo e colocar a sua maquiagem, porque vamos ser honestas, eu não conheço uma mulher que já tenha acordado sentindo-se como o sol e as rosas como você vê naqueles comerciais de absorvente.

Antes que eu perceba, o táxi está estacionando no endereço de Daniel. Depois de pagar, eu saio e ando pelo saguão, recebendo alguns olhares dos caras de terno, próximos ao elevador. Mantendo minha cabeça erguida, e acrescentando um pouco de balanço extra à minha caminhada, eu aperto o botão de chamada e entro no próximo elevador. Assim que as portas se fecham, eu cheiro as minhas axilas e decido que eu definitivamente preciso de um perfume para ajudar a disfarçar o cheiro do meu dia de trabalho. Daniel pode estar esperando que eu esteja quente e suada, mas isso não significa que eu tenha que sentir o cheiro dessa forma. Faz apenas duas semanas, precisamos manter este período de sexo de lua de mel muito bom, mais sexo muito bom, e, ocasionalmente, sexo avassalador que você sente até a ponta dos dedos dos pés. E eu gostaria de ter pelo menos um desses três tipos esta noite. Isto é, se ele ainda me quiser depois da nossa pequena conversa.

Merda.

Será que eu realmente considerei isso? Eu preciso lhe contar as coisas que eu fiz na semana, no mês, no ano antes de conhecê-lo? Eu meio que sinto a obrigação de dizer a ele sobre meus 'amigos', especialmente considerando que um deles é seu velho amigo de faculdade, Noah. No entanto, eu não vou dizer a ele que nós o chamamos de 'Vibrador Ambulante'. Eles podem ser amigos, e Daniel definitivamente NÃO tem problemas nesse departamento, mas ainda assim... É uma coisa de homens. Você não olha para baixo no mictório, porque você não quer saber como são as coisas do seu amigo.

E não é como se eu já tivesse encontrado qualquer um deles desde que conheci Daniel. Eu não aceitei o convite de Sean para uma bebida no início desta semana, e tenho visto Noah no trabalho, mas não houve qualquer chamada para uma trepada rápida. Assim que eu descobri que ele era amigo de Daniel, o nosso negócio estava acabado. Seu comportamento arrogante naquele dia o tornou instantaneamente pouco atraente, então não há definitivamente nada acontecendo entre nós agora.

As portas se abrem e eu percebo que é agora ou nunca.

Hora do show.

Tempo de deixar as coisas claras com Daniel e pelo menos esclarecer imediatamente esse lance de ser monogâmico/compromisso, no ataque furtivo desta manhã quando ele estava vinte centímetros dentro de mim.

Eu chego até a porta e respiro fundo antes de bater. Ele abre a porta com um sorriso enorme, do tipo contagioso que você não pode deixar de imitar.

— Ei, linda. — Ele dá um passo para a frente e me dá um beijo suave nos lábios. — Eu pedi para nós comida tailandesa de um restaurante próximo. Espero que esteja tudo bem. — Ele dá um passo para trás e me leva para dentro. Esta é a primeira vez que eu vou ao apartamento de Daniel, então me certifico de olhar ao redor. É no décimo quarto andar e tem uma parede de janelas de um lado, exibindo uma vista espetacular da cidade. A cozinha está no lado esquerdo da entrada, com uma bela mesa de jantar branca e cadeiras separando a sala de estar e a cozinha.

Daniel anda atrás de mim e envolve seus braços em volta da minha cintura, apoiando o queixo sobre os meus ombros, e eu não posso evitar e inclino minha cabeça contra o seu ombro. — O que você acha? Nada mal para um apartamento de solteiro, hein? — ele pergunta, virando a cabeça ligeiramente para plantar um beijo em meu lugar favorito, logo abaixo da minha orelha.

— Mmm, é demais. Eu adoro a vista. — Ele me libera de seu abraço, e eu ando na direção da janela para dar uma olhada melhor. — Uau, você pode ver tudo daqui de cima.

— Sim. E de onde eu estou de pé, a vista é muito boa. — Eu me viro e não posso deixar de sorrir quando ele levanta os olhos da minha bunda. — Mesmo no meu uniforme sensual? — eu pergunto com uma sobrancelha levantada.

— Eu acho que as minhas fantasias com uma enfermeira gostosa podem estar se tornando realidade — ele acrescenta com uma risada.

— Vamos jantar primeiro — eu digo rapidamente, tentando me livrar da voz irritante na minha cabeça que está me dizendo para confessar agora.

— Claro — ele diz, a confusão cobrindo seu rosto diante do meu comportamento. Droga, eu sou realmente tão óbvia?

Nós caminhamos até a mesa de jantar, e ele puxa uma cadeira para mim. Há algo que o Sr. Santo Graal da gostosura não faça? Eu estou deixando de ver todas as falhas, e eu sempre posso ver falhas nos homens. Noah, por exemplo, é arrogante como o inferno; Sean, com toda a sua grandeza dominadora, trabalha demais; e Zander... bem, ele é um homem de vinte e três anos preso no corpo de um jovem de dezoito anos de idade. Mesmo se eu fosse do tipo que tem essa coisa toda de relação, eu não sairia com qualquer um deles.

Mas eu me encontro aqui, no apartamento de Daniel, após três semanas de encontros. Eu preciso lhe dizer. Não é justo deixar que ele pense que eu posso lhe oferecer um relacionamento sério, quando não estou disposta a dar isso a ninguém. Não posso esquecer a promessa que fiz a mim mesma. Quando saí de Ohio, essa promessa foi a única coisa que me segurou firme. Isso me ajudou a lidar com a perda e a dor, e me ajudou a colocar de lado a culpa que eu sentia por ter desejado que meu aborto acontecesse.

— Mac, você está bem? Você parece a um milhão de quilômetros de distância — Daniel chama a minha atenção, me tirando dos meus pensamentos. Ele coloca uma garrafa de vinho branco e duas taças na mesa e toma um assento à minha frente. — Vinho está ok?

— Sim, obrigada. E desculpe, eu estou provavelmente cansada depois dos esforços de ontem à noite e, em seguida, um turno hoje — eu respondo com um sorriso malicioso.

— Definitivamente não vou pedir desculpas pelos esforços de ontem, porque espero repeti-los novamente em breve. Mas lamento que você esteja cansada. Que tal tomar um banho depois do jantar? Se você ama a vista, eu aposto que você vai adorar a banheira que eu mandei instalar. — Ele se aproxima para pegar a minha mão livre, apertando-a suavemente.

Por que ele tem que ser tão doce? Quero dizer, sério. Estou perdendo a minha determinação de ser clara com ele.

— Eu tenho amigos de foda — eu deixo escapar. PORRA! Eu levo a minha mão à boca, em choque com a minha explosão.

Ele puxa sua mão para trás e apenas olha para mim, paralisado com sua boca cheia de arroz frito. — O que significa isso?

Ah, bem. Eu fiz isso agora.

— Bem, há alguns anos, eu saí de um relacionamento muito ruim, do tipo mega ruim. Foi quando eu deixei Ohio e voltei para Chicago.

— Eu me perguntava o que fez você voltar — ele diz, sua voz cheia de compreensão.

— Não foi bom, e eu fiz uma promessa a mim mesma de que não iria me apegar a ninguém. Que eu nunca deixaria um homem ditar minha vida, e depois desta manhã, quando você disse que eu sou a única mulher com quem você está dormindo, eu queria ser totalmente honesta com você. Isso ficou me corroendo o dia todo.

— Bem — ele continua — eu estou contente que você quer ser honesta comigo, mas eu meio que preciso que você me explique essa coisa de "amigos de foda", porque agora eu estou enlouquecendo com as possibilidades. — Ele corre a mão pelo seu lindo cabelo castanho.

Eu espero até que ele olhe para mim, antes de eu explicar isso para ele. — Eu não dormi com ninguém desde que nos conhecemos, de jeito nenhum, e eu gostei de nossos encontros e eu gosto de você, e eu definitivamente gostei do que aconteceu ontem à noite e esta manhã, apesar do meu pequeno surto.

— Eu ainda estou confuso. Você dorme com vários homens?

— Ah, mais ou menos. Eles sabem do meu esquema, eles sabem que não são os únicos, e que cada um me dá algo diferente que eu preciso no momento. Mas nós sempre usamos proteção, só para você saber.

— Isso é bom. Mas você disse que eles te dão algo diferente, então isso significa que vai ser uma coisa permanente? Mesmo depois de ontem à noite? — eu posso ver seu queixo se apertar, e ele não tem certeza de como lidar com isso.

— Bem, eu não tenho certeza. Já tem quase um mês desde a última vez vi um deles, mas se nós não usamos proteção, eu quero ser totalmente honesta com você. É uma das razões pelas quais eu estava pirando, esta manhã. — Eu olho para o meu prato e começo a brincar com a minha comida, de repente, perdi o apetite. Na verdade, eu meio que me sinto enjoada, agora que eu fui honesta com ele.

Ele se levanta de repente e leva o prato para a cozinha, então fica na pia da cozinha, de costas para mim e de cabeça baixa, as duas mãos segurando o balcão.

Posso dizer que ele está tentando processar isso. — Eu preciso saber, Mac. Você vai continuar encontrando-os enquanto você estiver me encontrando? — ele pergunta, sem se virar.

— Eu não sei. Eu não tenho relacionamentos, Daniel. — Ele se vira e se recosta no balcão da pia. Ele está abrindo e fechando os punhos, me deixando no limite. Talvez esta não tenha sido uma boa ideia.

— Você quer continuar me encontrando, me namorando? — ele pergunta, sua carranca aprofundando enquanto olha para mim.

— Nós estamos vendo um ao outro? Exclusivamente? — eu pergunto com cautela.

— Nós não *estamos vendo* um ao outro. Eu definitivamente não quero ver ninguém. Eu não quero levar nenhuma outra mulher para jantar fora. — Ele se afasta do balcão e começa a vir na minha direção, devagar, mas com um propósito definido. — Ou para o cais, ou para o lago, ou em qualquer outro lugar, e eu definitivamente não quero outra mulher na minha casa, ou na minha cama, além de você. — Ele para em frente a mim.

Minha respiração acelera. Ele só me perseguiu em sua própria sala de estar e me deixou molhada e pronta, sem sequer me tocar.

— Mas tem apenas três semanas — eu sussurro.

— Três ótimas semanas, linda. Três semanas que me fazem querer ver aonde isso vai dar.

Bem, merda, como posso discutir com isso?

— Tudo bem.

— Então, nós não estamos não namorando — ele diz, inclinando-se sobre a mesa para descansar as mãos na minha cadeira, me prendendo no lugar.

— Nós não estamos não namorando — eu confirmo com um sorriso malicioso.

— Eu vou te dizer isso, Mac. Vou tentar ser tudo o que você precisa que eu seja dentro e fora do quarto, porque eu gosto de ver você sorrir. Eu gosto de ver você rir, e eu definitivamente gosto de você quando você está debaixo de mim gritando o meu nome.

— Oh, Deus — eu choramingo.

— E para registro, já que eu estou com sorte, eu já tinha a impressão de que você não tem encontros como esse, mas estou feliz que você esteja disposta a tentar. Por você. Por mim. Talvez por nós? — ele diz, apenas um suspiro de distância da minha boca. Eu inclino minha cabeça e me perco nele.

— Ok — eu concordo.

— Ok — ele sussurra, avançando para a frente e roçando suavemente os lábios contra os meus antes de se afastar e sentar-se ao meu lado dessa vez.

— Há mais uma coisa.

— Mac... — ele adverte.

— Um dos caras, você meio que conhece... bem.

— Oh, merda. Não — ele cospe.

— Ah, sim. Eu sou a enfermeira do Noah.

— Droga. Isso explica porque ele estava sendo mais pretensioso do que o normal no jogo de futebol. Você deveria ter me dito, Mac. Poderíamos simplesmente ter ido direto para os nossos lugares. Deve ter sido estranho para você.

— Só um pouco, mas você fez valer a pena — eu digo, colocando a mão na sua perna.

— Não tem mais Noah?

— Oh, Deus, não. Para ser honesta, a sua arrogância estava ficando irritante, na melhor das hipóteses.

— Então por que você continuava com ele?

— Rotina? Familiaridade? Por ele ser o Vibrador Ambulante?

— Porra. Você o chama de Vibrador Ambulante?

Eu sinto meu rosto queimar. — Sim. É o apelido dele no hospital.

Ele dá uma gargalhada. — Por favor, diga-me que ele não sabe sobre isso? A cabeça do cara já é grande o suficiente por ser um cirurgião impressionante.

— Você disse isso, não eu — eu sorrio para ele. — Então, você está realmente bem com isso?

— Bem, eu não posso dizer que estou bem com isso porque, honestamente, eu odeio saber que você ficou com Noah. Mas se você quer tentar e ver onde isso vai comigo, e só comigo, então eu não vou dizer que não, Mac. Tenho a sensação de que você vale a pena — ele diz colocando a parte de trás de sua mão contra minha bochecha antes de se inclinar para um beijo suave.

— Isso significa que temos tomar um banho agora? Porque eu honestamente cheiro mal, e eu meio que quero ver você nu novamente. E sou a favor de conservar a água e salvar o planeta, você sabe. — Eu pisco para ele enquanto eu levo meu prato para a cozinha e começo a limpar.

— Salvar o planeta... sim, vamos fazer isso. Um orgasmo induzido por chuveirinho de cada vez — ele diz atrás de mim antes de pegar a minha mão e me levar para o banheiro. — Você precisa mudar de roupa, porque eu meio que gosto da ideia de você usar uma das minhas camisetas e nada mais. — Ele levanta as sobrancelhas para mim.

Deus, ele é engraçado. Confere!

— Bem, eu tenho uma muda de roupa, mas eu gosto mais da sua ideia.

Daniel puxa meu braço, puxando meu corpo com força contra o dele. — Eu estive lembrando do seu gosto o dia todo. Tão doce — ele diz, enterrando o rosto no meu pescoço enquanto sua língua começa a traçar círculos, estimulando o meu pescoço. — Ainda doce.

Eu envolvo meus braços em volta do pescoço enquanto o meu corpo fica mole contra o seu.

— Não deveríamos ir para o banho? — eu digo com a voz rouca, minha voz entregando totalmente o quanto eu realmente não quero um banho agora a menos que seja eu mesma me banhando em Daniel. Eu me sinto perdida perto deste homem e da sua boca viciante.

Ele se afasta e me dá seu sorriso sexy. — Eu tenho uma ideia melhor agora. — Eu lamento pela perda de contato, mas sorrio quando o vejo entrar em seu enorme banheiro, com uma ducha gigante e ligá-la. — Eu preciso apresentar o meu companheiro de banho, que agora eu estou chamando de Mac — ele diz segurando um vidro de loção de banho. Eu rio, minha mente louca querendo saber quando o chuveirinho Daniel pode encontrar-se com a loção de banho Mac.

Eu começo a tirar meu uniforme na frente dele, deixando-o sem nada para fazer, exceto olhar para o meu corpo nu. O que posso dizer? Eu fui escoteira, e nós sempre fomos ensinados a pensar um passo à frente.

Seus olhos instantaneamente ficam quentes quando ele me vê de pé ali, nua. — Eu gosto do como você pensa, Mac — ele diz, dando um passo em minha direção quando ele retira a sua camiseta. — Deus, eu não me canso disso — ele diz antes de nossos lábios se juntarem em um emaranhado aquecido de dentes, línguas e lábios enquanto nós estamos morrendo de fome um do outro. Sem nos separar, ele tira o calção da academia e então levanta minha bunda até que eu estou montada em sua cintura. Ele sufoca meu grito de surpresa com sua boca, enquanto esfrega sua língua contra a minha. Eu tenho a impressão de que este vai ser um longo banho quente, o meu tipo favorito de banho.

Alguns orgasmos mais tarde e eu estou totalmente acabada, deitada de bruços nos lençóis de mil fios de Daniel. Eu não consigo parar de olhar para o seu belo rosto. Eu sei que os homens não são feitos para serem bonitos, mas na minha neblina pós orgasmo - um resultado de seus talentos sexuais aparentemente intermináveis - ele é lindo.

Ele olha através do travesseiro para mim, olhando nos meus entreaberto olhos cansados.

— O que eles te deram? Você disse que cada homem te deu uma coisa que você precisava — ele pergunta distraidamente, não tirando os olhos dos meus.

De repente, sou atingida com uma tosse nervosa, para evitar a conversa estranha.

— Merda, Mac. Você está bem? — Ele está sentado agora, inclinando-se sobre mim e esfregando minhas costas.

— Eu estou bem. — Eu respiro com dificuldade, tentando recuperar o fôlego. Merda, essa pergunta foi inesperada.

— Bem, eu não queria que a minha pergunta fosse matá-la, pelo amor de Deus! — Ele para de esfregar as minhas costas tempo suficiente de me virar e colocar o braço em volta da minha cintura, me deslocando para perto, de forma que minhas costas estão contra o seu peito duro como pedra...

Depois de alguns minutos de silêncio, eu o ouço suspirar contra o meu pescoço enquanto ele cheira suavemente meu cabelo. — Está tudo bem, Mac, você pode me dizer — ele murmura contra a minha pele, incentivando-me a me abrir.

— Bem, eu conheci Sean em um clube de fetiche numa noite há cerca de seis meses. Kate e eu fomos lá porque um amigo do meu trabalho disse que eles serviam coquetéis incríveis, e tinha um *happy hour* de 21h às 23h nas noites de sexta. Depois de alguns shots de tequila, nós nos falamos, e começou a partir daí — eu explico, as palavras saindo de mim como diarreia verbal.

— Mmm hmm. — Eu o sinto dizer contra minha clavícula, que ele está lentamente traçando com o nariz.

— Nós dois sabíamos que namorar não ia dar certo, mas fisicamente funcionou bem, então sempre que eu estou no clima para algo um pouco, eu não sei, diferente, e ele está na cidade, nós nos encontramos.

— Defina diferente, Mac — Daniel sussurra, sua boca agora bem atrás de minha orelha. A rouquidão em sua voz provoca arrepios na minha espinha, e eu inconscientemente arqueio minhas costas, empurrando minha bunda em sua virilha endurecida. Ele empurra para frente, esfregando-se contra mim, e eu sufoco o meu gemido quando eu sinto seu comprimento duro descansar entre as minhas nádegas.

— Ah... ele é um pouco mais... exigente, digamos assim.

Eu o sinto mover sua pélvis para longe da minha, sua mão esquerda se desloca da minha cintura para o meu quadril, antes de acariciar minha nádega. — Então, você gosta de ser espancada? É isso, Mac? — Sua voz tensa demonstrando o quanto essa conversa o está deixando excitado.

— Sim — eu gemo, assim que eu sinto o tapa na minha bunda. — Ahhh, sim! — eu grito, mordendo meus lábios e saboreando a deliciosa sensação de queimação que irradia do meu traseiro.

— Mais? — ele pergunta, com a mão retornando ao seu movimento circular suave. Eu deixo a minha cabeça cair contra o seu ombro, virando brevemente em direção aos seus lábios convidativos. — Você gostou disso, não é, Mac? — Ele respira contra os meus lábios. Eu mal aceno com a cabeça, antes de sentir a lufada de ar sob os lençóis quando a mão dele encontra a minha bunda novamente. Eu não me incomodo de esconder o meu gemido dessa vez. Ele está gostando disso tanto quanto eu, e eu definitivamente não vou esconder a minha alegria ao ver esse novo lado dele.

Parece que os talentos de Superman não têm limites.

É uma pena que o meu coração tenha.

Capítulo 13
Felicidade Temporária

As próximas semanas voaram. Entre trabalhar cinco turnos por semana, e encontrar Daniel, eu mal tive tempo para pensar.

Eu percebi que Daniel é como um vício em drogas. Eu não me canso de seu corpo, do seu toque, da sua talentosa língua me induzindo a orgasmos que me transformam em um demônio gritando em poucos minutos. Estou começando a achar que eu preciso comprar para Kate alguns tampões, porque nas noites que ficamos na minha casa, Daniel parece tornar como sua missão quebrar seu recorde de múltiplos orgasmos comigo. E só para constar, ambos ganhamos a cada vez.

Agora é sábado à noite e Daniel me chamou para um jantar na casa de Noah. Aparentemente, eles tiveram uma conversa de homem para homem, e surpreendentemente, as mensagens de meio do turno de Noah tornaram-se inexistentes, até mesmo os "Oi, como você está?"

Coincidência? Claro que não!

Quando Daniel me falou a respeito, isso me incomodou, mas ele explicou que eles são amigos há anos e é código de homem fazer valer seus direitos. Se você me perguntar, os homens são estranhos. Deus, se Kate e eu gostamos do mesmo cara, normalmente nós jogamos uma moeda por ele.

Eu me vesti com um estilo casual sexy, que é apenas um passo além do casual. Em suma, eu estou vestindo jeans que parecem ter sido pintados no meu corpo, combinando com um belo par de sandálias de salto alto de cor prata, que eu peguei emprestado de Kate, e uma blusa que se prende ao pescoço e que se agarra ao meu busto. Eu prendi meu cabelo em um rabo de cavalo meio solto e com um toque rápido de pó bronze no rosto, rímel e gloss, eu estou pronta para ir.

Assim que eu me sento com um grande copo de vinho para me preparar para o constrangimento à frente, Daniel aparece na minha porta parecendo tão atraente como sempre, vestindo uma camisa preta de manga curta e bermuda cargo. Para os caras é tão fácil, eu juro por Deus que eles poderiam usar qualquer coisa e ficar bem. Depois de Kate deixá-lo entrar, ele se aproxima e se inclina sobre o sofá, dando-me um beijo quente e forte com apenas um toque de língua antes de se afastar e se levantar novamente.

— Você é uma provocação — eu solto um suspiro, para seu óbvio prazer.

— Você está linda, linda — ele diz com um sorriso. Ele se inclina, levando seus lábios perto do meu ouvido. — E eu mal posso esperar para tirar você desse jeans o mais rapidamente possível.

— Promessas, promessas — eu murmuro quando ele enterra o rosto no meu pescoço, dando beijos suaves ao longo da minha clavícula. Maldição, se ao menos houvesse tempo para um *pré-jogo*. Então, eu definitivamente me sentiria mais relaxada sobre para onde estamos indo.

— Há uma cerveja na geladeira, se você quiser — eu digo, inclinando-me para longe dele.

— Obrigado. Como foi seu dia?

Eu sorrio. — Foi bom. Fiz limpeza e lavei a roupa. Ainda consegui tirar um cochilo, para me recuperar por ser mantida acordada até tão tarde na noite passada.

— Eu não me lembro de você reclamar, Mac. Na verdade, eu tenho certeza que ouvi alguém implorando — ele acrescenta com um sorriso.

— Eu não! — eu respondo com um sorriso. — Tem certeza que temos que ir para essa coisa hoje à noite? Você não gostaria de ficar em casa, em mim? — Eu me viro para que eu fique de frente para ele.

Ele para sua ida à geladeira e se vira. — Ficar *em* você? — ele pergunta com uma sobrancelha arqueada.

— Bem, sim. — Eu sinto meu rosto aquecer, percebendo que não cheguei a pensar muito sobre este plano.

— Eu posso ficar em você a noite toda, e a maior parte de amanhã de manhã, mas hoje à noite nós vamos ao churrasco na casa do Noah. Ele está bem com isso, nós estamos bem com isso, está tudo bem — ele afirma calmamente antes de retomar à missão de busca da sua cerveja e fechar a geladeira.

Estalando a tampa e dando um longo gole, fico maravilhada com a forma como seu pomo de Adão sobe e desce a cada gole. O que eu não daria para traçar a minha língua no seu pescoço...

— Mac, pare de olhar para mim como se eu fosse um pedaço de carne, e você um animal faminto. Tenho certeza de que até mesmo você pode resistir por algumas horas para se socializar com amigos e jantar.

— Eu acho que sim — eu digo com um muxoxo. Eu tentei muito, mas não consigo segurar um sorriso atrevido.

— Bom. Eu sei que estamos adiantados, mas devemos sair em breve. Não queremos nos atrasar para nossa primeira aparição juntos, não é?

Aparição juntos?

Eu engasgo com o meu vinho. — Aparição juntos?

— Bem, sim. A maioria dos nossos amigos vai estar lá com suas esposas e namoradas. Esta será a primeira vez em muito tempo que eu levo alguém — ele diz calmamente, como se isso fosse uma porra de um evento corriqueiro. Eu tento não parecer afetada por fora, mas por dentro eu estou pirando.

Uma porra de festa e a nossa primeira aparição juntos? Para Daniel e eu? Mesmo que não estejamos *não namorando* e não estamos dormindo com outras pessoas?

Me mate!

Podemos ser monogâmicos, mas isso é tudo o que somos. Nós passamos muito tempo juntos, dormimos juntos, e eu só concordei com este churrasco porque eu vi o desconforto no rosto de Daniel quando ele sugeriu e eu odeio decepcioná-lo. Aquele olhar quebra o meu coração, e eu pensei que eu o tinha quebrado há muito tempo.

— Certo, certo — eu digo com determinação, engolindo o último gole do meu vinho e levando o meu copo de volta para a cozinha. — Eu estou pronta para acabar com isso, se você estiver.

Daniel está franzindo a testa. Ele esfrega o rosto com a mão livre, terminando sua cerveja antes de vir na minha direção. Ele envolve uma mão na minha cintura e me puxa rápido contra ele, cobrindo meu rosto com a outra mão e puxando meu lábio para perto do dele.

— Mac, não pense demais nisso. É apenas um churrasco com alguns dos meus amigos. Nada mais. — Ele me beija, lentamente mas seguramente, tomando seu tempo para se certificar de que ele limpa a minha cabeça de qualquer coisa, exceto a maneira como ele está me consumindo. Ele eventualmente se afasta até que os nossos lábios mal estão se tocando. — Mas obrigado por ir comigo. Isso significa muito para mim.

— Você pode me pagar mais tarde. Talvez possamos quebrar mais um recorde — eu digo, tentando quebrar o tom sério dessa conversa.

— Bem, eu sempre disse que eu sou um perfeccionista.

E com isso, Delicioso Daniel está de volta ao seu melhor. Ele pega a minha mão na sua, entrelaçando nossos dedos dessa forma que faz meu coração suspirar e meu corpo derreter, e me leva até a porta para me levar para o seu carro que nos espera.

Vinte minutos mais tarde, estamos estacionando do lado de fora de uma bela casa de dois andares no subúrbio, entre uma série de outros carros, o que indica que isto é mais do que apenas um "pequeno" encontro de amigos. Olho para Daniel que de repente parece nervoso. Ele passa a mão pelo cabelo escuro antes de virar para mim.

— Eu gosto que você esteja aqui comigo, Mac. Obrigado por ter feito isso.

Ele está excepcionalmente tenso, como se estivesse com medo de algo... medo da minha reação a isso. Eu odeio saber que eu fiz isso com ele.

Eu me inclino e descanso a minha mão no queixo dele, sentindo o leve arranhar de sua barba. Um arrepio corre através de mim com o pensamento de outros lugares onde essa barba me faz sentir tão bem. — Eu estou aqui para ficar com você. Vamos conhecer seus amigos e nos divertir — eu digo, roçando suavemente meus lábios contra os dele, tentando tranquilizá-lo.

Ele aprofunda o beijo, envolvendo sua mão possessivamente ao redor do meu pescoço e deslizando sua língua contra a minha. Eu choramingo em sua boca, estimulando-o quando sua fome assume. Ele morde meu lábio inferior antes de traçar a sua língua ao longo dele, acalmando suavemente a minha dor. Minha outra mão repousa sobre o peito dele, à direita do coração que está batendo rapidamente sob o meu toque.

Isso é demais para mim. Minha cabeça está confusa enquanto nossas línguas continuam seu enrosco emaranhado, nossos corpos agem como ímãs, incapazes de chegar perto o suficiente. Eu afasto meus lábios para longe dele, abaixando a cabeça em seu ombro enquanto eu tento recuperar o fôlego e recuperar meus sentidos.

— Diga-me que você sente isso, linda? Diga-me que não estou imaginando isso — ele fala com a voz rouca contra a minha testa.

— Eu estou sentindo, e está me assustando demais — eu sussurro.

Eu sinto, em vez de ouvir, o seu suspiro de alívio, a tensão saindo de todo o seu corpo enquanto as palavras inconfundíveis saem da minha boca.

Nós ficamos assim por alguns minutos, sem nos mover. Uma buzina estridente nos tira do nosso momento, e nos separamos. Eu olho para o belo rosto de Daniel, saboreando o sorriso malicioso no rosto.

— O quê? — eu pergunto com um sorriso.

— Nada. Apenas que você fica ainda mais bonita com cabelo bagunçado e os lábios inchados. — Então, ele tem a audácia de sorrir para mim.

— Merda — eu murmuro antes de puxar para baixo o espelho que fica acima da minha cabeça, e tentar reparar os danos. — Sorte que eu comprei suprimentos de emergência, não é? — Eu pisco para ele enquanto abro a minha bolsa e começo a retocar meu gloss e arrumar meu cabelo. — Pronto, como novo.

— Vamos colocar este show na estrada — Daniel diz saindo do carro e circulando-o antes de abrir a porta para mim. Ele segura a mão estendida para mim e entrelaça os nossos dedos, me ajudando a sair, fechando a porta atrás de mim e caminhando em direção à festa... e Noah.

Deixe o constrangimento e comece a diversão.

Entramos pela porta da frente, já aberta, da casa de Noah e estou impressionada pela forma como é totalmente diferente de como ele é. No hospital, ele é arrogante, o lado quente de arrogante, e como Zoolander dizia: "Realmente, realmente, de boa aparência". No entanto, ele é um grande cara quando você passa por tudo isso. Eu não teria dormido com ele por tanto tempo se fosse o contrário. Quer dizer, podemos chamá-lo de vibrador ambulante, e o ego definitivamente corresponde ao tamanho do seu pênis, mas há mais nele do que o seu monstro de 23 cm, algo que é óbvio quando olho ao redor de sua casa.

O hall de entrada tem um teto alto e piso de mármore com uma escada em curva que leva até o segundo andar. A sala é decorada com uma mesa lateral de nogueira e um enorme espelho de frente para a porta. Tudo ali faz parecer um lar. Ainda assim, é uma casa um pouco imponente. Eu esperava que Noah tivesse um apartamento de solteiro infernal. Simples - sim, mas não esta mansão no subúrbio de Chicago, estilo Beverly Hills. Eu meio que estou esperando um mordomo aparecer a qualquer minuto.

Daniel vê a minha expressão em meus olhos arregalados e ri. — Mac, é apenas uma casa.

Eu me viro para olhar para ele. — Isto não é uma casa, Superman. Isto é uma casa com esteroides. Aposto que ele ainda tem uma piscina com cascata. Talvez até uma gruta como Hugh Hefner.

Isso faz Daniel bufar. — Pfft, bem que ele queria. Ele pode falar por falar, Mac, mas Noah não é Hugh Hefner. Estou começando a me perguntar o quão bem você conhece o cara — ele diz, arqueando as sobrancelhas.

— Estou começando a me perguntar isso também. Não que isso importe, porque eu estou aqui com o Superman. Aspirantes a Hugh Hefner não se comparam a você — eu respondo com um sorriso antes de ficar na ponta dos pés para beijá-lo.

Ele pega minhas mãos e as envolve nas minhas costas, aprofundando o beijo e puxando meu corpo duramente contra sua ereção, que agora está explorando a minha coxa.

Quando ouvimos alguém limpando a garganta, eu chio e afasto meu corpo e minhas mãos dele. Eu me viro para ver Noah encostado na parede nos observando.

— Não parem por minha causa. Eu estava curtindo o show — ele diz com um enorme sorriso de merda que me faz corar.

— Cala a boca, Taylor — Daniel diz olhando para mim e sorri. — Não é minha culpa que ela me acha irresistível.

— Mas você é, você sabe — eu olho para ele e sorrio, gritando quando ele aperta minha bunda que ainda está firmemente ligada à sua mão.

Noah nos interrompe. — Bem, vocês dois vão ficar aqui o dia todo se pegando no meu hall, ou vocês vão lá pra fora e conversar com os outros?

— Desculpe, eu não consigo mantê-la longe de mim. É uma vida tão difícil — Daniel acrescenta, balançando a cabeça em tom de brincadeira.

— Desculpe! Estou bem aqui, você sabe! — eu digo rindo. — Vamos lá, vamos conhecer seus amigos para que eu possa saber um pouco sobre seus dias de faculdade.

— Merda, não tinha pensado nisso — ele responde, pegando a minha mão e entrelaçando os dedos. Eu olho e vejo que Noah ainda está de pé ali, nos observando.

Eu rapidamente me inclino e beijo duro a boca de Daniel. — Você vai pagar por isso mais tarde, você sabe — eu digo com um olhar confiante.

— Não vejo a hora.

— Depois de você, Makenna — Noah diz, gesticulando para eu ir primeiro. Eu passo por ele, Daniel seguindo de perto.

Eu ouço os caras conversando preguiçosamente atrás de mim.

— É melhor não estar examinando a minha bunda, Noah — eu digo, olhando por cima do meu ombro a tempo de ver Noah tirar os olhos da minha bunda e Daniel o pega em flagrante.

— Taylor, pare com isso — ele diz enquanto dá um tapa na nuca de Noah, brincando.

— Mas é uma bela bunda — Noah responde confiante.

— É a minha bunda agora, então tira o olho. — Eu ouço Daniel murmurar atrás de mim enquanto ele anda para a frente e agarra a minha mão, caminhando em direção a um grupo de pessoas em pé ao redor da piscina com - sim, você adivinhou - uma cachoeira.

— Veja, eu disse que haveria uma cachoeira — eu digo com um sorriso.

Noah nos interrompe. — Você não pode ter uma piscina sem água corrente, Mac.

— Aparentemente não — eu respondo secamente.

— Dan!

— Winters.

— Babaca. (*Lembre-me de perguntar a ele sobre isso mais tarde*).

Um bando de homens se abraçam, seguido de beijos nas bochechas das parceiras dos homens mencionados anteriormente, o tempo todo nunca deixando de lado a minha mão, tanto quanto eu tento diplomaticamente deixá-la livre.

— Este é a Mac, minha namo... ah, amiga — ele diz com indiferença, como se ele não tivesse acabado de me assustar para caralho.

Namorada? É o que ele estava prestes a dizer? Por que não "a garota com quem eu estou transando exclusivamente" ou "a mulher que eu não estou *não* namorando".

De repente, eu me pego sentindo nervosa novamente. Ele já me disse que não traz uma mulher a um desses encontros há muito tempo, e agora ele está tendo dificuldade até mesmo de me apresentar. Isso deve ser mais difícil para ele do que eu pensava.

— Ei, prazer em conhecê-los — eu digo ao grupo que, agora, está todo olhando para mim com interesse renovado. Eu sabia que devia ter arrastado Kate comigo. Pelo menos, eu conheceria alguém que não fosse o Vibrador Ambulante, que ainda está me olhando como se eu fosse um show de horrores no circo.

Ele não tinha me visto sem meu uniforme de trabalho até algumas semanas atrás, no jogo dos Bears. Apague isso, ele me viu sem o meu uniforme muitas vezes, só não num evento social como este.

— Então, é melhor eu apresentar todos. Este é Dave e sua esposa, Sheree — Daniel diz, apontando para um homem lindo com sua igualmente linda, e muito grávida esposa, que está em pé à nossa direita. — Sheree está esperando seu primeiro filho a qualquer momento, como você pode ver.

— Isso é tão legal, parabéns — eu digo a ela.

— Obrigada, estamos muito animados — ela responde, esfregando a barriga inchada e olhando para Dave com adoração. Isso é tão bonito.

— E este é Gary, nós trabalhamos juntos, e sua companheira, Louise. Aqueles são Thomas e Cade, que você já conheceu, e esse é Matt, irmão mais novo de Noah. — Meus olhos se arregalam quando eu percebo que Matt é uma versão mais jovem de Noah. Quero dizer, sério, uma cópia viva. É como se ele fosse um mini Vibrador Ambulante. Espere, isso não soa muito bem, não é? Aposto que não há nada de mini sobre qualquer um dos homens na família de Noah.

Depois de dizer oi a todos, Daniel coloca o braço em volta dos meus ombros e me puxa para o seu lado, beijando a minha têmpora. Esta é uma das minhas coisas favoritas em Daniel. Faz-me sentir querida, então eu relaxo instantaneamente.

— Então, como anda o trabalho, Danny Boy? — Thomas interrompe.

— Muito ocupado, mas rentável, e é isso que importa — ele responde, ainda me segurando ao seu lado.

— E quanto a você, Mac? O que você faz? — Cade pergunta, voltando a atenção para mim.

Eu sorrio. Perguntas como esta eu posso responder. — Eu sou enfermeira na Northwestern.

— Ah, então você trabalha com Taylor?

— Claro que sim. Em andares diferentes, mas nos encontramos de vez em quando — eu respondo, não percebendo o que eu disse até que eu sinto Daniel endurecer momentaneamente ao meu lado.

Sabendo que eu estou me afundando em um buraco, decido me livrar da situação.

— Você pode me dar licença por um momento? Vou ao banheiro — eu digo, tentando afastar-me de Daniel e ir para dentro da casa.

— Ei — ele diz em voz baixa, segurando a minha mão e apertando suavemente. — Você está bem? — Ele parece preocupado.

— Claro. Eu não vou demorar muito — eu digo quando ele solta a minha mão e me afasto do grupo.

Quando eu finalmente encontro um banheiro, tranco a porta e coloco a tampa do vaso sanitário para baixo. Eu pego o meu telefone e ligo para Kate.

— Oi, piranha — ela diz, quando atende.

— Eu preciso surtar, desabafar, você sabe, tirar essa merda da minha cabeça.

— Diga — ela diz instantaneamente.

— Tudo bem. Então, estamos na casa do Noah, que, por sinal, é muito legal. Eu estou falando de pisos de mármore, escadas, uma enorme piscina com uma maldita cascata ao lado. Noah encontrou Daniel e eu dando uns amassos em seu hall de entrada, e, em seguida, ambos ficaram olhando a minha bunda, o que era totalmente compreensível, porque eu tenho um uma bunda bonita, mas ainda assim, esse não é o ponto. De qualquer maneira, Daniel me apresentou a seus amigos que estão aqui, e eles são todos muito legais, e uma delas está com uma barriga como se estivesse com 11 meses de gravidez pela aparência dela, e ela olha para seu marido Dave como se eles fossem recém-casados e é realmente bonito, e Daniel quase me apresentou como sua namorada, mas se conteve, então eu fui totalmente estúpida dizendo que trabalho com Noah, mas que eu o vejo de vez em quando, o que Daniel entendeu errado porque eu não queria dizer isso dessa maneira, mas sei que ele entendeu assim, e agora eu estou me escondendo no banheiro, fingindo que estou fazendo xixi e falando com você no telefone, tentando descobrir como diabos eu cheguei aqui e como passar por isso sem falar coisas que eu vou me arrepender depois, ou irritando Daniel ou machucando-o, ou ficar irritada com Noah, que, por sinal, é totalmente diferente fora do hospital, aparentemente, porque ele vive numa porra de um paraíso suburbano com uma cachoeira.

Eu tomo um segundo para recuperar o fôlego, juro que não parei um segundo para respirar durante todo esse discurso.

Kate está gargalhando no telefone.

— Não ria. Isso é sério — eu digo, tentando abafar o meu próprio riso.

— Mac, sério, essa merda é engraçada. Eu gostaria de ter gravado isso porque, tanto quanto é divertido, foi épico.

Eu desisto de tentar me segurar, e morro de rir também. — Oh, meu Deus, Kate, sério! O que eu vou fazer?

Quando ela finalmente se recompõe, ouço uma respiração profunda através do telefone. — Mac, você precisa dizer à Mac interior para colocar sua calcinha de menina crescida e lidar com isso. Os amigos de Daniel parecem agradáveis e sim, provavelmente você falou demais, mas parece que você está indo muito bem. Basta seguir o fluxo, Mac. Divirta-se, desfrute do Delicioso Daniel, e relaxe.

Suspirando no telefone, eu sinto meu corpo inteiro relaxar, quase como se suas palavras fossem o remédio que eu precisava. — Deus, eu te amo! — eu digo a ela.

— Eu sei. Quem mais poderia aturar você?

— Exatamente! — eu respondo com uma risadinha.

— Agora, já chega de você e seu discurso. Algum homem gostoso e solteiro por aí?

— Bem, tem o irmão mais novo do Noah...

— Há um mini Vibrador Ambulante?

— Bem, não tão mini, mas sim, ele é bem gostoso. Tem potencial, mas não tenho certeza a respeito da sua condição de solteiro — eu acrescento.

— Ajude a sua irmã. Descubra os detalhes, e teremos um interrogatório completo amanhã de manhã. Você vai passar a noite com Daniel?

— Sim, esse é o plano, então você vai ser capaz de ter uma noite de sono tranquila. Sem orgasmos escandalosos, eu prometo — eu digo com um sorriso.

— Merda, Mac, se eu não posso tê-los, estou feliz que você os tenha. Eu te amo. Até amanhã, querida.

— Com certeza. Até mais — eu digo antes de terminar a chamada.

— Mac? — eu ouço Daniel chamar do outro lado da porta. — Você está bem?

Eu me levanto e abro a porta, para encontrá-lo encostado na porta, as sobrancelhas franzidas.

— Eu estou bem. O que há de errado?

Ele dá um passo para dentro e fecha a porta atrás de si, antes de me puxar para seu peito e envolver seus braços em volta de mim.

— Você estava tendo um momento de piração, não é? — ele murmura no meu cabelo enquanto eu aconchego mais perto dele.

— Nããããããooooo — eu digo em voz baixa, ganhando uma risada que eu sinto como um estrondo no seu peito.

Ele desliza suas mãos sobre meus ombros e se afasta para olhar para mim. — Mac, temos nos encontrado há seis semanas. Estou aprendendo os sinais de uma piração Mac, e agora você está demonstrando todos eles — ele explica me dando um sorriso. — Então, vamos começar de novo. Por que você está pirando?

— Eu não queria envergonhá-lo, e eu o envergonhei, dizendo que eu vejo Noah de vez em quando, e eu o senti tenso, e então eu me senti culpada porque eu costumava dormir com ele, mas eu não faço mais isso, porque tudo o que eu quero fazer é dormir com você!

Pronto, eu disse!

Ele me puxa apertado novamente, envolvendo os braços nas minhas costas.

— Linda, eu meio que já sabia disso, mas eu gosto de ouvir você falar. E você não me envergonhou, ninguém sabe de nada. Noah só nos contou sobre a enfermeira com quem ele estava dormindo para que nós o deixássemos em paz. Tudo que eu quero é que você relaxe e se divirta. Tome uma bebida ou duas... apenas relaxe e aprecie. Desfrute do momento de socializar. Não há pressão. Meus amigos não são assim. Seja você mesma, adorável, engraçada, às vezes, louca, e eles vão te amar. Eu prometo.

Droga, não há nada de errado com este homem?

Estou chocada com a total sinceridade em seus olhos quando eu olho para ele. Ele está sendo totalmente honesto. Ele realmente me quer aqui com ele, com seus amigos, socializando.

— Ok — eu reuni tudo o que eu quero dizer em uma palavra.

— Ok — ele repete, movendo as mãos para cima para minha mandíbula. — Mas antes de sair, eu tenho que fazer isso. — Ele coloca a boca na minha e lentamente desliza sua língua ao longo dos meus lábios. É um especial Daniel: alucinante, erótico e atiça com sucesso o fogo que ele começou há seis semanas, quando nos conhecemos e que queima mais quente do que nunca.

Capítulo 14
Boa menina

Daniel e eu voltamos para o jardim e caminhamos em direção a uma mesa ao lado de Noah e alguns dos outros que eu conheci antes.

— Sirvam-se — Noah diz, entregando um prato a cada um.

Depois de nos servirmos, sentamos e começamos a comer. — Caramba, isso está bom — eu digo quando termino minha última garfada.

— Eu não sou apenas um rostinho bonito, Mac — Noah responde com um sorriso, que eu retribuo.

— Eu nunca disse que você tinha um rosto bonito — eu retruco.

— Boa. Então, como você tem estado, Mac? Nós não tivemos muitos turnos juntos ultimamente — Noah pergunta, entregando-nos uma cerveja para cada um e sentando-se à nossa frente.

Eu levanto uma sobrancelha quando Daniel, de repente, coloca a mão na minha coxa. Interessante.

— Eu estou bem. Tenho trabalhado em turnos alternados, por isso tem sido um pouco agitado. Além disso, não é como se você estivesse mantendo contato — eu acrescento. Eu sinto a mão de Daniel tensa na minha perna.

Merda! Falei demais.

Os olhos de Noah olham para a mão de Daniel no meu colo antes de rapidamente olharem para mim. Seus olhos dançam com diversão para o comportamento abertamente possessivo de Daniel.

Porra, isso é estranho. Pênis número um encontra pênis número quatro. Você não poderia inventar essa merda. Sério, me mate agora!

— Bem, estamos aqui agora, não estamos? — ele responde, trazendo sua garrafa de cerveja à boca, mas não para esconder seu sorriso.

Dois podem jogar este jogo. Eu coloquei minha mão sobre a de Daniel, inclinando-me para lhe dar um beijo na bochecha.

— Claro que sim.

De repente, há uma nova rodada de boas-vindas. Eu olho para a casa e vejo uma linda top model loira caminhando em nossa direção. Quero dizer sério, parece que ela acabou de sair da passarela da Victoria's Secret para o quintal de Noah.

Eu percebo que Daniel e Noah pararam de falar quando ela se aproxima de nós.

— Nikki — Daniel diz calorosamente, o sorriso em seu rosto inconfundível.

— Ei, Nix, não achei que você viria — Noah diz, levantando-se para beijar a mulher misteriosa em sua bochecha.

Daniel também se levanta e o rosto da mulher suaviza quando ela olha para ele, envolvendo as mãos em torno de seus ombros e dando-lhe um longo abraço. Seus olhos mudam para mim, e ela sorri, me avaliando de uma maneira que faz meu sangue ferver. Eu franzo meus lábios e cerro os punhos, tentando controlar esse ataque desconhecido do monstro de olhos verdes que eu pareço estar tendo.

Daniel volta-se para mim quando ele se afasta do abraço dela. — Mac, esta é Nikki, minha…

— Ex-namorada é a palavra que você está procurando, D — Noah interrompe, sorrindo para mim.

— Sim, minha ex-namorada da faculdade — ele diz, sentando-se ao meu lado.

— Oi — ela diz com doçura para mim. Eu faço a varredura da cabeça aos pés, cerrando os dentes, enquanto imagino todas as diferentes cenas em que sua boca teria estado em Daniel.

Porra! Sai da minha cabeça!

— Ei, eu sou a Mac. A namorada de Daniel — eu digo sem gaguejar.

Namorada? Puta merda!

Eu posso ver Daniel olhando para mim com o canto do meu olho, a boca aberta, presa em estado de choque.

— Oh — ela diz, surpresa. — Você não mencionou que estava namorando de novo, Dan.

Eles mantêm contato? O que é isso, o maldito Sex and the City?

— Ah, sim. Tem cerca de seis semanas. Não é mesmo, linda?

— Mmm hmm — eu aceno concordando, enchendo minha boca com comida para me impedir de me esfregar na perna de Daniel, reafirmando-o como meu. Eu olho para Noah, que está se inclinando para trás na cadeira, se deleitando totalmente com a situação que se desdobra à sua frente, como se ele fosse espectador de um esporte.

— Como está o trabalho, Dan? — ela pergunta, de pé, em frente a nós. Um sorriso muito doce enfeitando seus lábios enquanto ela praticamente me ignora.

— Ocupado, mas bom. Tivemos um bom ano até agora. E quanto a você? Como estão seus pais, desde a mudança?

— Eles estão adorando. Eles mandaram dizer oi. Mamãe ainda pergunta por você, é claro. — Ela dá uma olhada para mim, dando-me um olhar de simpatia que me diz que ela sabe o que está fazendo.

— Isso é ótimo, Nik. Diga-lhes que eu disse olá também — ele responde, com um sorriso cheio de dentes no seu rosto. Eu olho para ele e reconheço o olhar suave em seus olhos. É a mesma maneira que ele olha para mim quando estamos deitados na cama depois do sexo alucinante.

Merda!

Antes que eu saiba o que estou fazendo, aproximo minha cadeira da cadeira do Daniel, colocando minha mão em seu colo e me inclinando perto de seu ouvido. — Eu não sei se eu bato em você ou na cadela. O que você sugere?

Ele balança a cabeça para mim, o rosto confuso, até que eu vejo o que eu disse registrar em seus olhos. — Ei. Coloque o monstro de olhos verdes para longe, Mac. Isso foi há muito tempo, e nós somos apenas amigos agora. A única mulher em quem eu estou interessado está olhando diretamente para mim.

Eu me distraio, hipnotizada por seus olhos, as sobrancelhas perfeitamente delineadas, as linhas de sua mandíbula, aqueles lábios curvados que são tão agradáveis de beijar...

— Mac, você me ouviu?

— O... O quê? Desculpe, eu me distraí totalmente. Estava ocupada demais pensando em todos os outros usos para essa sua boca — eu digo, com um sorriso malicioso. Eu estou totalmente alheia às pessoas ao nosso redor. Eu posso ouvir *Nikki Garota Legal* conversando com Noah em algum lugar distante, mas eu não consigo tirar os olhos do homem lindo na minha frente.

Quando percebo que os nossos lábios estão apenas a poucos centímetros de distância um do outro, de repente toda a situação torna-se clara para mim.

E assim, estou de volta no jogo.

— É uma vergonha realmente — ele diz, varrendo minha bochecha com o dorso dos dedos tão delicadamente que eu mal posso senti-los me tocar, mas posso definitivamente sentir o calor. — Eu estava apenas dizendo o quanto eu adoraria dobrar você sobre esta mesa e não parar até que eu esteja enterrado profundamente dentro de você. Você estará gritando o meu nome tão alto que todo mundo, em Chicago vai saber que você é minha.

De repente, eu estou ofegante, meu coração batendo tão rápido que está quase pulando para fora do meu peito. — Droga — eu sussurro, meu cérebro de repente cheio de imagens nuas de Daniel me fodendo em cima da mesa na frente de todos, Nikki incluída. Seria uma maneira de mostrar a ela que ele é meu.

Espere, meu? O que este homem está fazendo comigo?

— Assim como eu pensava. Mal posso esperar para te levar para casa e deixar você nua — ele diz, beijando-me rapidamente de novo antes de pegar a minha mão e colocá-la em seu colo enquanto eu relaxo nele.

A deusa de olhos verdes voltou a dormir.

Eu consigo manter meu ciúme à distância pelo resto do tempo que passamos na casa de Noah. Sem sair do lado de Daniel, eu tenho algumas conversas interessantes com Gary e Louise, e até mesmo o Mini Vibrador Ambulante, que eu descobri que não é solteiro, para minha decepção. Kate teria ficado uma gata no cio.

Louise nos convida para jantar na próxima semana e Daniel aceita sem hesitação. Talvez ele tenha decidido que ser um rolo compressor é o caminho para evitar outra piração Mac. Este meu rapaz aprende muito rápido.

Depois de nos despedirmos, algumas horas mais tarde, Daniel e eu voltamos para a cidade.

— Obrigado por ter vindo esta noite, Mac. Espero que isso não tenha sido horrível demais pra você — Daniel diz, colocando a mão na minha coxa e apertando suavemente.

— Eu me diverti bastante. Uma vez que eu consegui relaxar e ser eu mesma — eu respondo com sinceridade.

— Olha, Mac, eu sei que isso não é algo que você normalmente faz, e eu estou me sentindo meio culpado por atirar você de cabeça neste churrasco. Mas você se subestima, linda. Você foi perfeita. — Ele agarra minha mão e a leva à boca antes de colocá-la de volta no seu colo. — Você é perfeita. Piração no banheiro e ciúme incluídos — Ele sorri para mim.

— Então, falando sobre a minha pequena raia ciumenta, o que há entre você e Nikki? Vocês ainda parecem bastante amigáveis, e Noah ficou me atirando olhares de quem sabe alguma coisa, a noite toda.

— É a história típica. Nós namoramos no ensino médio. Então, quando eu saí para a faculdade, nós terminamos. Ela queria fazer a coisa de longa distância, mas eu disse que era injusto para nós dois. Quando voltei para a cidade, ela queria tentar de novo, então nós tentamos. Mas não era a mesma coisa, nós simplesmente não queríamos as mesmas coisas mais e as nossas vidas estavam indo em direções diferentes. Para ser honesto, eu sabia que, no fundo, ela não era a pessoa certa. Isso foi há três anos.

— Mas vocês ainda são amigos, e os pais dela ainda perguntam sobre você? — eu afirmo com cautela.

— Nós quase não vemos um ao outro, mas sim, os nossos pais ainda são amigos até hoje. Hoje foi a primeira vez que eu a vi em mais de um ano. Ela viaja muito a trabalho.

Estou presa entre o sentimento de me sentir como uma idiota ciumenta e uma adolescente que está tonta só porque descobriu que sua paixão gosta dela também. — Oh — é tudo o que posso dizer.

— Oh — ele responde com um sorriso. — Mas ver você toda ciumenta e agitada foi excitante pra caralho, Mac.

— Ohhh — eu digo, entendendo para onde esta conversa está indo.

— Sim, oh. Agora você sabe como eu me sinto quando penso em você com Noah, ou Sean, ou Zander.

— Mas eu nunca fui ex-namorada deles. Sempre foi apenas sexo.

— Você tem certeza sobre isso, Mac?

Eu viro a minha cabeça para ele. — Claro que eu tenho certeza. O que isso quer dizer? — Eu posso sentir o meu nível de irritação crescente.

— O que Zander lhe dá? Se Sean lhe deu o domínio, e Noah foi para passar o tempo, o que dizer de Zander? Que necessidade ele supre? — ele pergunta inexpressivo.

— Por que você está me perguntando isso, Daniel? Pensei que tivéssemos passado tudo isso.

— Nós passamos. Eu só preciso saber.

— Por quê?

— Então eu posso te provar que eu posso ser tudo que você precisa e muito mais. Para que você possa perceber o quanto eu quero você em todos os sentidos possíveis. Para que você possa parar de surtar e pisar em ovos ao meu redor, porque você está com medo de que eu vá embora.

— Daniel, eu... — Eu o vejo apertar o volante, e percebo que este não é o momento para perguntas. Este é o momento de respostas, das respostas para Daniel. Para ajudá-lo a entender por que eu faço o que faço, ou melhor, porque eu fiz o que fiz no passado.

— Daniel, eu pensei que tínhamos conversado sobre isso. Será que precisamos falar tudo de novo?

— Eu não sei — ele responde inabalável.

Agora, isso me irritou. — Tudo bem, você quer saber, eu vou te dizer!

— Não... NÃO. Eu não quero saber, mas isto estará sempre lá, Mac. Assim como você não gostou de Nikki me tocando hoje à noite, eu não posso suportar a ideia de um outro homem, ou homens te tocando, estando dentro de você. Porra, isso está me deixando louco.

Bem, isso certamente explica as coisas. Ele me deixou totalmente sem palavras, o que é uma conquista, considerando que eu nunca me calo.

— Você vale mais do que qualquer um deles — eu sussurro, olhando pela janela para a escuridão.

Sem aviso, Daniel dirige o carro até um mirante na beira da estrada e desliga o carro. Ele se vira e apenas olha para mim. Eu reconheço o olhar em seus olhos. É o mesmo olhar que ele me dá pouco antes de empurrar-se dentro de mim. Ele é o epítome de paixão pura. O olhar que deixa meus joelhos fracos e molhada entre as pernas.

É o olhar que me diz que tudo o que ele pode pensar agora é em me ter, me possuir, me consumir.

E assim, eu o agarro. Eu não consigo me segurar. Eu tiro meu cinto de segurança e me jogo nele, montando-o no banco do motorista. Nossas bocas se esmagam e nós somos um emaranhado de braços, lábios, dentes e línguas. Minhas mãos apertam seus bíceps enquanto ele saqueia a minha boca. Suas mãos apertam o meu cabelo, inclinando perfeitamente a minha cabeça para que ele tome posse.

Caramba!

Daniel ciumento misturado com Mac ciumenta é como uma bomba atômica para a tensão sexual, e agora estamos nos preparando para detonar.

Capítulo 15
Tudo mudou

Kate e eu decidimos que precisávamos de uma noite na cidade, para relaxar depois de uma semana agitada de trabalho. Daniel fez questão de vir e assim nós três, além do homem da semana de Kate, Greg, nos encontramos em nossa casa antes de sair.

Eu estou usando um vestido preto e verde, com meias 7/8 de renda, finalizando com meus saltos assassinos pretos. Assim que eu termino de aplicar a maquiagem no espelho do quarto, Daniel sai do banheiro vestindo apenas uma toalha e um sorriso sexy no rosto, gemendo quando ele me olha da cabeça aos pés.

Vindo em minha direção, ele envolve o braço em volta da minha cintura e me gira contra o seu corpo, empurrando sua ereção dura contra o meu ventre.

— Eu acho que nós não deveríamos sair. Eu prefiro tirar esse seu vestido e foder você nua, usando apenas esses saltos — ele sussurra antes de enterrar o rosto no meu pescoço, arrancando um gemido da minha boca.

— Ah, isso poderia ser arranjado — eu ofego, enquanto ele faz redemoinhos com sua língua até o meu queixo e varre a língua na minha boca, me deixando sem palavras quando o meu corpo se funde ao seu.

Ele caminha para frente, levando-me com ele até meus joelhos acertarem a minha cama e eu me sento, agora cara a cara com seu pau deliciosamente latejante. Eu olho para ele e sorrio sedutoramente. — Eu tenho uma ideia melhor — eu digo, minhas mãos movendo-se para remover a toalha de sua cintura, deixando-o em pé, nu na minha frente e, obviamente, muito feliz em me ver.

Ele olha para mim com um sorriso, quando eu movo minha cabeça para ele, arrastando minha língua ao longo do comprimento do seu eixo, antes de sugar a ponta em minha boca. Eu olho para ele enquanto eu o levo lá no fundo da minha garganta e de volta novamente, agarrando sua bunda em minhas mãos enquanto eu o empurro de volta para mim, seus olhos me mostrando fome absoluta.

— Droga — ele diz, enredando os dedos em meus cachos soltos.

— Mmm… — eu cantarolo contra ele, ganhando um arrepio que percorre todo o seu corpo.

— Merda, isso é bom pra caralho, linda. Eu amo seus lábios envoltos em mim. — Sua voz baixa faz coisas más para o meu interior, causando uma dor entre as minhas pernas.

— Mmm hmm — eu respondo, sentindo-o aumentar a pressão contra a minha cabeça, alimentando ainda mais o meu desejo.

— Tão perto, querida — ele diz com voz rouca, enquanto eu aumento a velocidade, colocando as bolas dele na minha mão e massageando-as enquanto elas ficam mais apertadas. Seu pau incha pouco antes de eu sentir seu sêmen encher minha boca. Engolindo tudo, eu puxo minha boca fora dele, beijando a ponta uma última vez antes de me inclinar para trás na cama com um sorriso satisfeito no rosto.

Ele se inclina sobre mim, apoiando as mãos nas minhas enquanto se move para que seu rosto fique perto do meu. — Foda, eu amo a sua boca — ele murmura contra meus lábios antes que eu abra e deixe a sua língua preguiçosamente acariciar a minha. Se eu achava que estava molhada só de vê-lo desmoronar assim na minha boca, saber que ele pode provar a si mesmo em meus lábios apenas aumenta a necessidade de uma mudança de calcinha antes de sairmos.

Eu me inclino para trás para que eu possa olhar em seus olhos. O olhar aquecido se foi, agora ele é substituído por adoração, devoção e porra, alguém poderia quase dizer que era amor.

Balanço a cabeça e o beijo mais uma vez rapidamente, antes de sair da cama e caminhar até minha gaveta de calcinhas. Eu tiro minha calcinha encharcada, que ganha um gemido de Daniel nas minhas costas, e coloco a nova calcinha. Depois de endireitar o meu vestido, e ajeitar o penteado rapidamente em meu espelho, eu me viro e observo Daniel abotoar a camisa.

— Você está pronto pra ir? — eu pergunto, pegando minha bolsa da cômoda e verificando se eu tenho o essencial.

— Claro — ele diz inexpressivo. Mas que diabos?

— Ótimo. Eu vou encontrá-lo na cozinha para um drink antes de sairmos — eu digo alegremente, tentando, pelo menos, obter um sorriso dele.

— Sem problema, eu estarei lá em alguns minutos — ele diz rapidamente, não conseguindo esconder o tom frustrado. Ele deixa cair os olhos para o chão enquanto se inclina e coloca as calças de linho preto.

Como é que isso de repente ficou estranho? Balanço a cabeça e caminho em direção à porta do quarto, dando um rápido olhar para ele, vejo raiva, frustração e talvez um pouco de tristeza em seu rosto.

Ao longo das últimas de semanas, tenho notado pequenas nuances na forma como Daniel age, as coisas que ele diz, a maneira como ele me toca. Não me interpretem mal, ele ainda me faz mais feliz do que eu jamais estive, e eu nunca me senti tão realizada. O problema é comigo.

O problema sou eu.

Tudo começou depois de churrasco de Noah, quando eu estava no meio de um turno e ele apareceu para me entregar o almoço depois que eu, distraidamente, mencionei numa mensagem de texto que eu tinha saído atrasada naquela manhã e fiquei sem tempo para pegar comida. Um gesto doce, extremamente atencioso e gentil, e eu adorei.

Mas eu não gosto do fato de que eu adorei.

Em seguida, há algumas noites, estávamos em sua casa, assistindo a um filme aconchegados no sofá (eu sei, quem teria pensado que eu iria me aconchegar, e gostar disso?), quando meu telefone começou a tocar. Peguei-o da mesa, pensando que seria apenas Kate ligando para desabafar, e congelei quando eu vi que era Zander. Eu olhei para Daniel e vi seu cenho, logo percebendo que ele tinha visto quem estava chamando.

— Ei, Zan — eu disse, respondendo à chamada.

— Querida, o que você está fazendo?

— Ah, eu estou na casa de um amigo. O que você está fazendo?

— Estou no clube. Quer me encontrar?

— Hoje não, querido. Estou exausta. Tive um plantão de doze horas hoje.

— Tem certeza que você não quer que eu a esgote totalmente?

Eu dou uma risada, sem perceber que o corpo de Daniel tinha endurecido atrás de mim. — Eu vou ficar bem, Zan. Tenha uma boa noite.

— Tchau, querida.

— Até mais — eu digo antes de terminar a chamada.

De repente, Daniel se levantou do sofá e caminhou pelo corredor para o quarto.

Demorou para fazer as pazes. Expliquei-lhe que Zander raramente me liga e que era algo fora do meu controle. A mágoa que eu vi nos olhos de Daniel cortou meu coração.

Foi então que eu soube que toda essa coisa de "não namoro" estava começando a deixá-lo chateado. Eu sabia que seria apenas uma questão de tempo antes que nosso acordo não fosse o suficiente para ele. Eu sabia que ele estava começando a gostar de mim... inferno, até mesmo eu posso admitir que eu gosto do cara.

Ok, eu mais do que gosto dele.

Mas não posso pensar nisso agora. Temos uma noite para beber e dançar à nossa frente. Certamente isso vai abalar o seu humor.

Quando chego à sala de estar, Kate e Greg estão sentados no balcão da cozinha conversando e apreciando um copo de vinho.

— Ei, vocês estão prontos? — eu pergunto.

Kate olha para mim, e ela pode dizer imediatamente que algo está acontecendo. Talvez seja o olhar confuso na minha cara, mas eu tenho que dar crédito à minha melhor amiga, ela sempre sabe.

— Sim, só esperando por vocês dois. Você está bem? — ela pergunta com cuidado.

— Sim, nada que alguns shots de tequila e música não resolvam.

Daniel aparece atrás de mim. — Ei, cara, eu sou Daniel, ah... amigo da Mac — ele diz com uma ligeira hesitação.

— Ei, eu sou Greg. Que bom que você está vindo conosco. Não sei se sou homem o suficiente para lidar com Kate, e muito menos com as duas — ele responde com uma risada.

— Eu estou com você, cara. Estas duas definitivamente dão trabalho — ele diz inexpressivo, envolvendo seu braço em volta da minha cintura. Incapaz de parar a mim mesma, o meu corpo me trai e se inclina para o lado de Daniel, ganhando um olhar confuso de Kate.

— Certo. Uma rodada de tequila em primeiro lugar, e depois nós saímos — Kate anuncia, pulando de seu banco e pegando uma garrafa de José Cuervo e quatro copos.

Eu tenho que dar crédito a ela, Kate sabe quando mudar de assunto. Deus abençoe essa mulher.

Eu já tomei seis drinks, e estou me sentindo livre. Daniel não saiu do meu lado, e eu não queria que ele saísse. Perdi todas as inibições que eu tinha, e acho que ele está gostando. Meu cérebro está desligado. Eu não estou pensando sobre ele ficar muito envolvido comigo, ou aquele olhar que vi em seus olhos que parte de mim ficou dolorida em ver. A outra parte, a parte que está agora profundamente mantida pela minha tequila amiga Patron, não pode me permitir ter esses sentimentos novamente. Me abrir novamente só pode terminar em desgosto, e eu já tive o suficiente disso. Então, eu apoio viver no agora.

Ao ouvir uma música animada vindo dos alto-falantes, eu grito e coloco a minha bebida na mesa antes de pegar a mão de Daniel e arrastá-lo para a pista de dança comigo.

— Você quer dançar, menina linda? — ele diz com um sorriso.

Eu lanço o meu cabelo sobre meu ombro e dou-lhe o que eu gostaria de pensar que é a minha expressão facial mais sedutora, mas estando bêbada, eu tenho certeza que eu não pareço tão sedutora como eu acho que estou.

Ele ri quando ele me puxa contra ele e empurra seus quadris contra os meus, fazendo um delicioso gemido escapar da minha garganta.

— Você gosta disso, não é, Mac? Saber que as pessoas estão assistindo. Que eles podem ver tudo o que fazemos — ele sussurra em meu ouvido enquanto mói sua dureza em mim.

Eu envolvo meus braços em volta de seu pescoço e inclino-me para traçar a minha língua pelo seu queixo e para baixo de seu pescoço, beliscando a pele onde se encontra com a clavícula. Movendo meus quadris contra ele no ritmo da música, eu estou girando em torno dele como se ele fosse um poste de pole dance e eu estou desesperada pelo meu próximo dólar. Só o gosto dele está me deixando com tesão pra caralho. Mais um pouco disso e eu vou querer transar com ele toda a próxima semana sem parar para respirar.

— Sim, eu gosto. Eu também gosto de você — eu digo, com um sorriso, assim que ele posiciona sua coxa entre as minhas pernas, aumentando a pressão contra mim enquanto me empurro contra ele. Eu não consigo segurar o gemido ofegante que ele provoca em mim.

Deslizando as mãos pelo meu corpo, ele acaricia meus seios e não para até que elas apertam firmemente a minha bunda. Eu posso sentir seu pau ficar duro contra mim, e eu juro que gozei um pouco na minha calcinha. Eu estou reprimida desde que eu fiz o boquete nele antes de nós sairmos de casa. Estou desejando um orgasmo induzido por Daniel, e eu não vou ser capaz de esperar muito mais tempo. Eu ouço um gemido em seu peito enquanto eu continuo a esfregar-me com força contra ele, a pressão aumentando entre nós a cada movimento.

— Merda, linda, você vai me fazer gozar na minha calça como um garoto de escola em um minuto. — Eu rio antes de dar uma olhada por cima do seu ombro, tentando ver Kate, mas eu paro diante de um par de olhos azuis que eu conheço muito bem. Eu balanço a cabeça para ele, e ele arqueia a sobrancelha em confusão.

— O que há de errado? — Daniel pergunta assim que eu paro de me mover.

Meu cérebro embriagado não filtra o que sai da minha boca. — Sean está aqui. No bar.

Ele dá uma olhada rápida, em seguida, olha de novo para mim com a testa franzida. — Sean, o espancador?

— Sim — eu digo, enterrando a cabeça em seu peito para esconder minhas bochechas vermelhas flamejantes.

— Ei — ele diz, puxando meus ombros para trás um pouco para que eu tenha que olhar para ele. — Se você quer ir dizer *oi*, tudo bem, Mac. Contanto que você saiba, e ele definitivamente saiba, que você vai para casa comigo, e que será o meu nome que você vai gritar quando a minha língua estiver profundamente dentro de você. Ok?

Oh, inferno, sim! Isso é bom!

Daniel Homem das Cavernas está na área, e é sexy pra caralho.

— Daniel... — eu digo, antes que ele coloque gentilmente um dedo sobre a minha boca.

— Mac, está tudo bem. Ele é um amigo. Mas eu não compartilho, especialmente você.

— Mas eu ainda nem…

— Eu não me importo, linda. Eu só quero que você saiba onde minha cabeça está.

Eu olho para ele e me perco em seu olhar possessivo. — Eu quero ficar aqui. Eu gosto de ficar aqui com você. Você é o meu chantilly — eu falo antes de colocar minha cabeça em seu ombro e balançar os quadris no ritmo da música lenta que está tocando agora.

Envolvendo seus braços ao redor de minhas costas, eu juro que o ouço murmurar: — Eu gosto disso.

Parei de pensar e só aproveitei o momento, dançando com meu Daniel no meio da pista de dança, embrulhados um no outro. Não me importando que outro de meus homens estivesse no mesmo bar, assistindo-me dançar com o homem que faz meu coração bater mais rápido, com um simples olhar, um toque, seu sorriso atrevido...

Eu sorrio.

Estou feliz e contente. Eu tenho metade de uma garrafa de tequila correndo em mim, e sem preocupações no mundo, por esta noite, pelo menos.

Estou nos braços do homem que eu am... gosto muito, e nada poderia ser melhor.

Até a manhã seguinte, quando o mundo desabou na minha cabeça.

Capítulo 16
Aí vem o adeus

É domingo. Dois dias depois da minha noite de bebedeira com Daniel, na qual demos uns amassos como adolescentes com tesão na pista de dança na frente de Sean. Em seguida, voltamos para casa e continuamos como adultos com tesão até que ambos desmaiamos.

E agora estou numa encruzilhada.

Eu gosto de Daniel, eu realmente gosto dele, mas eu preciso parar com isso antes que se transforme em mais do que gostar. Porque quando isso se transforma em amor, você é o coração menosprezado, como foi com Beau.

Beau era o cara mais legal do mundo quando nos conhecemos. Ele tinha o charme de um *bad boy*, mas ele me tratava como se eu fosse preciosa para ele. Quando ele começou a mudar, eu estava cega para todos os sinais de alerta até que fosse tarde demais. Agarrei-me ao velho Beau e a ideia do que ele costumava ser. Mas a dor esmagadora que eu suportei quando saí de Ohio e deixei Beau para trás está sempre comigo. É por isso que eu não posso deixar Daniel entrar no meu coração, e porque eu não posso reconhecer que ele já pode estar dentro.

Eu sei que eu preciso cortar Daniel da minha vida. Por mais que tente fingir que estamos ambos bem com ignorar isto, sei que ele quer mais. Ele quer um rótulo, um reconhecimento do que tenho dado a ele em silêncio. Ele quer me chamar de sua, a velha mentalidade troglodita de ser capaz de bater no seu peito e dizer: Eu homem, você minha mulher.

Eu simplesmente não posso fazer isso. Eu tive quatro anos de independência. Vivendo minha vida do jeito que eu quero, fazendo o que eu quero, quando eu quero. Sem complicações, sem compromisso, sem perguntas.

Eu gosto de Daniel? Diabos, sim!

Ele balança meu mundo? Sim, novamente.

Deus, ele sabe como me tirar do prumo... dentro, fora, na cama, no chuveiro. Juro por Deus, eu acho que o homem tem um pênis mágico. Se eu não estivesse tão certa de que Superman não existe, eu diria que o poder de super-herói de Daniel está em suas calças... ou suas mãos... ou a sua boca...

Deus, as coisas que o homem faz para mim!

É como se ele fosse Noah, Sean e Zander tudo misturado com um adicional de especiarias Daniel. Ele é mais do que um vibrador ambulante, ele é toda a maldita loja de sexo. Ele provou que ele pode ser dominador como Sean, e aventureiro e espontâneo como Zander. De muitas maneiras, ele é meu homem ideal, mas ainda há uma parte de mim que não confia que qualquer homem, nem mesmo Daniel, não vá eventualmente me machucar.

Mas não é justo mantê-lo para mim, quando eu não posso fazê-lo feliz. Eu me preocupo demais com ele para fazê-lo sofrer por causa do meu sistema de crenças fodido. Ele precisa sair e encontrar a mulher de seus sonhos e ter um relacionamento feliz com ela.

Agora, eu tenho que dizer isso a ele.

Mac: Ei, tudo bem se eu for até sua casa?

Superman: Claro, linda. Te vejo em breve.

Eu visto um jeans skinny e um moletom, e, corro para fora, sabendo que eu preciso acabar com isso antes que eu perca a coragem. Eu só espero que possamos continuar amigos depois que eu acabar com isto. Eu deixei as coisas irem longe demais. Eu fui egoísta e não parei antes que nós ficássemos muito envolvidos.

Eu caminho quatro quadras até o apartamento dele, acenando para o porteiro enquanto eu ando pela portaria e pressiono o botão de chamada do elevador.

Estou uma pilha de nervos. A cada minuto que passa estou em guerra com a minha consciência. O diabo sexy em suas meias arrastão e salto alto em um ombro está gritando obscenidades para mim sobre como eu preciso de Daniel na minha vida e na minha cama. O anjo virginal puro, por outro lado (a única coisa que ainda é virgem em minha vida) sussurrando palavras encorajadoras e calmantes no meu ouvido sobre ser um mártir pelo bem da felicidade futura de Daniel e a vida que ele pode ter, segundo estatísticas, com uma esposa e 2 a 5 filhos no subúrbio. A vida que eu sei que nunca serei capaz de lhe dar.

Há uma dor surda no meu peito que parece aumentar à medida que o elevador vai passando pelos andares até o apartamento de Daniel. Por que isso está me afetando tanto? Era para ser casual, sem amarras, sem sentimentos, sem preocupações. De repente, essa ideia não parece tão boa.

Eu chego ao seu andar e faço uma pausa no elevador, me perguntando por que eu estou aqui. Eu poderia apenas fazê-lo me odiar. Tudo o que eu teria que fazer seria ficar com o Vibrador Ambulante na, agora esquecida, sala de plantão.

NÃO!

Daniel merece o melhor. Ele merece a honestidade e não uma falsa relação com uma mulher que tem fobia a compromisso, que só irá feri-lo a longo prazo.

Caminhando até a porta, eu toco a campainha, e meu coração bate acelerado quando ouço seus passos ficarem mais altos antes de a porta se abrir, e ele me cumprimentar com um sorriso lindo.

— Oi — ele diz, dando um passo à frente para me dar um beijo. Eu congelo quando ele fica perto de mim, mas derreto no momento em que seus lábios me tocam. Ele envolve o braço em volta da minha cintura, assim que meus joelhos se dobram. Me puxando para dentro de seu apartamento, ele fecha a porta com a perna antes de me encostar na parede, enquanto continua a devastar minha boca.

Por Deus, é quente pra caralho!

Eu trago minhas mãos entre nós e puxo sua camisa para cima. Ele se afasta de mim tempo suficiente para tirar a camisa sobre a cabeça, antes que ele volte a atacar a minha boca com renovada fome. Eu agarro seu cabelo, segurando apertado enquanto eu o mantenho perto de mim. Nós dois estamos respirando pesado quando ele move a boca para meu pescoço, salpicando beijos ao longo da minha mandíbula e chupando meu local favorito, debaixo da minha orelha.

Batendo a cabeça contra a parede, eu fecho meus olhos e cedo à sensação e ao inferno que ele está criando entre as minhas pernas. Foda! Nossa conversa pode esperar. Ele é muito bom nisto para desperdiçar. Eu o empurro para trás, combinando nossos passos enquanto eu o conduzo em direção ao seu sofá em forma de L, abrindo seu cinto quando suas pernas batem no encosto do sofá e ele cai, me puxando para cima dele.

— Oi — ele brinca, olhando para mim.

— Isso é que é uma recepção de boas-vindas. — Eu sorrio para ele, meus olhos se movendo para os seus deliciosos lábios, molhados e convidativos. Eu não posso resistir. Eu me inclino e arranho os dentes contra o lábio inferior, ganhando um rosnado que ressoa profundamente dentro de seu peito.

— Você vai pagar por isso — ele diz com um sorriso safado, e caramba, se eu não sinto um pouco de remorso em meu coração.

— Eu espero que sim — eu digo, tentando esconder o sentimento de falta de ar súbito que está correndo através de mim. Sem aviso, eu sou levantada e colocada de bruços, Daniel está deitado em cima de mim, seu peito nas minhas costas, seu pau duro agora firmado entre minhas nádegas. Uma série de novas posições piscam diante de mim, me tirando dos pensamentos emocionais estranhos que estão sendo jogados ao redor da minha cabeça. Eu deixo escapar um gemido suave enquanto ele empurra-se com força contra mim.

— Isso é interessante — ele rosna em meu ouvido, beliscando-o com os dentes antes de rastreá-lo com a língua. — As coisas que poderíamos fazer.

— Que tal você parar com essa conversa e começar a fazer o que você disse? — eu ofego.

Outro impulso duro. Droga, isso é tão bom, seria melhor se nós estivéssemos nus e ele batendo dentro de mim.

— Você está usando muita roupa — ele diz. Eu balanço meus quadris contra ele, sorrindo para o gemido que ele solta.

— Bem, vamos corrigir isso.

Eu rolo, tirando meu moletom e camiseta ao mesmo tempo, e os jogo ao lado do sofá. Ele se inclina para trás, abrindo minha calça jeans e puxando minha calcinha junto. Eu fico nua diante dele.

Eu olho para ele, arqueando uma sobrancelha. — Agora, quem está usando roupas demais?

— Fique à vontade — ele diz com um sorriso diabólico, acenando para mim com os dedos.

Eu olho para a protuberância impressionante em seu short e caramba, eu quero traçar esse pau com a minha língua. Eu olho para ele, e seus olhos semicerrados dizem maravilhas.

— Eu fico louco quando você começa a me olhar desse jeito, Mac — ele diz, agarrando meu pescoço e me puxando para um duro e de arrepiar amassar de línguas.

Enquanto ele está explorando minha boca, eu passo as minhas mãos para a sua bermuda, abrindo-a e deslizando minha mão para dentro de sua cueca para o seu monstro à espera. Está duro e quente quando eu traço minha mão para cima e para baixo de seu comprimento. Eu o sinto pulsar na minha mão, e o puro conhecimento de que sou eu que estou fazendo isto com ele é demais. Eu o empurro de costas, puxando para baixo sua bermuda até que seu grande pau duro é exposto para mim. Eu movo a cabeça para baixo, traçando uma veia até o seu comprimento, circulando a ponta antes de tomá-lo em minha boca, passando a minha língua sobre o pré-sêmem salgado que vazou. Eu chupo a ponta dura, raspando meus dentes contra a cabeça enquanto eu envolvo meus lábios em torno dele e o levo profundamente em minha garganta. Sua mão vai para a parte de trás da minha cabeça enquanto ele levanta suavemente os quadris, estimulando-me a ir mais fundo. Este não é o nosso primeiro boquete, e ele sabe que eu gosto de áspero.

Eu quero que ele foda a minha boca.

Sua mão se enrola no meu cabelo e aperta firmemente quando eu o retiro e o arrasto de volta para dentro da minha boca. Eu gemo, fazendo todo o seu corpo estremecer.

— Porra, Mac, isso é incrível — ele diz quando eu o tiro da minha boca e o masturbo com a minha mão enquanto eu lambo suas bolas, o cheiro almiscarado me deixando louca. — Foda, eu preciso provar você.

Ele me levanta e me gira até que meus lábios estão enrolados, mais uma vez, em torno de seu pênis e seu rosto está enterrando a língua profundamente dentro da minha boceta, entrando e saindo tão rápido que eu estou perdendo toda a esperança de me concentrar no trabalho em mãos, fazer garganta profunda nele e deixá-lo louco.

— Oh Deus! — eu grito.

— Não é Deus, Mac, é apenas o Superman — ele diz enquanto dá atenção especial ao meu clitóris inchado e duro, arrastando beijos ao redor dele, mas propositadamente evitando-o.

Sabendo que eu estou precisando desesperadamente de um golaço, e logo, eu dou uma longa lambida na parte inferior de seu eixo, circulando a cabeça antes de mergulhar para baixo e levá-lo profundamente na parte de trás da minha garganta. Eu sinto meus músculos da garganta relaxarem em torno dele e engulo, apertando ao redor, sentindo a emoção de fazer seu corpo sacudir debaixo de mim.

Percebendo que eu estou tentando fazer com que ele perca o controle, Daniel traz suas mãos até a minha bunda, segurando a minha boceta com força contra seu rosto enquanto ele coloca seus lábios em volta do meu clitóris, passando a língua tão rápido quanto ele pode contra a minha protuberância. Ele me tortura até a submissão, quando o meu orgasmo bate em mim em ondas, eu sou forçada a deixar seu pau sair da minha boca e deixar o meu clímax, de tirar o fôlego, me devorar por completo. Eu o agarro em minhas mãos e envolvo meus lábios na ponta, usando minha mão para masturbá-lo. Com três movimentos firmes para baixo e para cima, ele empurra seu quadril quando ele derrama dentro da minha boca, atirando no fundo da minha garganta enquanto eu engulo até a última gota.

Eu me afasto, meu corpo mole incapaz de se mover, de cima dele quando eu coloco minha cabeça contra sua coxa tensa.

— Droga, querida, isso foi incrivelmente bom.

— Mmm hmm — eu respondo, ganhando uma risada do homem deitado embaixo de mim.

Então eu percebo que, com sexo, ele acaba de me tirar dos meus planos. O plano de vir aqui e acabar com isso, foi jogado para fora da janela com um sessenta e nove enlouquecedor em sua sala de estar, na frente das janelas do chão ao teto.

Merda. Eu estou ferrada.

Um pouco mais tarde, depois de tomar banho e comer o jantar, minha determinação retorna. Eu tenho que fazer isso agora. Uma ruptura limpa. Como arrancar o band-aid, rápido e indolor. Esse é o plano de qualquer maneira.

Daniel está no telefone com seus pais. Eles ligaram para a sua conversa semanal de domingo.

— Ei, mãe. Como você está?... Sim, eu estou bem. Mac e eu estamos apenas relaxando no sofá, esperando o filme começar... Ela é a mulher que eu estou vendo... — Ele olha para mim e um leve sorriso cresce em seus lábios. — Há alguns meses agora... Isso parece legal. Eu adoraria que você a conhecesse. Eu vou perguntar a ela e te aviso.

Eu sinto meu corpo inteiro ficar tenso. Eu não posso conhecer seus pais. Isso não faz parte do não namorando. Na verdade, esse é um grande passo para o território 'namoro'.

— Ok, bem, eu te ligo amanhã, quando eu chegar ao escritório. Amo vocês. Tchau.

— Desculpe por isso — ele diz, desligando o telefone sentando no sofá.

Eu viro meu corpo em direção a ele, dando um grande suspiro enquanto eu tento me preparar para o que está prestes a acontecer.

— Daniel, eu não posso mais fazer isso. Eu não posso ser o que você quer que eu seja — eu começo.

— Mac? O que você está falando? — seu belo rosto faz uma carranca.

— Eu não posso conhecer seus pais, eu não posso ir a festas para ser apresentada aos amigos, eu não posso ser sua namorada. Eu simplesmente não posso mais fazer isso.

— Mac, eu acho que você não tem uma porra de ideia do que você quer. Deus! — ele diz. Exasperado, ele se levanta do sofá e caminha em direção a enorme janela de vidro de sua sala de estar, colocando as duas mãos no vidro e olhando em direção ao lago. — São os outros caras? Porque sério, Mac, estou tão envolvido, que eu te aceito de qualquer maneira que eu puder ter você. Vou esperar, o tempo que for necessário. Se estes últimos meses com você me mostrou alguma coisa, é que você está destinada a ser minha. Eu já sei disso, porra, eu já sei disso há algum tempo. Eu estive esperando que você descobrisse isso também.

Uau.

Eu levo um momento para absorver sua declaração. Destinada a ser dele? É exatamente por isso eu tenho que acabar com isso.

— Eu não posso, Daniel. Eu fiz uma promessa a mim mesma há muito tempo, e eu pretendo manter isso, mas eu não posso ficar parada e retê-lo, e deixá-lo esperar por algo que nunca vai acontecer. Você merece ser feliz. Ter uma esposa, filhos e tudo o que você tem direito. Eu estou te deixando para que você possa encontrar isso.

Eu posso sentir um aperto no meu peito enquanto eu tento segurar as lágrimas.

— Que promessa? Porque você não pode me deixar entrar e admitir que há algo de bom acontecendo aqui? — ele diz em voz alta, sem esconder sua frustração.

Eu me levanto, caminhando para o balcão da cozinha e pego a minha bolsa. Eu levo um momento para tentar me recompor. Isso não vai funcionar se ele me ver chateada. Eu me viro para encará-lo.

— Eu não posso dizer, mas saiba que eu sinto muito. Espero que ainda possamos ser amigos, mas eu entendo se não pudermos — minha voz treme um pouco, e eu sei que ele percebeu isso.

— Mac, você pode falar comigo — ele implora com a voz rouca. — Só... não vá. Não desse jeito. Diga-me o que posso fazer, deixe-me entrar...

Ele caminha em minha direção. Eu dou um passo para trás até que minhas costas atingem a porta da frente e as suas mãos são colocadas de cada lado da minha cabeça. Ele abaixa a cabeça e morde os lábios inferiores, em silêncio, pedindo para entrar. Eu tento resistir, mas tudo o que vem dele me rodeia e me faz separar meus lábios. Nossos lábios se entrelaçam, sua língua reivindica a minha, invadindo minha boca com êxtase quando ele atiça o fogo dentro de mim. Eu recupero coerência o suficiente para mover minhas mãos entre nós, pressionando suavemente em seu peito.

Ele se afasta e descansa sua testa contra a minha, nossos lábios quase se tocando enquanto nós ficamos lá parados, respirando um ao outro.

— Deus, eu quero te odiar por ter feito isso com a gente, mas eu não posso — ele sussurra, beijando minha testa uma última vez antes de se afastar. — eu nunca poderia te odiar, Mac. É por isso que essa porra dói tanto.

Eu dou uma última olhada nele antes de me obrigar a abrir a porta e sair.

Caminhando em direção ao elevador, eu vacilo ao ouvir o som de algo quebrando contra uma parede, e eu tenho que lutar para não voltar e dizer a Daniel que foi um erro. Eu não esperava que doesse tanto. É exatamente disso que eu tenho tentado me proteger.

Quando as portas do elevador se fecham, uma lágrima solitária rola pela minha bochecha. Eu não chorei em quatro anos, mas Daniel entrou em meu coração quando eu não estava olhando. Tanto quanto o que eu acabei de fazer doeu, ele vai me agradecer por isso um dia.

Eu mando uma mensagem para Kate, esperando que ela esteja em casa. Eu preciso de uma distração. O álcool é o que eu preciso, algo para tirar Daniel da minha cabeça e para que esta dor no meu peito vá embora.

É isso aí. Uma noite com a minha menina. O antídoto perfeito para um rompimento de não namorando. Merda, eu não consigo nem descrever o que era, mas o que quer que fosse acabou. Hora de seguir em frente. Preciso de tequila e dançar, sacudir a poeira e voltar pro jogo. Isso é o que eu preciso.

Preciso esquecer Daniel Winters e a maneira como ele me fez sentir. É a única maneira de eu ser capaz de passar por isso.

Capítulo 17
Apenas uma idiota

Quando eu chego em casa, depois de deixar o apartamento de Daniel, não há Kate e não há dança.

Eu me jogo no sofá com uma garrafa de Patron e um copo. Kate foi jantar na casa de seus pais. Ela me mandou uma mensagem mais cedo para dizer que iria passar a noite na casa deles e estaria em casa na parte da manhã. Isso me deixou sozinha em casa, livre para chafurdar na minha confusão.

Supostamente isto não sou eu. Não mais. Eu mantive minhas emoções e sentimentos distantes por tanto tempo, a esmagadora culpa e perda que eu estou sentindo são desconfortáveis para dizer o mínimo. Isso me leva de volta para Ohio, quatro anos atrás, quando eu deixei Beau e nunca olhei para trás. Por que não é tão simples como foi naquela época?

A cada dose que eu coloco no copo e bebo, os sentimentos me batem mais forte. Em vez de entorpecimento da dor, o álcool a intensifica.

Quatro anos atrás, quando meu avião pousou de volta em Chicago, e eu corri para os braços acolhedores de Kate no terminal, eu estava uma bagunça. Eu estava de luto pela perda do bebê que eu não queria, pela relação da qual eu tinha escapado, mas me sentia presa, e o homem que eu amava, se tornou uma sombra do seu antigo eu.

Agora, sentada aqui, sinto-me pior do que eu estava na época e isso está me confundindo pra caramba. Daniel estava destinado a ser um pouco de diversão. Flerte inocente que levou a alguns encontros, seguido por alguns dos melhores encontros sexuais da minha vida. Mas quando eu não estava olhando, o bastardo sorrateiramente passou pelas minhas defesas de longa data e para dentro do meu coração.

Eu sirvo outra dose de tequila e bebo tão rápido quanto me sirvo. Meu corpo está derretendo lentamente em uma boa e entorpecida neblina. Finalmente!

Daniel filho da puta Winters. Apenas pensar em seu nome corta o meu coração e ao mesmo tempo faz com que meu estômago se agite. Como pode um homem ter tido um efeito tão repentino e profundo em mim? Eu nunca lhe prometi corações e flores. Eu estava certa que eu não teria relacionamentos, definitivamente não queria compromisso, mas então eu fiz algo estúpido e admiti que eu sentia o que quer que estivesse acontecendo entre nós.

Porque eu realmente senti. Com toda a honestidade, eu senti no momento em que nossos olhos se encontraram quando ele me devolveu meu celular. Então, novamente, quando ele me chamou de sua bela estranha. E novamente a cada vez que ele me chamou de linda e beijou minha testa. Toda maldita vez.

Mas ele merece o melhor. Talvez em outra época, num outro lugar. Talvez quando eu não esteja tão determinada a ficar com a minha promessa e parar de proteger o meu coração, eu poderia tentar. Tarde demais agora.

Sua reação esta noite me rasgou ao meio. Estou feliz que eu consegui manter o controle até que eu estivesse sozinha no elevador. Se ele tivesse me visto chorar, ele saberia que eu estava sofrendo. Ele teria pego a minha mão e nunca me deixaria ir. Ele me pegaria e me levaria para sua cama, me deitando junto a ele e me segurado em seus braços. Suas mãos teriam esfregado minhas costas suavemente, murmurando palavras em meu ouvido sobre como eu era linda, como eu estava destinada a ser sua, como ele iria me proteger do mundo e nunca deixaria ninguém me machucar, muito menos ele.

— *Eu estou tão envolvido, que eu te aceito de qualquer maneira que eu puder ter você.*

É assim que são feitos os sonhos, mas eu sabia que isso significaria sacrificar sua felicidade só para me manter. Eu nunca iria querer isso para ele.

— *Você está destinada a ser minha.*

Para alguém tão segura de si mesma e que sabe o quer e, definitivamente, o que não quer, eu sou uma idiota.

Outro shot, outra recarga. Minha mão começa a tremer a cada novo shot que eu sirvo. Eu não sei o que me fez parar. Pode ser quando eu enrosquei no sofá e finalmente me deixei sucumbir à dor, a perda, tudo o que eu engarrafei e segurei por quatro anos. Uma hora mais tarde, eu tropeço no meu quarto, tiro a roupa e coloco a primeira camiseta que eu encontro, o que naturalmente é uma de Daniel.

Eu apago cercada pelo cheiro do homem pelo qual eu acabei de ficar embriagada.

Quando eu acordar na segunda de manhã, eu vou ter uma ressaca do inferno.

Eu me arrasto para fora da cama para o chuveiro, esperando lavar o fedor da tequila e de não ter dormido o suficiente. Não tive essa sorte. Depois de ligar para o meu supervisor de enfermagem e avisar que eu estou doente, eu rastejo de volta para a cama. Algumas horas mais tarde, eu ouço uma batida na minha porta.

— Vá embora. Eu estou morta — eu murmuro debaixo do meu travesseiro.

— Você não está morta. O que está acontecendo, Mac? Eu entrei em casa e encontrei uma garrafa vazia de tequila, um copo, e um rastro de roupas que levam a sua porta. Presumo que Daniel já saiu? — Kate pergunta, sentando-se na cama ao meu lado.

— Eu terminei com Daniel.

— O quê? — ela grita. Eu gemo porque o grito agudo de Kate soa como um bando de morcegos voando, batendo contra a caverna vazia dentro da minha cabeça.

Eu rolo, colocando o travesseiro sob a cabeça e olho para a minha melhor amiga franzindo a testa.

— Vai mais pra lá, eu vou deitar ai — ela diz quando se deita ao meu lado e fica debaixo das cobertas. — Agora que eu estou confortável, você pode continuar — ela acrescenta com um sorriso.

— Você sabia que isso ia acontecer, Kate. Ele estava ficando muito apegado. Você o viu no sábado à noite no bar. Eu adorei que ele deu uma de homem das cavernas comigo, mas é só isso. Ele foi me empurrando pouco a pouco desde que concordamos em não ver mais ninguém.

Kate fica lá deitada por um minuto, olhando para mim com olhos suaves e compreensivos. Os mesmos olhos que estavam lá há quatro anos quando eu me escondi em meu quarto por uma semana. — Eu sabia que isso ia acontecer. Aquele menino se apaixonou no momento em que te conheceu. Eu meio que esperava que você fosse deixá-lo entrar, Mac.

— Eu queria, mas eu não posso confiar nele.

— Confiar em quê?

— As borboletas, o coração acelerado, do jeito que eu sempre me sinto segura com ele. Tudo em Daniel me faz sentir tão bem, mas eu não posso confiar nele. Eu sabia que eu tinha que acabar com isso, ou ele iria quebrar meu coração. Então eu terminei antes que qualquer um de nós se machucasse.

— Você sabe o que ele quer, Mac. Você não está pronta para dar a ele, ou, surpreendentemente, nem mesmo está disposta a considerar. Algo tinha que acontecer.

— Mas ele é minha torta de maçã, Kate — eu digo com um beicinho, ao mesmo tempo fingindo bater os pés na cama.

— Ele é a torta de maçã quente que quer o chantilly por cima. E a menos que seja no quarto, você não está interessada em ser o creme de ninguém, chantilly ou de outra forma.

Eu zombo. Eu não posso nem pensar em uma resposta espirituosa agora. Merda, eu realmente me machuquei.

— Você deveria ter visto a cara dele, Kate. As coisas que ele disse. Ele disse que estava esperando por mim, esperando que eu me recuperasse. Ele disse que não poderia nem mesmo me odiar por ter feito isso — eu engulo o caroço subindo na minha garganta.

— Querida, eu acho que você cometeu um erro desta vez. Mas eu estou aqui para você. Eu sempre estarei aqui para você.

— Talvez eu esteja quebrada. Talvez o meu voto estúpido me fez afastar um bom homem, Kate — eu digo tristemente.

— Você vai para o trabalho? — ela pergunta, se sentando e inclinando-se contra a cabeceira.

— Não. Minha cabeça parece que tem um trem de carga passando por ela, e hoje eu não posso ser a 'boa enfermeira'. Não me sentindo desse jeito. Eu me sinto.... Eu não sei, perdida?

— Ele te ligou? — ela olha para o meu telefone na minha mesa de cabeceira.

Eu estendo a mão e pego meu telefone, deixando escapar um suspiro de decepção quando vejo que não tem nenhuma mensagem ou chamadas não atendidas. Nada.

— Eu não acho que ele ligaria.

— Querida, eu vou te fazer um café da manhã antes de sair para o trabalho. Eu sei que a garrafa estava meio cheia, então eu estou supondo que você precisa comer alguma coisa. Mas... — ela olha para mim e me dá seu melhor olhar autoritário. — Eu só vou te dar um dia para lidar com isso, Mac. Porque se você não está disposta a acreditar no que vocês têm, mesmo que ele possa ter sido a melhor coisa que aconteceu com você, então eu não vou deixá-la ficar se lamentando e vendo a vida passar como da última vez.

Isso é tudo o que ela precisa dizer. Se eu já estava em dúvida sobre o quão bem Kate me conhece, ela foi bem clara. Um dia para decidir se eu vou engolir meu orgulho e tentar novamente, ou esquecer tudo e seguir em frene.

Depois de fazer para mim um café da manhã de ressaca que iria curar a fome no mundo, Kate me deixa para que eu possa decidir o que fazer e segue para o salão.

Eu não sei o que eu estou sentindo agora, mas definitivamente não é o alívio que eu pensei que eu iria sentir. Eu pensei que um peso seria tirado dos meus ombros agora que eu deixei Daniel ir e lhe dei a chance de ir encontrar sua própria felicidade, a vida que eu não me permitirei lhe dar. Mas, eu sinto um vazio que eu não sentia há muito tempo, e eu não gosto nem um pouco desta merda.

Na hora do almoço, eu ouço meu telefone sinalizar com uma nova mensagem de texto. Meu coração salta no meu peito, e eu salto por cima do sofá para pegá-lo no balcão da cozinha.

Eu desanimo novamente quando eu vejo que é de Sean, e não da única pessoa que eu quero, desesperadamente, receber alguma mensagem.

Sean: Você parecia que estava se divertindo sábado à noite.

Mac: eu estava um pouco bêbada. Desculpe, eu não fui falar com você.

Sean: Você parecia ocupada de outra forma. Amei o show na pista de dança. Deu-me muitas ideias ;)

Mac: Você está na cidade esta semana?

Sean: bem que eu gostaria. Volto na próxima semana. Vamos nos encontrar.

Mac: Sim, senhor ;)

Sean: Bonequinha, meu pau fica cheio de ideias quando você está envolvida, e ele está deixando essas intenções bem claras na parte de trás de um táxi em Nova York agora.

Eu rio com isso. Sean brincalhão é sempre divertido, mas estou feliz que ele não está na cidade. Seria muito fácil saltar na sua cama e foder Daniel para fora da minha cabeça e do meu coração.

Eu posso ouvir a voz de Kate na minha cabeça, como se ela estivesse aqui na minha frente e lendo meus pensamentos: 'Não, Mac, isso não vai ajudar'. Noah está totalmente fora da equação agora. Eu não posso fazer isso com Daniel, e tendo-os visto juntos no churrasco, há algumas semanas, não há nenhuma chance de que Noah faria isso com seu amigo também.

Argh. Toda esta situação é um desastre. Eu percebi que Daniel é tudo o que eu esperava que Beau fosse um dia.

Eu sei que é estúpido comparar os dois homens. Quero dizer, eles são tão diferentes um do outro. E para ser honesta, eles não são iguais. Se eu fosse do tipo que me comprometesse, eu sempre escolheria Daniel. Ele sempre foi atencioso e cortês, e sempre que estamos juntos, ele é atencioso e parece ter esse impulso irresistível de me tocar.

Mas, é mais do que isso. É o jeito que ele acaricia a minha pele, as mensagens de texto aleatórias no meio do dia, apenas para dizer oi... É um monte de pequenas coisas que, juntas, criam uma grande coisa.

O que diabos eu fiz?

Mesmo desde o início da minha relação com Beau, ele nunca foi carinhoso, a menos que ele estivesse tentando me levar para a cama. Eu também acho que ele nunca pensou em qualquer outra pessoa, exceto a si mesmo, e muito menos teve sequer um osso cavalheiresco em seu corpo. Mesmo quando estávamos fazendo sexo, quando ele tirou minha virgindade, ele foi ganancioso e levou mais do que ele daria. À medida que o relacionamento foi progredindo, ele parecia ficar mais áspero, às vezes fazendo exigências do meu corpo que eu não estava acostumada, ou não estava disposta a fazer. Houve momentos, quando estávamos vivendo em Ohio, que ele abria a braguilha e me dava um olhar astuto antes de grosseiramente segurar meu cabelo para controlar a profundidade e o movimento, me segurando desse jeito até que ele tivesse terminado.

Eu olho para trás agora e me pergunto por que diabos eu aguentei por tanto tempo. Eu fui tão covarde e ingênua na época. Eu sabia que ele estava fora de casa ficando bêbado e drogado, e, provavelmente, ficando com outras meninas, mas nenhuma uma vez eu realmente agi para mudar a minha vida. Não até aquela noite fatídica.

Desde que voltei para Chicago, ele nem sequer tentou entrar em contato comigo, e por isso, estou feliz. Nos primeiros seis meses que eu estava de volta, eu sinceramente acreditava que ele iria tentar tornar as coisas difíceis, ou mesmo aparecer na porta dos meus pais me implorando por perdão. Quero dizer, pelo o que ele sabe, eu dei à luz a seu filho ou filha.

Giz e queijo.

Água e vinho.

Maçãs e laranjas.

Imagine se eu tivesse conhecido Daniel na escola. Eu teria tido uma paixão instantânea por ele com aqueles olhos pensativos e os óculos de nerd que ele usa tão bem. Ele teria ficado com meninas a torto e a direito. Talvez eu não tivesse sequer uma chance.

Nas raras vezes em que Daniel e eu saímos em público, ele sempre foi notado pelas mulheres... muito! Eu ficava orgulhosa de que ele me trazia em seu braço, mas assim que eu comecei a pensar dessa forma, eu também me senti culpada pelo nosso acordo de 'não-namoro' estar impedindo-o de encontrar sua princesa encantada, ou qualquer que seja o equivalente feminino disso.

O pensamento dele seguir em frente e encontrar outra pessoa, uma futura esposa, sua alma gêmea, uma mulher que poderia se apaixonar por ele abertamente e dar-lhe o tipo de relacionamento que ele quer... me destrói.

E quanto mais eu penso sobre isso, mais eu gostaria de ser a única a dar-lhe. Tudo. A casa, as crianças, a cerca branca, tudo isso.

Eu acho que sei o que quero.

Então, por que isso me assusta pra caralho?

No momento em que Kate chega em casa do trabalho, estou firmemente enraizada no sofá rodeada por embalagem vazias de porcarias não saudáveis e no meio de um pote de sorvete Ben & Jerry sabor banana com pedações de chocolate e nozes.

— Dia produtivo? — ela zomba quando tira uma garrafa de vinho da geladeira.

— Você disse que eu tinha um dia — eu murmuro com a boca cheia de sorvete.

— É isso mesmo. Alguma palavra do homem do momento?

— Por que ele faria isso? Eu o machuquei, Kate. Você não estava lá. Eu o quebrei — eu digo, de bom grado aceitando o copo de vinho que ela me entrega.

— Então o que você vai fazer, baby? Porque eu sei que você não consegue mentir, e está escrito em seu rosto que este não é apenas um rompimento amistoso.

— Isso só vai levar um tempo. Logo ele vai seguir em frente e esquecer tudo sobre os nossos meses juntos. Vou seguir em frente, me concentrar no trabalho ou algo parecido. E eu ainda tenho Sean e Zander — eu respondo sem entusiasmo.

— Mac, não me venha com asneiras. Você não pode voltar ao que você tinha antes. O tempo que você passou com Daniel não te mostrou nada? Você adorou. Você brilhou, querida. Esse homem me mostrou o que um ótimo relacionamento pode fazer por você. Você riu, você sorriu, você gritava enlouquecidamente regularmente.

E com isso, as barragens se rompem. — Oh, Kate, eu realmente fodi com isso, não é?

— Mmm hmm. Mas, não se preocupe, Mac. Você vai passar por isso. Você sempre consegue — ela acrescenta, batendo a sua taça de vinho na minha. — Um brinde a aprender com os erros da vida e saber corrigi-los.

Capítulo 18
É tudo sua culpa

Pelo o resto da semana, eu me enterro no trabalho. Kate estava certa em me dar um dia para chafurdar na lama e sentir pena de mim mesma. De terça a sábado, trabalhei pra caramba. Se houvesse uma dupla jornada, eu pegava. Horas extras? Me inscreva. Quanto mais eu trabalhava, menos tempo e energia eu tinha para sequer pensar em Daniel Winters e o que ele poderia estar fazendo.

Será que ele estava sentindo a minha falta? Será que ele queria entrar em contato comigo? Será que ele decidiu correr de volta para Nikki Nojenta e criar a vida perfeita que se esperava deles?

Veja, o que eu disse? Tempo livre mais pensamento é igual a eu perguntando sobre Daniel e o que ele está fazendo, com quem ele está transando, se ele está pensando em mim, será que ele sente a minha falta? É interminável.

Agora são 17:00h de sábado e eu acabei de sair da L após trabalhar num turno do dia. Estou morta de cansada, depois de trabalhar muitas horas essa semana, mas foi bom para a minha mente ficar longe de tudo e me concentrar apenas em mim. A dor em meu peito não diminuiu, porém, até mesmo nas pequenas pausas que eu tive no trabalho, minha mente vagava.

Estou a poucos quarteirões de distância de casa, quando o cheiro do café redireciona minha jornada para dentro da minha cafeteria favorita e para o balcão para pedir um grande mocha chocolate branco. Quando eu chego ao balcão, vejo o barista caminhando em direção a uma mesa no canto. Sendo a cadela intrometida que sou, não posso evitar olhar ao redor da loja. Eu congelo quando vejo Daniel sentado no canto ao lado da linda e desagradável Nikki.

Eu sei que ela me viu quando uma expressão presunçosa cobre o rosto e seu olhar de soslaio para mim. Ela sabe que tem a minha atenção, e caramba, ela parte direto para o ataque. Um grunhido me escapa quando ela coloca a mão sobre a dele. Não é um gesto excessivamente romântico, mas é definitivamente um de conforto e familiaridade, de alguém que o conhece há anos e não pode esperar para voltar a ter essa intimidade. Desta vez, é a vez da cadela dizer 'Vai se ferrar' para mim, e ela está amando cada minuto disso.

Porra! Preciso sair daqui, antes que ele me veja ou antes que eu vá dar uma lição na vadia.

Enquanto eu caminho quase correndo para fora da loja, ouço o barista chamar meu nome. — Mocha com chocolate branco grande para Mac! — Ele grita, recebendo a atenção das pessoas na loja.

Merda!

Foda!

Porra!

— Você pode ficar com isso. Chame isso de um ato de bondade. Tenho que ir — eu rapidamente digo ao adolescente segurando meu café quando eu me viro e cometo o erro de dar uma última olhada para o canto da loja. Quando eu fico presa aos seus olhos caramelo, eu perco minha linha de pensamento. Inferno, eu perco a noção do tempo e de lugar.

Eu o vejo arrastar sua mão duramente para longe de Nikki e se levantar.

Sendo a covarde que eu sou, eu corro para fora da loja, deixando Daniel e minha dose de cafeína. Eu o ouço chamar meu nome, mas eu não me atrevo a voltar, e não paro de andar até que eu esteja em segurança dentro de casa.

— Que diabos aconteceu com você? — Kate pergunta, saindo do corredor em direção à cozinha.

— O que você quer dizer?

— Parece que você acabou de ver um filhote de cachorro morrer, Mac. Dia ruim no trabalho?

Eu suspiro. — Eu sou tão óbvia?

— Ah, sim. Eu pensei que você estava indo bem. — ela fala, arqueando uma sobrancelha bem cuidada.

— Eu estou. Bem, eu estava. Oh, eu não sei. Acabei de ver Superman e Nikki Nojenta tomando café, e ela o tocou e me deu o clássico olhar de cadela que me dizia que ela estava tentando rastejar de volta para ele, e então eu tentei correr antes que ele soubesse que eu estava lá, mas nossos olhos se encontraram, e ele me chamou, e eu corri para fora e não olhei para trás.

Ela balança a cabeça e sorri para mim. — Você pode respirar agora, porque eu juro por Deus que você vai desmaiar se continuar falando sem parar para tomar um fôlego.

Eu rio e caminho em direção ao balcão, onde ela está sentada. — Bebidas, muitas delas, hoje à noite? — eu digo, descansando minha cabeça em seu ombro e me aconchegando ao seu lado.

— Claro! E eu não tenho um encontro hoje à noite, por isso é só você e eu, a velha e boa noite só de meninas! — ela diz entusiasmada.

Perfeito. Uma noite com a minha melhor amiga. Vestir-se bem, dançar, grandes quantidades de bebidas alcoólicas e paqueras sem sentido que não vai levar a lugar nenhum. O antídoto perfeito para um coração confuso.

Eu vou vestir uma 'roupa fácil de usar quando se está bêbada'. Jeans skinny, botas de salto alto (talvez não tão boas quando estiver bêbada, mas elas parecem quente), e um top prateado de um ombro que realçam as 'meninas› e é ótimo para dançar.

Depois de uma garrafa de vinho em casa e dançar em nossa sala de estar com a maratona de sucessos da MTV, estamos vestidas com esmero e prontas para nos divertimos na cidade. Eu disse a Kate que eu não quero ir para o clube, porque eu sei que se eu for até Sean agora, eu faria mais do que me esfregar na sua perna. Eu montaria nele como num cavalo premiado e cavalgaria nele durante toda a noite. Portanto, estamos no bar da Rua 42, o bar onde Daniel me levou no nosso primeiro encontro. Droga, não nunca vou parar de pensar nesse cara? Ele é apenas um cara, um grande cara, mas não é o meu cara.

Não mais.

Eu coloco meu braço no braço de Kate, e nós nos sentamos no lado esquerdo do bar. Ela pede um shot de tequila para cada uma de nós com Cosmo. Santo inferno, eu acho que não vamos pegar leve esta noite.

— Você está tentando me embebedar? — eu pergunto com uma risadinha.

— É isso aí. Mac bêbada é igual a Mac relaxada e despreocupada, e é isso que você precisa agora. Então, como sua melhor amiga, eu aceito o desafio — ela pisca para mim, e eu sei que eu vou estar embriagada até o final da noite.

Perfeito!

Três shots de tequila e três Cosmos, e eu estou no meu lugar feliz. A música está pulsando, Kate e eu não conseguimos parar de rir quando ela me conta sobre seu mais recente encontro desastroso. O cara mandou discriminar a conta do jantar, em seguida, dividiu a conta com ela antes de dizer que ele tinha que ir porque sua mãe estava vindo buscá-lo. Um verdadeiro vencedor.

— Vamos dançar! — Kate grita, devido a música alta.

Concordo com a cabeça e agarro a mão dela enquanto nos dirigimos para a pista de dança. Eu sinto o meu telefone vibrar no bolso de trás, mas eu ignoro. Quem quer que seja pode esperar. Hoje à noite, é a noite das meninas, pênis não são permitidos, conhecidos ou não.

'Waiting All Night' do Rudimental está tocando e eu não posso deixar de dançar. A pista de dança enche rapidamente, e quando eu começo a me mover me sinto livre de tudo, então eu danço. Eu balanço meu corpo e movo meus quadris, a música flui através de mim como uma onda.

Algumas músicas depois, sinto duas mãos firmes apertarem meus quadris enquanto uma música de Calvin Harris que fala sobre a necessidade de amar alguém explode ao nosso redor.

Distante demais para reagir, eu continuo dançando. Os olhos de Kate estão tranquilos quando ela sorri para quem quer que seja atrás de mim. Isso significa que ela deve conhecê-lo, mas eu sei que não é quem eu quero que seja, então eu não viro a cabeça para ver. Esta noite é para esquecê-lo, e isso é o que estou tentando fazer.

Eu me perco. Eu danço, eu giro, eu volto para os braços do desconhecido até que eu sinto sua pélvis empurrar para cima contra a minha bunda enquanto continuamos a nos mover juntos na batida. A sensação inconfundível de seu comprimento duro contra mim, me deixa com uma sensação surpreendentemente boa.

— Eu sabia que tinha reconhecido a sua bunda quando eu entrei — uma voz rouca e absolutamente sexy murmura no meu ouvido antes de trilhar uma linha de beijos no meu pescoço.

Aconchegando meu corpo contra o dele, ele desliza um braço firme em volta do meu estômago, enquanto a outra sobe e roça meus seios levemente.

— Zander — eu suspiro.

— Sim, querida, eu estou com você.

Eu me sinto tão bem encostada nele. Eu sempre fui uma pessoa altamente sensível, com algumas doses de bebidas no meu corpo, mas passar a semana sem Daniel causou estragos em minhas emoções. Eu poderia fazer isso, só me perder em Zander. A familiaridade entre nós é reconfortante. Talvez seja isso o que eu preciso.

A canção termina e eu sou jogada para fora da minha neblina.

Zander se afasta e coloca a mão na parte inferior das minhas costas. — Vamos pegar uma bebida — sua voz mostra o efeito de nossa dança teve sobre ele. O Zander divertido e brincalhão está sendo ofuscado pelo Zander duro e com tesão e, no fundo, eu amo ser capaz de ter esse efeito sobre ele.

Após nos levar a uma mesa vazia, Zander desaparece em direção ao bar para pegar a próxima rodada de bebidas. Minha cabeça está começando a girar, o meu corpo está quente, e eu estou em um lugar mais feliz do que eu estava no início desta tarde.

— Juro por Deus, Mac, se você já não estivesse transando com ele, eu iria com tudo para cima dele — Kate diz, aparentemente incapaz de tirar os olhos da bunda da Zander, quando ele se afasta.

— Kate... — eu rio. Sim, álcool e Mac é igual a risos. — Ele não é meu. Se você gosta de Zander, você deve ir pra cima dele.

— Eca. E pegar as sobras?

— Você sabe que não é assim. Ele não é meu, nenhum deles é meu.

— Preciso de muito mais bebidas para sequer falar sobre isso com você — ela sorri para mim com seu sorriso sem graça e olha por cima do ombro. Seus olhos a entregam, e eu sei imediatamente que Zander está retornando para nossa mesa.

— Comporte-se — eu rosno para ela, assim que ele puxa uma cadeira para perto de mim e se senta.

— Oi — Kate diz, me alertando para o retorno de Zander.

— Oi — ele diz, enquanto se inclina e me dá um beijo na boca antes que eu possa me afastar.

Ele franze a testa para mim quando ele vê a minha tentativa de retirada. — Você está bem? — ele sussurra.

— Feliz como um molusco e bêbada como um gambá — eu grito, o que só faz ele sorrir para mim.

— Então, sem apresentações hoje à noite? — Kate pergunta a Zander, inclinando-se para deixar seu decote a mostra para ele, um movimento que eu sei que ele não perdeu enquanto seus olhos viajaram rapidamente dos seus seios até o seu rosto quando ele percebe que ela é esperando por sua resposta.

— Não. Eu tive uma festa de despedida de solteira mais cedo, mas agora eu estou livre pelo resto da noite. Só parei aqui para ver o meu companheiro de quarto, que está trabalhando no bar, e eu vi as lindas meninas irem para a pista de dança, então eu não pude resistir a me juntar a vocês.

Eu sorrio para ele quando eu tomo um gole da bebida, que ele colocou na minha frente. Agora, neste momento, eu sei que estou bêbada, e em um ótimo lugar, mas eu estive muito ocupada brincando com Kate que eu não sabia que Zander pediu uma bebida que eu realmente não quero.

Sim, aquela festa de ponche de frutas está de volta à minha boca, e tem um sabor tão bom quanto da primeira uma vez que eu provei neste mesmo bar há semanas. Droga, eu não consigo passar nem uma hora sem pensar nele. Estou ferrada, e não de uma maneira agradável.

— Eu pedi para vocês duas, Sex on the beach. Eu não pude resistir — ele diz, sorrindo para mim.

Eu aceno com a cabeça e continuo bebendo, desejando que eu pudesse manter em linha reta o teor de álcool na minha corrente sanguínea.

— Então, qual foi a da outra noite, Mac? Em que você estava tão ocupada que não poderia me encontrar? — Zander se recosta na cadeira, colocando seu corpo perfeito em exibição. Ele está vestindo uma camisa preta de manga curta que está apertando em todos os lugares certos, e calça jeans cinza escuro que abraça suas coxas, como uma criança abraça sua mãe. Minha Mac interior está gritando em antecipação, só ao vê-lo sentado tão perto de mim, sabendo que eu poderia ter essas coxas se esfregando no interior das minhas enquanto ele estivesse dentro de mim, faz com que eu aperte minhas pernas juntas. Mas Mac interior é um pouco safada, quando ela está bêbada, e eu saio da minha neblina estúpida de cobiça com Kate limpando a garganta, e a profunda risada de Zander ao meu lado.

Balançando a cabeça um pouco, eu sorrio para eles. — Desculpe, o que foi que eu perdi?

— Você é tão óbvia, Mac — Kate me adverte, mas seu sorriso a entrega. A maneira como ela está encarando Zander com aquele olhar de cachorrinho sem dono a noite toda está começando a me fazer pensar que eu deveria juntar esses dois.

— Ooh, eu sei! Vamos jogar um jogo de bebidas. Chama-se, o que você não pode fazer? Cada um de nós diz alguma coisa que não podemos fazer, e se alguém puder fazer, todos os demais bebem. O que vocês acham? — Eu pergunto, olhando entre os dois.

Kate acena com a cabeça avidamente, e Zander apenas sorri para mim.

— Parece bom, querida.

— Tudo bem. Vou começar — eu digo, levantando e tropeçando um pouco, fazendo com que Zander me agarre pelo meu quadril, me impedindo de cair. — Ok, eu não posso tocar meu nariz com a minha língua — Tento demonstrar e falho, tendo um ataque de risos que Kate acompanha.

— Você sabe que eu posso fazer isso, Mac — Zander se inclina para trás e com facilidade, põe a língua para fora e atinge seu nariz, ganhando gritos animados de Kate e de mim. — Vocês têm que beber, senhoras.

Nós duas tomamos um longo gole de nossas bebidas, e eu me sento. — Kate, sua vez — eu digo com um sorriso, esperando para ver se ela vai tornar este jogo interessante. Conhecendo a minha melhor amiga, ela nunca perde uma oportunidade.

— Tudo bem. Eu não posso... tocar meus cotovelos nas minhas costas.

Zander parece não entender. — Ah tudo bem. Vou tentar — Ele se levanta e tenta alcançar seus braços para trás, mas seus bíceps tornam a tarefa impossível. Eu morro de rir, porque ele parece ridículo.

— Minha vez, minha vez! — eu interrompo quando eu me levanto, um pouco mais firme desta vez. — Vamos lá, Kate, eu sei que você pode fazer isso.

Ela ri e levanta-se do outro lado da mesa. — Ok, você me pegou. Vamos mostrar como se faz.

Eu estufo meu peito para fora, tentando colocar meus cotovelos juntos e rindo quando eu olho para baixo e vejo que meus seios estão em exposição na frente dele. Observo que Kate está fazendo a mesma coisa. Seus grandes e orgulhosos seios diante de Zander. Eu olho para ele, e seus olhos estão arregalados, quando ele olha entre Kate e eu. Ele parece com uma criança no Natal, sem saber que presente vai abrir em primeiro lugar.

— Você tem que beber, Zan — eu digo, empurrando o braço de brincadeira.

— Caramba, eu bebo a isso a qualquer dia. Duas lindas mulheres empurrando seus peitos pra mim? Claro que sim! — Ele tem o maior sorriso no rosto, e é adorável.

Olho para Kate, e vejo seu rosto em chamas quando eu a pego olhando para Zander. De repente, ela fica toda atrapalhada, puxando a cadeira e ficando de pé. — Ah, eu vou ao banheiro. Eu já volto.

— Você quer vir comigo? — eu pergunto rapidamente, tropeçando entre o que eu quero dizer e o que realmente sai.

— Não — ela ri. — Aparentemente você está bêbada demais para andar ou falar.

— Não estou.

— Eu também.

— Senhoras, sem brigas — Zander interrompe.

— Pare com isso você — eu digo, batendo em seu abdômen em tom de brincadeira. — Você só quer entrar em minhas calças — eu digo, brincando, quando Kate se afasta.

Virando a cadeira para mim, efetivamente me prendendo, ele inclina-se de forma que está tão perto quanto possível sem sentar em cima de mim. — E por que, por favor me diga, eu não iria querer entrar em suas calças? — ele diz em uma voz rouca e baixa que me atinge em todos os lugares bêbados certos. — Porque eu me lembro que você gosta de mim em suas calças, suas mãos.... Sua boca...

Então, sem hesitação, ele enrola a mão no meu pescoço e esmaga a boca contra minha.

É um momento delicioso de uma batalhe de línguas e lábios beliscando um ao outro, antes de eu perceber que isso não é certo. Não são os lábios de Zander que eu quero me provando, e Zander merece o melhor. Eu me afasto, empurro minhas mãos contra o peito dele, tentando recuperar o fôlego.

— Querida, o que há de errado? — ele pergunta com a testa franzida. — Você não é de se afastar e se assustar, principalmente comigo.

— Eu... eu tenho que ir. Você pode cuidar para que Kate chegue em casa em segurança? Eu explico mais tarde.

— Mac, você está bêbada. Você não deveria ir a lugar nenhum — ele grita atrás de mim.

— Eu estou bem. Eu vou pegar um táxi! — eu grito para trás enquanto atravesso a multidão para o ar fresco da noite.

Eu me encosto na parede do lado de fora do bar, tentando recuperar o fôlego e limpar a minha cabeça. Mas eu não posso.

— Você está bem aí? — um segurança pergunta, parecendo preocupado. — Você precisa de um táxi, querida?

Concordo com a cabeça, incapaz de responder. Tudo o que posso pensar é em Daniel. Seu sorriso, seus olhos, a forma como a mão dele desliza sobre a minha pele e me deixa tremendo. Eu preciso do meu Daniel.

Assim que o segurança me leva até a porta do taxi e a fecha atrás de mim, eu faço uma coisa que eu pensei que nunca faria de novo, e definitivamente não deveria estar fazendo no meu estado embriagado.

Eu lhe dou o endereço do Daniel.

Capítulo 19
Pronta para amar novamente

Tropeçando na portaria do prédio de Daniel, estou focada em andar em linha reta, e colocar meus olhos no homem do momento. O porteiro tenta me ajudar, mas eu o ignoro. Eu posso dizer pelas linhas enrugadas ao redor dos olhos que ele está tentando não rir de mim. Inferno, eu estou lutando para não rir de mim mesma.

— Você precisa que eu a acompanhe? — ele pergunta.

— Eu tenho um homem perfeitamente capaz lá em cima, então não, eu não preciso de qualquer serviço de acompanhante. — eu digo enquanto aperto o botão de chamada do elevador.

Uma vez que estou dentro do elevador e as portas estão fechadas, eu começo a entrar em pânico. E se ele estiver acompanhado? E se ele não estiver nem mesmo em casa? Eu deveria ter lhe enviado uma mensagem. Talvez eu devesse enviar uma mensagem agora.

Eu pego meu telefone e vejo uma mensagem que Zander me enviou sobre a minha bunda. Iniciando uma nova mensagem de texto, eu seleciono o nome de Daniel (que agora está listado como NÃO CHAMAR MESMO SE ESTIVER BÊBADA) no meu telefone.

Mac: Você está em casa hoje à noite?

Grande conversa inicial, Mac. Mandou muito bem. Eu rio da minha própria mensagem. Sem esperar por uma resposta, eu digito outra mensagem.

Mac: Eu quero ver seus truques de super-herói.

Mac: Eu posso estar um pouco bêbada.

Mac: O porteiro é estranho.

Mac: Nikki Nojenta está aí também? Fazendo você se sentir melhor? Diga a ela para manter as mãos de vadia longe de você.

A porta do elevador se abre no andar de Daniel, e eu tropeço para fora, encontrando rapidamente a porta e batendo calmamente, rindo como se fosse a coisa mais engraçada do mundo.

Quando ele abre a porta, eu perco a capacidade de falar. Ele está segurando o telefone na mão e parecendo mais confuso do que nunca. Onde geralmente há um sorriso caloroso, hoje há uma testa franzida e um olhar que poderia quase parecer magoado.

— Você me enviando mensagens bêbada? — ele pergunta, com o rosto impassível enquanto nós estamos em sua porta.

De repente, eu estou me sentindo envergonhada e estou começando a reconsiderar o quanto foi sábio eu simplesmente aparecer na porta dele, sem aviso prévio e bêbada.

— Ah, eu entrei no táxi e ele me perguntou onde eu queria ir, e este era o lugar onde eu queria estar — eu dou de ombros. — Eu juro, o porteiro é um pouco estranho. Ele me perguntou se eu queria um acompanhante — eu olho em volta e me inclino para a frente para sussurrar: — Mas eu disse que não precisava de serviços de acompanhantes, quando eu tenho você.

Ele balança a cabeça, seu corpo ainda rígido e pouco acolhedor. — Por que você está aqui Mac? Considerando que a última coisa que você me disse foi que você não pode mais fazer isso.

— Eu sinto sua falta. Durante toda a semana, eu queria te ver. — eu digo, me encostando contra a porta enquanto a minha cabeça começa a girar.

— Vem pra dentro, Mac. Eu vou chamar um táxi ou eu mesmo te levo pra casa — ele diz, apontando para dentro enquanto sua irritação se torna mais e mais evidente.

Eu entro e depois paro, girando em torno de meus calcanhares e tropeço um pouco antes de me inclinar contra a parede da sala.

— Eu não quero ir pra casa, Daniel. É por isso que eu vim te ver. Eu senti falta do seu rosto — eu ando até ele e o beijo nos lábios, rápido e forte, balançando um pouco quando eu me afasto. Ele coloca as mãos nos meus bíceps para me firmar.

— Mac — ele rosna.

— DD — eu suspiro, eu derreto com o seu toque. Eu olho em volta de seu apartamento. — Ela não está aqui, não é?

— Quem? — ele responde rispidamente.

—Nikki Nojenta.

— Mac, ela não é nojenta — ele diz exasperado. — E não, ela não está aqui. Por que ela estaria aqui?

— Porque você tomou café com ela e ela te tocou. Ela é desagradável. Ela te olha com os olhos brilhando quando você não está olhando, e ela te toca, quando não é permitido que ela faça isso.

Verificando que eu estou firme, ele retira suas mãos e caminha até a cozinha, pegando um copo limpo do armário e enchendo-o com água. Ele volta e me leva para o sofá, onde me faz sentar e me entrega a água. — Beba isso. Eu vou pegar um Tylenol também. Eu acho que você vai precisar. Apenas deixe-me trocar de roupa e eu vou levá-la para casa.

Estou pasma. Eu posso estar bêbada como um gambá, mas eu não esperava que ele fosse tão frio.

Eu o vejo caminhar pelo corredor em direção ao seu quarto, retornando alguns minutos depois com casaco de capuz do Chicago Bears, bem como seu tênis. Ele estende a mão para mim e me entrega dois analgésicos. — Tome isso — ele ordena. Eu os pego e os engulo com um gole de água.

Ele se senta na mesa na minha frente, os joelhos roçando contra os meus.

— Não que isso importe, mas eu encontrei com Nikki hoje por acaso. Não foi planejado, e, definitivamente, não era nada mais do que o café com uma velha amiga.

— Mas ela estava te tocando. Eu não quero que ninguém toque em você a não ser eu — eu digo sem rodeios. Sei que estou estragando isso, mas seu comportamento colocou todo meu plano de ter um encontro sexual às favas.

Inclinando-se para frente, ele coloca as mãos nos meus joelhos, enviando deliciosos arrepios através de mim.

— Você disse que não poderia fazer isso, Mac.

— Eu achei que não poderia.

— Bem, eu acho que eu preciso te levar para casa e talvez possamos conversar novamente, quando você não estiver tão bêbada — Ele se levanta e estende a mão para mim. — Eu vou dirigir, e eu posso ir até sua casa e vê-la amanhã. — Eu posso vê-lo apertando seu queixo, ele está dividido agora.

— Eu não quero ir para casa, eu quero ficar com você — eu sussurro, olhando para ele, enquanto as lágrimas começam a descer pelos meus olhos.

— Merda. Mac, você precisa parar com isso — ele diz, sentando-se no sofá ao meu lado. — Eu não quero que você se arrependa.

Eu rio. — Meu único arrependimento foi ter terminado com você no último domingo.

Ele olha para mim, incrédulo, mas eu ainda posso ver a raiva latente por baixo da sua incredulidade. — Mac, eu não posso lidar com isso agora. Podemos conversar amanhã.

Eu balanço a cabeça de um lado para o outro. — Eu quero falar agora.

— Você não podia me dizer o que estava errado na semana passada. Vamos deixar isso pra lá.

— Não! — eu grito, chocando-o.

— Mac, eu não sou contra jogar você nos meus ombros e te levar embora daqui — ele rosna. Droga, Daniel chateado é gostoso!

— Faça isso. Eu não me importo. Eu quero explicar. Não, eu preciso explicar — Eu coloco minha mão em seu rosto, acalmando-o.

Ele suspira de novo. — Tudo bem. Você pode dizer o que você quer dizer, mas então eu vou te levar pra casa — eu posso dizer que ele está relutante, mas quando ele cruza os braços sobre o peito e olha para mim com expectativa, eu sei que é agora ou nunca.

— Eu senti sua falta — eu digo, olhando para ele.

— Eu também senti sua falta — ele diz, a borda dura em seus olhos suavizando ligeiramente.

Eu lambo os lábios, de repente nervosa. — Ok, então eu preciso dizer algumas coisas, e apesar de não ser fácil para eu compartilhar, eu quero que você saiba. Eu preciso que você entenda por que eu sou do jeito que sou.

Ele me olha com expectativa, e meus lábios se curvam em um sorriso malicioso enquanto meus olhos o observam. — Deus, você é lindo. Eu quase me esqueci o quanto eu amo só olhar para você.

Ele balança a cabeça, tristemente. — Eu não sou nada perto de você, linda.

Eu imediatamente me sinto quente, e meu nervosismo desaparece. Eu me sinto à vontade agora, o suficiente para falar livremente. Talvez isso não vai ser tão difícil quanto eu imaginava. Eu respiro fundo para limpar a minha cabeça, travada em como começar a história de como Beau Gregory me arruinou.

— Eu sinto muito — as duas palavras que têm estado na ponta da minha língua por mais de uma semana.

— Eu estou começando a entender isso, linda, considerando que você apareceu na minha porta bêbada e querendo conversar — ele explica.

— Bem, sim, mas é mais do que isso. Eu realmente não lhe dei uma chance.

— Na verdade não — ele se inclina para a frente e delicadamente pega a minha mão, pedindo-me para ir em frente.

— Foi autopreservação — eu respondo com sinceridade. — Meus sentimentos por você são tão fortes, e intensos... Eu não podia lidar com isso.

A última vez que me apaixonei dessa forma, acabei quebrada.

Ele corre o polegar pelos meus dedos enquanto espera por mim para começar a falar.

— Quando eu tinha vinte anos, me mudei para Ohio com meu namorado do ensino médio — eu já posso sentir o peso saindo dos meus ombros. — Ele havia perdido o emprego aqui e não encontrava trabalho, por isso, quando seu tio ligou e ofereceu-lhe um emprego em Dalton, ele aceitou. Ele queria que eu fosse com ele. Disse que ele não poderia viver sem mim e que seria um novo começo, então eu saí da escola de enfermagem e fui com ele, contra a vontade de todos.

— Kate não gostou disso? — ele pergunta.

— Nem um pouco. Beau tinha mudado muito nos poucos meses antes de nos mudarmos, e todos podiam ver isso, mas eu ainda via o homem que eu tinha me apaixonado.

Eu vejo o endurecimento no rosto de Daniel, logo que eu disse isso. Definitivamente não é algo que ele gostaria de ouvir.

— Poucos meses depois que nos mudamos, eu percebi que o cara amoroso e legal, pelo qual eu tinha me apaixonado em Chicago já não existia mais, e eu estava morando com um babaca arrogante, egoísta e controlador. Ele tentou governar a minha vida, controlando tudo o que fazia, quem eu via, como eu me vestia, tudo — eu continuo, fazendo uma breve pausa para olhar para ele. Toda essa conversa séria parece estar me deixando séria instantaneamente, foda-se!

— Eventualmente, ele começou a perder a paciência. Principalmente com as palavras, mas de vez em quando ele me empurrava para fora do caminho, apertando meus braços para fazer valer o seu ponto de vista, e por duas vezes ele realmente me deu um soco.

Daniel se levanta e caminha até a janela, colocando as duas mãos no vidro. Pela forma como sua cabeça caiu na mesma velocidade em que o peito está subindo e descendo, eu posso dizer que ele está com raiva.

— Eu só preciso de um momento.

— Me desculpe, talvez eu não deveria ter...

— Mac, não se desculpe, você não fez nada errado. Só preciso me controlar para não bater em alguma coisa, de preferência na porra da cabeça desse idiota.

Eu fico ali parada de boca aberta, por alguns minutos, absorvendo suas palavras. Especialmente quando eu percebo que ele está com raiva por mim, não de mim.

Ele se vira, apoiando as costas contra o vidro, e olha para mim. — Continue, linda. Eu quero ouvir isso.

— Tudo bem — eu respondo com voz trêmula. — Kate ficava me dizendo para voltar para casa, mas não havia maneira de Beau me deixar sair, a não ser que fosse ele me mandando embora. Então, quanto mais ele se tornava arrogante, mais eu me sentia presa, mesmo quando ele não estava em casa. Normalmente, ele estava fora se drogando e dormindo com qualquer uma.

— Mac, você não...

Eu olho para ele. — Sim, eu tenho — ele balança a cabeça e eu continuo.

— Seis meses depois de nos mudarmos, eu descobri que estava grávida. Eu sempre tinha tomado todas as precauções, mas de alguma forma minha dose tinha acabado. De qualquer maneira, quando ele chegou em casa do trabalho naquela noite, e eu disse a ele, ele ficou louco. Não parava de dizer que era minha culpa, e como ele não queria um filho bastardo comigo. Entramos em uma briga, e ele me deu um tapa e saiu. Mais tarde naquela noite, eu abortei no chuveiro. Liguei para Kate, e ela me colocou no próximo voo para casa.

Ele anda pela sala em direção à cozinha e apoia-se contra o balcão, agarrando os dedos firmemente ao redor da borda.

Eu me levanto e caminho até ele cautelosamente, ainda afetada pelo consumo de álcool, e preocupada com sua reação ao que acabo de dizer. Eu coloco minha mão em suas costas, e ele recua.

— Eu só preciso de um minuto — sua voz é tensa e áspera. Posso dizer que ele está tentando se controlar por mim.

— Estou feliz por Kate estar lá pra você — ele diz, sua voz cheia de tristeza.

— Eu também. No entanto, não ajuda com a culpa. Eu sempre acreditei que eu quis que acontecesse. Como se eu inconscientemente quisesse abortar.

Ouvindo isso, ele se vira e coloca as mãos na minha cintura. Puxando meu corpo tenso contra o seu.

— Mac, isso não funciona assim. Não foi sua culpa — ele diz, em voz baixa.

— Eu sei, mas não me faz me sentir melhor. Depois disso, eu fiz uma promessa a mim mesmo que eu nunca deixaria um homem chegar perto o suficiente para me quebrar. E eu estava indo bem até você aparecer — Eu sorrio para ele.

Ele fica lá, com os olhos concentrados no meu rosto. Nesta luz, a cor caramelo dos seus olhos quase parece âmbar. Eu me perco nele... seus olhos, seu rosto, seu olhar de tristeza. A ligeira centelha de calor latente se torna mais forte conforme os minutos passam.

Eu respiro fundo e sussurro: — Eu quero isso... nós.

— Linda, essas são as melhores quatro palavras que eu já ouvi sair da sua linda boca.

E então eu vejo. O olhar que ele está me dando. É o mesmo olhar que me aterrorizou há uma semana atrás, mas agora, ele está fazendo meu coração se sentir perto de estourar.

— Ok — eu respondo, enterrando minha cabeça na brecha entre o pescoço e a clavícula, saboreando seu cheiro delicioso, uma vez que este me rodeia. Esta merda deve ser engarrafada e vendida.

Então, isso me atinge. Meu estômago se revira e eu sinto o sinal de que com certeza a minha noite está prestes a tomar outro rumo. — Porra — eu digo quando eu me viro e corro para o banheiro, chegando lá pouco antes de eu começar a vomitar.

Eu ouço passos atrás de mim e eu começo a chorar.

— Eu sinto muito — eu choro, caindo ao lado da banheira abraçando minhas pernas.

— Ei — ele diz, agachando-se diante de mim. — Vou colocá-la no chuveiro. Então eu acho que a nossa conversa pode esperar até amanhã, ok?

— Mas, ainda há mais para dizer — eu gaguejo.

— O que você me disse esta noite é o suficiente. Agora, precisamos deixá-la limpa e em casa, na cama.

— Eu não quero ir para casa, eu quero ficar com você.

— Ok, linda. Vá para o chuveiro, e eu vou limpar aqui.

Eu ergo minha cabeça e olho em volta, eu dou um grito agudo para a bagunça em torno do vaso sanitário.

— Oh meu Deus, eu sinto muito. — eu digo, horrorizada.

Daniel ri. — Está tudo bem. Todos nós já tivemos esses momentos. Você esquece que eu costumava dividir o quarto com Noah na faculdade — Ele me levanta, e inclina-se para ligar o chuveiro.

Eu entro no chuveiro quente e me delicio com a noite sendo lavada para longe de mim. Eu me sento no banco do canto e descanso minha cabeça contra a parede do chuveiro, fechando meus olhos apenas por um momento. Essa é a última coisa que eu me lembro até eu acordar na cama de Daniel algumas horas mais tarde.

Capítulo 20
Mais fácil na cama

Eu rolo na cama e percebo que eu ainda estou no apartamento de Daniel e que ele, obviamente, colocou-me na cama depois que eu adormeci no chuveiro.

Pela luz fraca do luar que se esgueira por entre as cortinas, eu posso ver seu lindo rosto inclinado para mim enquanto ele dorme. Isso pode ser assustador, mas eu estou provavelmente, ainda meio bêbada, então eu me sustento no meu cotovelo e apenas o observo por um tempo. Não há nada melhor do que ver alguém sem qualquer pretensão, sem qualquer máscara ou paredes.

Não há linhas de expressão, nem estresse. Seu rosto parece impecável, muito parecido com a maneira como ele estava na primeira noite que eu o vi no trem. Ele estava muito sexy, o sonho molhado de cada menina (sim, eles podem e realmente acontecem!)

Eu não posso resistir a tocá-lo, então eu o toco.

Eu passo a minha mão em seu queixo, apreciando a aspereza da sua barba por fazer, contra a minha pele. Meu corpo se aquece enquanto eu imagino outros lugares onde eu iria amar esfregar seu rosto áspero.

A onda de desejo corre através de mim, minha respiração aumenta quando minha mão deriva pelo pescoço em seu peito, que sobe e desce ritmicamente enquanto ele dorme. Eu roço minhas unhas no pequeno punhado de cabelo que ele tem no peito, enquanto ele geme baixinho em resposta.

Sentando-me de joelhos, eu me inclino para a frente e passo a minha língua ao redor de seu mamilo, sugando suavemente enquanto ele endurece na minha boca. Fazendo o mesmo no outro lado, meus seios pesados se arrastam em seu peito antes de eu sentir suas mãos colocando-se entre nós.

Eu olho para baixo e vejo dois olhos sonolentos olhando para mim.

— Vem cá, linda — ele sussurra, sua voz rouca de sono e necessidade.

Eu me movo de modo que fico deitada em cima dele, o seu comprimento endurecido pressionando em meu estômago, enquanto eu esfrego suavemente meu quadril contra o dele. E quando eu inclino a cabeça para baixo, e os nossos lábios finalmente se encontram, eu me entrego completamente. Sabendo que ele está acordado agora, tudo que eu quero que ele sinta é o quanto eu preciso dele, o quanto eu quero isso. Eu quero usar o meu corpo para dizer as palavras que eu sinto, mas ainda não posso dizer.

Acariciando a minha língua contra a dele, eu descanso meus cotovelos em ambos os lados de sua cabeça, arrastando os dedos pelo cabelo, puxando-o para perto de mim enquanto nossos lábios continuam a provar um ao outro, incapazes de ter o suficiente um do outro.

Eu me afasto e olho para ele, arqueando as costas, enquanto ele passa suas mãos pelo meu corpo e colocando-as em meu rosto. — Você está se sentindo melhor? — ele pergunta asperamente, sua voz cheia de desejo.

— Sim, e eu quero isso. Eu realmente quero isso — eu murmuro contra seu queixo enquanto eu beijo o seu pescoço. Eu o ouço gemer quando deslizo meu corpo contra o dele, arrastando minha língua ao longo de seus músculos abdominais, em torno de seu umbigo e abaixo da sua trilha feliz para o seu pau duro como pedra que está esperando por mim, me chamando. Eu continuo meu ataque, lambendo toda a sua extensão para baixo e para cima novamente antes de passar meus dentes levemente contra a cabeça e puxá-lo em minha boca quente. Eu sinto seu corpo estremecer quando eu o levo profundamente, balançando a cabeça para cima e para baixo, levando-o mais profundamente a cada movimento.

— Deus, baby, isso é bom pra caralho — ele sibila entre gemidos e palavras de encorajamento. Ele conecta os braços nos meus e me puxa contra ele, beijando a minha boca com uma fome desesperada. É como se ele não se cansasse de mim.

— Eu preciso estar dentro de você, linda. Eu preciso sentir você.

— Sim — eu gemo quando ele me levanta, sugando meu mamilo duramente em sua boca e lambendo-o.

Ele me rola e me penetra com um impulso suave e profundo. Deus, eu senti falta disso. Ele é tão bom, como duas peças perdidas de um quebra-cabeça que se conectam.

— Porra, sim — eu gemo quando ele empurra profundo novamente. Ele se inclina para a frente, me beijando enquanto nossos quadris roçam um no outro em um ritmo lento e constante. Parece que ele está saboreando a sensação de estarmos juntos assim novamente, e Deus sabe que não posso ter o suficiente dele. Eu não quero que isso acabe. Isto não é apenas sexo, e definitivamente não é foder. Isto é lento, sensual... isso é o que pode ser chamado de fazer amor.

O sentimento me oprime quando eu sinto os tremores do clímax maravilhoso dentro de mim, as ondas do prazer rolam através de mim, construindo a cada estocada dolorosamente lenta do corpo de Daniel contra o meu.

— Goze comigo, baby. Eu posso sentir o pulsar da sua boceta em torno de mim, goze pra mim, linda — ele murmura antes de me beijar profundamente, enredando sua língua com a minha, sufocando meus gritos quando eu desmorono, gozando forte e rápido enquanto ele geme sua própria libertação, preenchendo-me ao máximo.

Ficamos deitados, ainda ligados, não querendo romper a ligação com o outro. Ele descansa sua testa contra a minha, enquanto ele recupera o fôlego. Eu olho para ele, com lágrimas nos meus olhos quando a emoção do momento me atinge.

— Ei, por que você está chorando?

— Eu sinto isso — eu sussurro, na esperança de que não seja só eu.

Ele levanta a mão para o meu rosto, enxugando minhas lágrimas com o polegar e sorrindo para mim. — Linda, você finalmente entendeu. Nós fizemos amor, só que desta vez você estava totalmente lá comigo.

Concordo com a cabeça, não encontrando as palavras certas para o momento.

— E só para que fique claro, eu te amo, Mac. Eu te amo tanto que mesmo que você não tivesse voltado, eu teria ido atrás de você. Eu teria lutado até que você percebesse que queria isso também.

Todo o meu corpo estremece quando eu percebo que ele acabou de me dizer que me ama. Eu deveria estar feliz, meu coração deveria sentir-se completo. Então, por que de repente eu me sinto como se as paredes estivesse se fechando? Eu começo a chorar de novo.

— Ei, eu não tive a intenção de fazer você chorar.

— Você não, eu não estou, é só... isto é esmagador para às 3 horas da manhã. Especialmente quando eu estou presa na terra de ninguém entre estar meio bêbada e de ressaca.

— Bem, acho que eu posso ajudá-la com isso. Eu vou te dar um copo de água, e podemos voltar a dormir. Não posso te deixar na terra de ninguém durante toda a noite — ele diz, beijando meu nariz antes de sair de dentro de mim.

— Ok — eu sussurro, levantando minha cabeça para roçar os lábios suavemente contra o dele mais uma vez. — Obrigada.

— Por quê? — ele pergunta com um olhar perplexo.

— Por ser você.

Ele sorri e beija o meu nariz antes de sair de dentro de mim. Estremeço quando ele se levanta da cama, não perdendo a oportunidade de admirar sua bela bunda quando ela passa por mim.

— Mas para que conste, Mac, você pode me acordar assim a qualquer hora.

Eu rolo para o lado e enrolo as pernas para cima.

Ele me deixou sem palavras. Incapaz de lidar com a miríade de sentimentos correndo através de mim, eu escolho me levantar e me vestir, sentando-me na beirada da cama. Eu acabo de colocar meus saltos, quando ele caminha de volta da sala, franzindo a testa quando ele percebe que eu estou prestes a sair.

— Linda, o que você acha que está fazendo?

— Ah, eu preciso ir — eu digo de forma rápida e trêmula.

— Mac, senta essa sua bunda em algum lugar e fale comigo — bem, isso certamente tem a minha atenção. Eu olho para ele e o vejo em pé na minha frente, nu como no dia em que ele nasceu, os braços cruzados na frente do peito e um olhar severo no rosto. Ele quase parece chateado.

— Eu pre... ciso ir para casa — eu repito, olhando para ele com cautela. Ele é intimidante pra cacete quando quer ser.

— Você não sabe o que quer, Mac. É disso que se trata? Depois do que aconteceu entre nós, o que você acabou de sentir entre nós, você vai correr de novo? — ele balança a cabeça e caminha até seu armário, pegando um short e colocando. Graças a Deus! Eu não posso pensar claramente com o corpo dele nu em exposição desse jeito.

— Eu preciso de um tempo. Eu pensei que eu estava pronta, que eu poderia fazer isso, mas eu não posso. Sinto muito. Eu só estou... — faço uma pausa, tentando pensar sobre exatamente o que é que eu estou tentando dizer. — Daniel, você é um cara para sempre, e eu não estou na mesma sintonia para abraçar tudo isso que está acontecendo entre nós e seguir com isso. Eu gostaria de poder fazer isso por você, mas eu não posso.

Eu me levanto e caminho até ele, ficando na ponta dos pés para roçar meus lábios contra os dele brevemente. Ele envolve o braço em volta da minha cintura e me segura perto dele quando ele aprofunda o beijo. É um beijo de promessa, um beijo com possibilidades, e, infelizmente, um beijo que representa tudo o que poderia ter diante de mim se eu pudesse confiar nele.

— Sinto muito — eu sussurro, quando me afasto e caminho em direção à porta.

— Não tanto quanto eu. Mas Mac? — ele diz, fazendo-me parar na porta do quarto e olhar para ele.

— Por mais difícil que seja para eu dizer isso, não volte pra mim até você descobrir o que você quer e com quem você quer isso, porque eu estou ficando cansado de ver você ir embora.

E com lágrimas nos meus olhos, eu me afasto dele e começo a caminhada da vergonha.

Capítulo 21
Quando eu crescer

— Ele disse o quê? — Kate pergunta quando eu a encontro em casa mais tarde esta manhã.

Eu dou de ombros, não confiando em mim para dizer qualquer outra coisa, sem perder a posse frágil que eu tenho das minhas emoções agora. Na verdade, eu tive que morder o lábio algumas vezes desde que acordei para me impedir de chorar.

Eu não sou uma chorona, mas algo quebrou dentro de mim a noite passada. Bêbada ou não, sexo com o Daniel era a última coisa que eu pensei que eu iria fazer, mas ontem foi demais. Vê-lo com Nikki me deixou com muito ciúme, então quando Zander me beijou no bar, eu não estava em condições de lidar com isso. Então eu fui para o lugar onde eu me sentia segura, o lugar que eu realmente queria estar, com o meu Superman.

— Então, o que aconteceu? — ela pergunta com uma careta, me tirando dos meus pensamentos. Uma das qualidades mais cativantes de Kate é que ela é ferozmente protetora de seus amigos, e especialmente comigo.

— Eu não sei exatamente, porque eu estou de ressaca e os acontecimentos da noite passada ainda estão um pouco nebulosos. Mas eu fui até a sua porta bêbada, então ele me fez falar. Contei-lhe sobre Beau, e por isso que eu não queria um relacionamento até agora, e comecei a vomitar por todo o banheiro, antes de adormecer em seu chuveiro. Acordei mais tarde em sua cama, e pulei nele.

— Você pulou nele? Enquanto você ainda estava bêbada? Mac!

— Foi mais do que apenas sexo. Fizemos amor, com total conexão emocional, palpitações cardíacas, o tipo de sexo com a palavra com 'A' na ponta da minha língua. Inferno, ele me disse que me amava, e comecei a chorar!

Ela se levanta da mesa da cozinha e caminha até mim, sentando-se ao meu lado no sofá antes de envolver seus braços em mim. E eu me perdi. Eu soltei tudo, a minha confusão, meu coração dolorido, tudo o que eu estava segurando por alguns bons anos. — Querida, ele vai ficar bem. Mas você tem que admitir, você continua correndo e se fechando pra ele.

— Sério? Você está do lado dele? — eu pergunto a ela, me afastando um pouco e olhando para ela através dos meus olhos vermelhos e inchados. Um coração partido e uma ressaca. Este dia vai ser uma merda.

— Mac, vamos lá, ele está apenas tentando se proteger. — ela responde, e de repente tudo fez sentido para mim.

Eu sabia o que tinha que fazer para superar este bloqueio na minha vida amorosa. Eu só espero que ainda tenha a chance de ficar com Daniel no final de tudo isso.

Já se passaram três semanas desde que eu deixei o apartamento de Daniel. Depois que eu derramei meu coração para ele e admiti meus sentimentos. Desde que fizemos amor pela primeira vez e desde que eu fugi dele, mais uma vez.

Ele não tentou entrar em contato comigo. Não que eu esperava que ele o fizesse. Tendo em conta que a última coisa que ele me disse foi: — *Eu estou ficando cansado de ver você ir embora.* — não é nenhuma surpresa que ele tenha sumido. Nesse meio tempo, tenho focado nas coisas importantes, como trabalho, casa, e acima de tudo, procurando coisas com as quais eu preciso lidar para finalmente seguir em frente.

Tenho me sentido como se eu estivesse presa na terra de ninguém, e não do tipo terra de ninguém de bêbado. É óbvio que eu não posso voltar aos meus velhos hábitos. Eu não quero namorar ninguém, muito menos dormir com alguém que não seja Daniel. Ele é o único que eu quero. Mas como eu posso provar isso a ele quando eu continuo correndo na direção oposta? Eu preciso me entregar a ele, sem pânico. Pelo amor de Deus, ele não é outro Beau Gregory. Por que não consigo acreditar nisso e nele?

Para eu me comprometer totalmente com Daniel e nosso relacionamento, devo ter certeza de que não há absolutamente reservas. Eu lhe devo isso.

Então é isso que eu tenho feito nas últimas semanas. Concentrando-me no trabalho, indo à academia, e passando tempo em casa. A pedido de Kate, eu também escrevi uma lista de pessoas que eu preciso encontrar, e as questões que eu preciso lidar.

As três primeiras pessoas da lista são Noah, Sean e Zander. Eu preciso falar com cada um deles e acabar com os "benefícios". Foi divertido enquanto durou, mas eu não posso continuar a ter amigos de foda se eu quiser me comprometer com alguém, me comprometer com Daniel. E não foi tão difícil para mim. Eu não dormi com nenhum deles desde que eu conheci Daniel no trem há três meses, Daniel me deu tudo que eu queria e precisava nesse departamento.

Minha lógica é que, ao fugir dos hábitos do meu passado, eu poderia ser capaz de ver o futuro com mais clareza e não ter tanto medo dele.

De qualquer maneira, essa é a teoria e Kate concorda. Ela concorda totalmente com este plano.

O primeiro é Sean.

Mac: Você pode vir até a minha casa? Eu preciso falar com você.

Sean: Parece sinistro, considerando que eu nunca estive na sua casa.

Mac: Não é sinistro, só preciso conversar.

Sean: Claro que sim, bonequinha. Está tudo bem?

Mac: Vai ficar. Nos falamos quando você chegar aqui.

Isso foi há uma hora. Como esperado, e no horário, eu o ouço bater na porta.

— Oi — eu digo humildemente, quando eu abro a porta. Ele parece tão formidável e dominador como sempre. Seu 1.89m preenche a moldura da porta com facilidade, mas o que realmente me preocupa é a inquietação em seus olhos. Não há o calor que normalmente me enche de desejo. Ele está franzindo a testa, e parece preocupado. Sr. Dom nunca fica preocupado.

— Entre — eu gesticulo enquanto ele caminha para dentro do meu apartamento, virando-me para fechar a porta atrás de nós. É sábado à tarde, e Kate está no salão, por isso temos a casa só para nós. Apesar de todos os meus dramas, tenho notado que ela tem agido um pouco estranho, desde aquela noite que eu a deixei no bar com Zander. Sempre que eu pergunto a ela sobre isso, ela me afasta e muda de assunto. Muito ao contrário dela, mas eu ainda não a chamei para falar sobre isso, porque eu tenho estado muito focada em resolver a bagunça que é a minha vida amorosa agora.

— Você gostaria de uma bebida ou outra coisa? Eu tenho um bom tinto aqui em algum lugar — eu pergunto, caminhando em direção à cozinha.

— Isso seria ótimo, Mac — ele parece desconfortável, tão diferente do seu habitual. — Então o que está errado, bonequinha? Você está precisando dos meus serviços?

Eu engasgo e começo a tossir, olhando para ele, incrédula. — O quê?

— Quero dizer serviços jurídicos, Mac, e não o outro tipo. Embora, se você me perguntar, parece que precisa de um pouco de ação — aquele seu sorriso sexy faz uma aparição, mas eu percebo que ele não está tendo o efeito desejado. Não há calor, não há excitação, não há o diabinho da sacanagem no meu ombro me dizendo para me submeter.

— Por mais tentador que seja, eu não posso. Eu queria falar com você cara a cara, para explicar que eu não posso mais fazer isso — merda! Isso é mais difícil do que eu pensava.

Eu vejo seus olhos se arregalarem em reconhecimento, então um rápido olhar perplexo antes que ele se recupere. — Você conheceu alguém — seus olhos suavizam quando um sorriso malicioso cresce sobre os lábios.

Concordo com a cabeça, mordendo meu lábio enquanto eu tento segurar as lágrimas quando ele caminha até mim e me envolve em seus braços... eu derreto contra ele, segurando em sua camisa enquanto ele me abraça. Sinto-me segura com Sean. Mas nunca foi nada mais do que sexo, mais como a chance de dar a ele todo o controle por algumas horas, fugir do stress e da realidade da minha vida. Sean foi libertador.

— Já era hora, bonequinha. Você merece ser feliz, você merece ser amada. Você merece isso — ele beija minha testa e coloca as mãos no topo dos meus braços, me afastando. — Então, por que essa cara?

— Eu ... hum ... eu já corri dele duas vezes. Não estou certa de que ele ainda me quer e a minha bagagem. E depois há vocês. Eu vou sentir sua falta — eu digo, fungando o nariz e enxugando os olhos.

— Eu sempre vou estar aqui para você. Só não dessa forma e eu estou bem com isso. Nós sempre fomos amigos, em primeiro lugar, e eu não vou desaparecer porque não estamos tendo esse tipo de diversão juntos. Vai ficar tudo bem — ele beija minha testa o que me faz começar a chorar novamente, quando eu me lembro de todas as vezes que Daniel beijou meu nariz e, em seguida, minha testa, seu pequeno ritual de reivindicação que sempre me fez sentir amada.

— Bem, eu vou dispensar aquela bebida. Acho que você precisa de algum tempo para si mesma. Mas, se posso dizer uma coisa bonequinha, nunca pense que você não merece ser feliz. O que aconteceu no passado pertence ao passado. Aprenda com isso, cresça e siga em frente. Não deixe que isso determine o seu futuro — ele beija minha bochecha e sai pela porta.

Ele não é mais o meu Sr. Dom.

Já que eu estou com sorte, eu decido que é hora de encarar Zander. Ele me ligou algumas vezes desde aquela noite no bar. Eu sei que eu lhe devo uma explicação, mas para ser honesta, eu o tenho evitado. Eu coloco minha calcinha de menina crescida e lhe envio uma mensagem.

Mac: Ei, Zan. Você quer me encontrar para um drinque mais tarde?

Zander: E ela finalmente retorna para a terra dos vivos! Onde você esteve, e por que você está me evitando?

Mac: Desculpe, estava ocupada com o trabalho e outras coisas. Então, esta noite?

Zander: Eu tenho um show às 20:00h. Podemos nos encontrar depois das 21:00h?

Mac: Claro, onde?

Zander: No clube? Kate vai com você?

Mac: Provavelmente não, eu acho que ela tem um encontro. Vejo vocês depois.

Com os meus planos para a noite arranjados, termino minhas tarefas e fico à espera de Kate voltar para casa do trabalho. Ela chega em casa por volta das cinco e me encontra sentada no sofá com as pernas cruzadas, bebendo chocolate quente e lendo um novo romance no meu kindle.

— Ei, querida, pegue um copo de vinho e vem relaxar comigo — eu digo quando ela joga a bolsa em cima do balcão da cozinha.

— Você é uma salva-vidas, Mac. O dia hoje foi um inferno. Está na época das formaturas. Você sabe o que isso significa. Toda garota no ensino médio quer fazer o cabelo. Parece que meus saltos derreteram nos meus pés!

— Bem, então, parece que você merece o vinho.

Ela deita ao meu lado e embala o seu copo de vinho como se fosse um bebê recém-nascido. — Hmm, você sabe que eu sempre vou precisar de você — ela murmura para o copo quando toma um grande gole e sorri, murmurando palavras de apreço baixinho. — Você é um anjo, Mac, você sabe?

— Eu sei. É duro ser tão boa — digo em tom de brincadeira, ganhando uma risadinha.

— Então, já chega de falar de mim. Como foi seu dia? — ela se vira no sofá, de modo que está de frente para mim com as pernas cruzadas.

— Eu fiz as tarefas como você pode ver. — eu balanço a minha mão como um apresentador de game show, mostrando a sala de estar brilhando como o grande prêmio, o que a faz rir. — E então eu pedi a Sean para vir aqui.

— Mac, você não fez isso!

— Não, eu não, muito obrigada! Eu disse a você que eu iria colocar meus pensamentos em ordem, e eu estava falando sério. Ele veio para que eu pudesse terminar, pessoalmente, o lado dos benefícios do nosso acordo. Eu me senti melhor fazendo isso cara a cara, isso é tudo.

Ela se inclina para a frente, colocando o copo sobre a mesa e se arrasta até mim, envolvendo os braços nos meus ombros e me dando o abraço mais apertado do mundo. — Não. Posso. Respirar. Querida.

— Desculpe. Estou tão orgulhosa de você, querida. Você está aprendendo — ela me elogia como se eu só tivesse ganho o primeiro prêmio ou algo parecido.

— Eu definitivamente estou tentando, mas é difícil. Eu não consigo parar de pensar no Daniel. Peguei meu telefone duas vezes hoje, e tive que me controlar para não ligar pra ele, enviar mensagem ou enviar um sinal de SOS pedindo para o meu super-herói vir me salvar.

— Mac, nós já conversamos sobre isso. Em primeiro lugar você precisa colocar seus pensamentos em ordem, para que você possa mostrar a ele que ele é tudo o que você precisa e quer, e que você não vai correr novamente. Com Daniel, eu acho que é definitivamente um caso de "três fugas e você está fora".

— Sim, eu sei — eu suspiro. — Zander é o próximo. Vou encontrá-lo hoje à noite no clube.

Kate para no meio do gole e me olha com cautela antes de engolir rapidamente e colocar o copo na mesa, agarrando o controle remoto no processo.

— Será que tem alguma coisa boa na TV? — ela pergunta, mudando de assunto. Isso é estranho!

— Kate, por que você age estranho sempre que eu menciono o Zan?

— O que você quer dizer? — ela pergunta com uma risada desconfortável.

— Exatamente isso! Ele tentou alguma coisa naquela noite que eu te deixei no bar com ele? Porque juro por Deus, ele é um cara bom querida, mas se ele fez você se sentir desconfortável ou qualquer coisa, eu vou cortar o...

— Não! Nada disso, Mac. Ele foi um perfeito cavalheiro. Eu estava bêbada, ele me trouxe para casa e se certificou que eu estava bem, depois foi embora.

— Então por que você vem agindo de forma estranha, sempre que eu menciono o nome dele?

— Eu não sei — ela afasta o olhar novamente, parecendo insegura sobre a conversa. Me prometendo falar com Zander sobre isso mais tarde, eu vou deixar essa conversar morrer. É óbvio que ela não vai me dizer, por isso vou tirá-la do homem do momento esta noite.

Algumas horas mais tarde, deixo Kate em casa para me encontrar com Zander no Pink Monkey. Ultimamente este tem sido seu ponto de encontro preferido, e eu posso ver por que. Depois de encontrá-lo do lado de fora, entramos, e ele nos pega duas bebidas antes de me levar para uma das áreas VIP que ficam na parede do fundo. As cortinas brancas são finas, mas ainda dá a sensação de privacidade. Ao contrário da última vez que eu estive sozinha com Zander, não estou nervosa. Curiosamente, eu me sinto em paz.

Ele tem sido um perfeito cavalheiro até o momento. Além de me dar um beijo no rosto quando cheguei, e me guiar em direção ao bar colocando a mão nas minhas costas, não houve nada do seu comportamento sedutor previsível, e geralmente a bem-vinda conversa suja. Estou certa de que ele sabe sobre o que eu quero falar com ele. Zander pode ser muitas coisas, mas ele é sábio além de idade.

Sentando-se à minha frente no banco de couro branco, ele se inclina para trás e descansa seu braço na parte superior do assento, levantando a perna para descansar o tornozelo sobre o joelho. Eu balanço minha cabeça, ganhando um sorriso.

— O quê? — ele pergunta com um sorriso.

— Você sabe o quê.

— Sim, eu sei. Eu não posso evitar. É o que eu faço, Mac.

— E você faz isso tão bem. Não é à toa que você é pago para flertar.

Eu noto seu sorriso desaparecer e seu corpo ficar tenso. Merda! O que eu disse de errado?

— Eu sou muito mais do que apenas um rostinho bonito e um corpo em forma. Você de todas as pessoas deveria saber disso — ele diz secamente.

— Claro, Zan. Ei, de onde veio isso? — eu pergunto, chocada com a sua reação.

— Não é nada, não se preocupe com isso.

— Não, não me esconda nada. O que está acontecendo? — eu não vou deixar isso passar. Zander é um dos caras mais sensatos que eu conheço. Ele nunca sentiu a necessidade de defender a sua profissão com ninguém, especialmente eu.

Ele toma um longo gole de sua garrafa de Corona, limpando a boca com as costas da mão. — Estou pensando em uma mudança de cenário, um trabalho melhor — ele olha para mim atentamente, avaliando minha reação.

— Uau, Zan, isso é incrível. Eu sei que você quer sair há algum tempo. Então, o que você quer fazer?

— Acabei de ser aceito no treinamento de recrutas do Departamento de Polícia de Chicago. — ele diz com cautela, observando a minha uma reação.

— Zander, essa é uma notícia fantástica. Caramba, você vai ser um policial! — eu grito em êxtase quando eu pulo e me movo ao redor da mesa para abraçá-lo.

Ele envolve o braço livre em volta de mim, devolvendo meu abraço com igual entusiasmo, enquanto suspira de alívio.

— Ei — eu digo, me movendo um passo para trás para olhar para ele. — Por que você estava prendendo a respiração? Eu não sou tão assustadora.

— Não, mas, honestamente, você é a primeira pessoa para quem eu contei. Eu só descobri hoje — ele diz timidamente.

Eu bato no braço dele com a palma da minha mão antes de voltar para o meu lugar. — Cara, você vai ser um policial. Isso é incrível! Isso merece um brinde! — Eu bato meu copo contra a garrafa de cerveja dele e tomo um gole, mas o cheiro da gota de limão me faz encolher antes mesmo de bater em meus lábios.

Zander me vê colocar meu copo em cima da mesa sem beber com ele e olha para mim com uma expressão confusa. — O que há de errado?

— Eu não sei. Só não me agradou por algum motivo.

— Você está bem, Mac? Você disse que queria falar comigo?

— Ah, sim — eu digo, mudando no meu lugar, a minha bravata de mais cedo se dissipando.

— Tudo bem? — ele pergunta, preocupação cobrindo o seu rosto.

— Sim, eu quero dizer que não, mas... oh! — eu tiro o cabelo do meu rosto, tentando reunir coragem para dizer as palavras que eu quero dizer. — Eu não posso mais ter relações sexuais com você. — eu digo, cobrindo os olhos com as mãos, me preparando.

— Eu sei.

Meus olhos se abrem, e eu olho para ele. — Você sabe?

Ele ri. — Sim, Mac. Eu soube quando congelou algumas semanas atrás, quando eu beijei você, e como você não poderia chegar em casa rápido o suficiente. Quando eu deixei Kate em casa mais tarde naquela noite e você não estava, eu percebi que algo estava acontecendo.

— Ah — eu deveria ter sabido que ele iria pegar o meu constrangimento.

— Então, eu estou supondo que você conheceu alguém, ou você não está mais sentindo isso comigo. De qualquer forma, eu estou bem com isso, querida. Somos amigos em primeiro lugar, o sexo maravilhoso era apenas um bônus — ele acrescenta com uma piscadela.

Eu não posso deixar de sorrir. — Uau, isso é muito mais fácil do que eu pensava — estou realmente aliviada. Eu deveria ter sabido que Zander seria o mais fácil de falar. Ele sempre foi. Talvez porque ele e eu temos quase a mesma idade, ou, simplesmente, porque sempre foi casual entre nós. Sem cronograma, sem planejamento, apenas o impulso de momento.

— Então, qual é? — ele pergunta, me chamando de volta à realidade.

— Ah, um cara. Ele meio que me pegou de jeito.

— Imaginei — ele brinca, sorrindo enquanto levanta a garrafa de cerveja. — Já era hora.

— O que você quer dizer? — eu pergunto, em estado de choque pelo que ele acabou de dizer.

— Você tem estado bastante calma durante os últimos meses, e você me rejeitou há algumas semanas. A Mac que eu conheço não faria isso se ela não estivesse sendo virada do avesso por um homem. E você merece isso, querida. Você é um ótimo partido, um pequeno e impressionante foguete que merece ser amada — o sorriso em seu rosto quando ele diz isso é indescritível. Ele parece feliz por mim, realmente feliz.

— Espero que sim — eu digo tristemente.

— Ei, agora, por que essa cara? Você deveria estar brilhando. Talvez até dando aquelas risadinhas de menina?

Eu levanto uma sobrancelha para ele interrogativamente. — Risadinha de menina, Zan? Eu?

— Se ele te faz feliz, então sim, risadinha de menina. É assim que as minhas irmãs agem quando estão sonhando acordada com um garoto.

— Eu não sou uma adolescente, Zan.

— Você sabe o que quero dizer.

— Ele me faz feliz. Bem, ele fez, mas então eu fugi. Duas vezes. A última coisa que ele disse foi para não voltar até que eu soubesse o que e quem eu quero.

— Cara! O que você fez?

— Fiquei assustada quando ele disse que me amava.

— Isso é suficiente — ele resmunga.

— Enfim, já chega de falar de mim. O que está acontecendo entre você e Kate?

Ele engasga com sua cerveja. — O que você quer dizer?

— Quero dizer, por que ela muda de assunto quando eu menciono o seu nome. Você não transou com ela, não é? Porque isso seria uma forma nojenta de agitar as coisas.

— Não, eu não dormi com ela. E de qualquer maneira, obrigada porque tenho essas imagens na minha cabeça agora. Houve uma situação no bar, nós lidamos com isso, e eu a deixei em casa. Fim.

— Fim? O que aconteceu? Ela não vai falar sobre isso, ou você.

Seu rosto cai. — Ela não quer falar sobre mim?

— Ela muda o assunto de volta para mim. Você deu em cima dela, e ela te rejeitou?

— Claro que não! — ele diz com veemência. — Kate é uma mulher linda. Uma mulher que não tem medo de falar o que pensa. Eu seria um tolo de não ver isso, mas não, eu não fiz, e ela não fez. Deixa isso pra lá Mac, tenho certeza que ela está bem. Ela estava muito bêbada, e ela está, provavelmente, apenas envergonhada.

— Ok, se você diz — eu retruco com ceticismo.

— Então, me fale sobre esse homem que conquistou a fortaleza conhecida como o coração de Makenna Lewis — e com um grande sorriso e um brilho nos olhos, Zander acabou de fazer o impossível. Me deixar sem palavras e me fazer sorrir ao mesmo tempo.

Capítulo 22
A mudança virá

Às 7:00h da manhã eu começo a chutar a bunda. Ou as bolas. Sim, grandes bolas peludas fedorentas, é assim que começar o dia às 07:00h se parece. Especialmente quando você está se sentindo enjoada. E é assim que eu me sinto esta manhã. Eu sei que devo ser um espetáculo a ser visto também. Eu não me atrevo a olhar no espelho, porque eu sei que devo parecer tão ruim, se não pior, do que eu me sinto.

Minha cabeça está latejando, meu estômago parece que foi virado do avesso, e o cheiro de qualquer coisa está me fazendo querer vomitar. Isso foi ficando cada vez pior ao longo dos últimos dias, e eu tenho enterrado a cabeça na areia e lutado contra os pensamentos irritantes na minha cabeça. Não é possível.

Sem chance, inferno.

Então, eu já estou na minha segunda garrafa de água do dia, e tudo o que está conseguindo é que eu faça xixi constantemente. Tudo que eu faço é dormir e fazer xixi e trabalhar. Ocasionalmente, eu me alimento se for absolutamente necessário e o cheiro da comida que eu estiver enfiando na minha boca não me faça querer vomitar, mas eu sou praticamente uma concha cansada da Mac. Kate está preocupada comigo e já sugeriu que eu fosse examinada, durante o meu turno, mas eu não parei desde que cheguei, e não tive tempo de sentar, e muito menos ver um médico para um check-up.

Depois de finalmente conseguir uma pausa, passei alguns minutos pegando o prontuário dos meus pacientes no posto de enfermagem, então, eu olho para cima para ver um Noah sorrindente, olhando para mim.

— Ei, estranha — ele diz alegremente antes de franzir a testa. — Merda, você parece o inferno. Por que você ainda está trabalhando?

— Oi, para você também! — eu respondo de forma sarcástica, antes de suspirar e descansar a mão embaixo do meu queixo para impedir que a minha cabeça caia sobre a mesa na minha frente. — Tenho certeza de que estou bem. Apenas cansada e enjoada. Eu estarei bem depois de alguns dias de folga deste lugar.

— Como está Daniel? Eu não tenho notícias dele há mais de um mês. Ele não está respondendo a chamadas ou mensagens nem nada. Mantendo meu amigo ocupado?

Droga. Ele não disse a Noah que nós terminamos, ou que tivemos um 'não-término' antes de eu confessar meus segredos mais profundos para ele antes de fugir, de novo.

— Ah, sim, algo parecido — eu digo, dispensando-o.

— Está tudo bem com vocês dois, certo? Sério, Mac, eu não teria acreditado se eu não tivesse visto com meus próprios olhos, mas ele está feliz, e é tudo por sua causa. Eu nunca pensei que isso iria acontecer para qualquer um de vocês.

Deus, dói ouvir isso. Será que eu vou estar pronta para enfrentar o buraco gigante em meu coração onde Daniel Winters costumava ficar? Onde ele ainda deve estar.

Rabisque isso.

Onde ele está sempre vai estar.

— Não se preocupe, Doutor. Estamos todos bem.

— Merda, estamos de volta à coisa do Doutor, não é? — ele diz, esfregando a parte de trás do pescoço com a mão, assim como Daniel faz quando se sente desconfortável ou nervoso. Droga, por que não posso parar de pensar sobre o homem? Dia e noite, tudo me lembra ele. É uma tortura com o meu coração.

— Ei, podemos não estar mais dormindo juntos, Taylor, mas você sempre será Doutor para mim — eu adiciono com uma piscadela.

Ele ri. — Sim, bem, eu acho que nós tivemos bons momentos. Mas ia chegar a hora que isso não ia funcionar mais para um de nós.

— Sim.

— E quanto aos outros? — ele pergunta curioso.

— Não existem outros, não mais. Não houve desde que eu conheci o Superman, quero dizer, Daniel — maldita língua. Oh a língua do Superman. Aí está uma coisa que eu sinto falta, não tanto quanto o homem em si, mas definitivamente em segundo ou terceiro lugar. As coisas que ele pode fazer quando ele....

— Mac? — a voz de Noah corta meus pensamentos errantes, trazendo-me de volta para o presente.

— É bom vê-la se estabelecer. E eu estou feliz que você está com alguém como Winters. Ele vai te tratar bem. Você sabe disso, não sabe?

Quem teria pensado que o Vibrador Ambulante poderia ser tão carinhoso?

Eu olho para ele, impressionada com a sinceridade com que ele olha para mim. — Sim, eu sei.

— Que bom. Bem, é melhor eu voltar. Eu sou esperado na sala de cirurgia em vinte minutos.

Então, eu sou atingida. Como uma bola de demolição gigante no estômago.

— Merda — eu salto, cobrindo a boca com a mão, quando eu passo correndo por Noah e em linha reta para a lata de lixo mais próxima que eu posso encontrar, esvaziando todo o conteúdo do meu estômago no meio da UTI.

— Mac, você está bem? — ele pergunta, imediatamente correndo para o meu lado e agarrando o meu cabelo enquanto eu continuo a vomitar.

— Eu acho que você precisa ir para casa, querida. — ele se aproxima e põe e mão na minha testa. — Sem febre. Você está se sentindo mal há muito tempo?

— Provavelmente, desde a semana passada. Apenas cansaço, e me sentindo realmente uma merda quando eu como alguma coisa. E o cheiro de qualquer coisa faz com que eu não queira comer nada.

O homem ao meu lado ri. Ele tem a audácia de rir da minha doença.

— O quê? Por que diabos você está rindo? Isso parece engraçado? — eu digo, apontando para a lixeira cheia de vômito.

— Mac, você precisa ir ao obstetra e fazer um exame.

Eu suspiro. Mas que merda é essa? — Não Noah, não há nenhuma chance que eu esteja grávida. Eu uso DIU, lembra? E eu não tenho relações sexuais há…

— O quê?

Oh, eu e essa minha boca grande. Porque não joga logo a merda no ventilador? — Ah, nada. Eu vou ficar bem. Obrigada pela ajuda, mas eu vou me limpar e ir para casa.

— Mac — ele rosna. — Você não pode ignorar isso. Vá fazer o teste. Vou leva-la até lá eu mesmo.

— Noah, eu estou…

— Não. Não brigue comigo sobre isso. Vá fazer o teste, então eu posso respirar tranquilo, sabendo que não é nada mais do que o início do enjoo matinal. Porra, eu mal posso esperar para dar a Dan os parabéns pela gravidez.

— Não, você não pode! — eu grito, um pouco mais alto do que o planejado.

— O quê? Ele ficará feliz da vida, Mac. Ele sempre quis ter filhos. E a maneira como ele olha para você, posso dizer que ele já imaginou tê-los com você. Está escrito em seu rosto — ele explica.

— Eu vou fazer o teste, só pra te calar. Mas você não pode dizer nada ao Daniel. Ainda não. Vou esperar para ver se há alguma coisa para dizer a ele em primeiro lugar. Você tem que me prometer, Noah — estou implorando agora. Toda esta situação se transformou em uma luta de merda de proporções épicas.

— Tudo bem, mas você me diz qual foi o resultado, porque eu aposto minha bunda que você está grávida, nada menos do que um bebê Winters. Esse bebê vai ter um uniforme dos Bears antes mesmo de nascer — ele ri antes inclinando-se e beijando minha têmpora. — Faça o teste e me mande uma mensagem. Eu estarei na sala de cirurgia por, mais ou menos, uma hora. Te vejo depois, ok? — ele pergunta com uma sobrancelha arqueada. Noah é como um cão com um osso sobre isso, e eu sei que ele não vai me deixar em paz até que eu diga que sim.

— Sim, eu vou te enviar uma mensagem. Agora vá. Seja um médico. Salve uma vida e tudo mais — eu o espanto para longe e caminho em direção ao banheiro para me refrescar.

Duas horas mais tarde, estou plantada no sofá em casa, olhando para a tela da televisão desligada, em estado de choque.

Grávida. Eu estou grávida. Mais uma vez. Quatro anos e meio depois da culpa de perder meu primeiro filho me consumir, eu estou enfrentando a mesma situação novamente.

Sozinha, grávida e me cagando de medo.

A diferença desta vez é que não há nenhuma chance que eu não vá ter esse bebê. Daniel não é Beau. Ele está tão distante de Beau como qualquer um pode estar. Madre Teresa e o diabo é a extensão da diferença entre Daniel Winters e Beau Gregory.

Eu sei que tudo o que acontecer, ou não acontecer entre nós dois, Daniel sempre estará lá pelo seu filho.

Mas eu não posso dizer a ele. Ainda não.

Ele me quer de volta, mas vai ser apenas pelo bebê, e ambos merecemos mais do que isso. Enviei uma mensagem para Noah como prometido após o meu exame, nós encontramos uma sala de plantão livre, e ele me segurou enquanto eu chorava muito. Eu não disse a ele que não estava mais com Daniel. Eu só disse que eu estava em choque. Quem pensaria que eu estaria no 1% de pessoas que realmente engravidam usando DIU?

Eu não!

Depois de fazer xixi no bastão, as linhas apareceram praticamente imediatamente, confirmando que eu estava realmente muito grávida. Em seguida, a enfermeira entrou e tirou um pouco de sangue antes que a médica me instruísse para eu colocar o roupão e me deitar na cama. Eu coloquei meus pés nos estribos da cama e a médica explicou que ela precisava realizar uma ecografia para verificar a posição do meu DIU para determinar se era seguro eu removê-lo. Quando localizou o DIU e o saco amniótico contendo o meu bebê, ela removeu com segurança o agora dispositivo contraceptivo agressor e totalmente falho de dentro de mim, e me instruiu a me vestir novamente. Uma vez que ela me deu as instruções para conseguir algumas vitaminas pré-natal e folhetos informativos suficientes para informar um país do terceiro mundo, disseram-me para marcar uma consulta no prazo de seis semanas para um exame no final do meu primeiro trimestre.

Eu, Makenna Lewis. Idade 24. De Chicago, Illinois.

Grávida.

Mais uma vez.

Saí do trabalho depois da consulta, de alguma forma, conseguindo chegar em casa de metrô e andando as poucas quadras para nossa casa, antes de me sentar no sofá e olhar para a televisão desligada. Tenho estado aqui nos últimos 20 minutos reavaliando o estado atual da minha vida.

Esta foi a última coisa que eu pensei que seria atirada contra mim. Como é o ditado, quando a vida lhe der limões, misture com tequila e sal e divirta-se? Bem, já que eu não posso participar da festa do meu amigo José Cuervo pelos próximos nove meses, eu poderia muito bem fazer uma limonada.

E depois há o Daniel.

Mais conhecido como o pai do meu bebê.

Como é que eu vou dizer a ele? Eu não quero que ele me aceite de volta por causa de alguma obrigação com o seu filho. Isso sempre estaria na minha cabeça. Eu sempre acharia que ele está comigo, porque estou carregando o seu bebê.

Pessoas separadas criam seus filhos com sucesso todos os dias hoje em dia, isso pode ser feito mas eu o quero de volta. Cada passo que eu dei nas últimas três semanas tem sido no sentido de tornar-me digna dele, de me tornar a mulher que ele merece que eu seja. Não uma concha vazia de mulher que mantém os homens no comprimento do braço para se proteger.

É nesse momento que eu sei o que tenho que fazer. Eu pego o telefone e disco o número que eu há muito tempo guardei na memória. Ele toca algumas vezes no meu ouvido antes que alguém atenda. Meu coração está batendo fora do meu peito. É como se a história estivesse se repetindo.

— Mãe, eu estou indo para casa.

Capítulo 23
Filhas

Eu alugo um carro e começo a viagem de duas horas para a casa dos meus pais. Já tem muito tempo desde a minha última visita, mas estamos constantemente ligando um para o outro e desde que eu voltei de Ohio, há quatro anos, as coisas têm estado ótimas.

Eles sempre aceitaram a minha relação com Beau, mas eu sabia que eles não aprovavam. Eles sempre quiseram que eu fosse feliz, e como meu pai sempre me disse, 'contanto que você esteja feliz, Kenny, estamos felizes'.

E eu achava que era feliz. Eu realmente achava.

Estou uma pilha de nervos agora. Noah sabe que eu estou grávida, eu sei que eu estou grávida, e logo Kate vai saber que estou grávida também. Deixei um bilhete à Kate perguntando se ela poderia vir me visitar neste fim de semana. Vou saber quando ela ler o bilhete, porque ela vai encher o meu celular de ligações.

A última vez que eu corri de volta para casa dessa forma foi quando deixei Beau. Kate me pegou no aeroporto e me levou direto para lá. Eu fiquei com meus pais por duas semanas, enquanto tentava curar as minhas feridas. Kate fez uma intervenção e me sequestrou depois disso, me levando para sua casa e dizendo que eu tinha que começar a viver a vida, ou então iria me deixar para trás. Então foi isso que eu fiz. Voltei para a escola, terminei a minha formação e consegui um emprego no Northwestern. E o resto, como dizem, é história.

Antes de sair, liguei para a minha chefe e expliquei a situação. Ela me deu o resto da semana de folga, me dizendo para cuidar de mim e sempre me certificar de que tenho biscoito de água e sal e água tônica por perto para ajudar a combater o enjoo matinal.

Uma coisa que eu descobri quando se está grávida: todo mundo quer lhe dar conselhos. Quando eu fui a farmácia para pegar minhas vitaminas pré-natal, a assistente da loja, de meia-idade, teve grande prazer em dar tapinhas na minha inexistente barriga de grávida e me perguntar todos os detalhes importantes.

De quanto tempo você está?

Qual a previsão de parto?

O seu marido está feliz?

No entanto, eu dei o troco. O olhar em seu rosto quando eu expliquei o quão sortuda eu era em não estar parecendo um elefante em um período de gestação de dois anos foi impagável. Assim como o meu comentário de despedida sobre não saber quem é o pai "Porque eu passei por uma fase particularmente de putaria há quatro semanas", definitivamente não passou despercebido. Eu tinha um enorme sorriso no rosto quando saí da loja com um saco de pílulas e um folheto que ela tinha colocado no saco sobre doenças sexualmente transmissíveis. Hilário pra cacete!

Eu estaciono na entrada da garagem dos meus pais e me sinto calma instantaneamente. Esta é a minha casa. Este é o lugar onde eu me sinto centrada, onde me sinto ancorada. Não importa o que esteja acontecendo, ou a situação confusa que eu me encontro agora com o bebê, e Daniel, e não sabendo como fazer para tê-lo de volta.

Eu sei que mamãe e papai vão me ajudar, e isso é o que eu preciso agora. Sabedoria parental em grande quantidade.

— Kenny! — Eu ouço meu pai gritar quando saio do carro. Jogando minha bolsa nos primeiros degraus da varanda, eu subo os degraus dois em dois e corro para os seus braços abertos, explodindo em lágrimas no momento em que eles me envolvem firmemente.

— Filha — ele murmura, enquanto eu soluço e bufo em seu ouvido. A emoção do mês passado me oprime.

— Oi, pai — eu digo, me afastando um pouco e limpando meu rosto e nariz na minha manga, da forma mais vulgar.

— Por que as lágrimas?

— Feliz em te ver? — eu digo, sorrindo através das lágrimas.

— Eu acho que isso é bobagem.

— Eu também. — eu digo com tristeza.

— Um cara? — ele pergunta, já sabendo a resposta.

— O cara.

— Bem, é uma coisa boa você voltar para casa, não é? Vamos resolver isso rapidamente. Sua mãe até fez assado de panela para o jantar.

— Eu senti tanta a falta de vocês — eu digo, começando a chorar novamente. Malditos hormônios da gravidez. Mas que merda é essa?

— Ei, minha Kenny nunca foi chorona. Você fala alto, grita e sim, é uma lutadora, mas nunca chorona.

— Sim, bem, eu acho que isso está prestes a mudar. Vamos entrar para que eu possa dizer a você e à mamãe juntos.

Com as sobrancelhas franzidas e um longo olhar fixo, ele acena com a cabeça em direção à porta antes de pegar a minha bolsa na escada e me seguir para dentro.

— Makenna? É você? — ouço minha mãe gritar da cozinha. Eu sigo o som de sua voz e a vejo de pé, próxima ao balcão da cozinha, com o rosto radiante no momento em que ela me vê.

— Oh, meu Deus, menina. Eu juro que você fica mais bonita a cada dia.

— Mãe.... — eu envolvo meus braços ao seu redor e a aperto com força enquanto enterro meu rosto em seu ombro.

— Mac, o que está acontecendo? Você está em apuros ou o quê? Por favor, não me diga que aquele desperdício de gente, Beau Gregory, a está incomodando.

— NÃO! Claro que não! Ele não ousaria, mãe.

— É um homem, não é? Você conheceu alguém. Eu posso dizer pelo seu olhar.

— Sim. E eu acho que estraguei tudo.

— Nunca diga isso, querida. Eu vou fazer um café pra você, e nós vamos conversar sobre isso — ela diz, virando-se para colocar a chaleira no fogo.

— Ah, só vou querer água, por favor.

— Água?

— Ah, sim, estou tentando diminuir a cafeína — eu explico.

— Certo. E como está Kate? Sinto falta daquela menina bonita, quase tanto quanto de você.

— Sim, aquele pequeno foguete costumava nos manter em alerta — papai comenta, se juntando a nós na cozinha.

— Ela está ótima. Ela está trabalhando hoje, então não podia vir comigo. E eu tenho alguns dias de folga do trabalho.

— Alguns dias de folga no meio da semana, Mac? — mamãe murmura, não perdendo a deixa.

— Ah, bem, eu estive doente, então minha chefe me deu o resto da semana de folga.

— Sério? O que está errado? Você já foi ao médico? — papai interrompe, colocando a palma de sua mão na minha testa. Sempre preocupado.

— Sim, eu fui, e eu estou bem. Bem, eu estarei. Foi por isso que eu vim aqui para falar com vocês. — eu respiro fundo, me preparando para a decepção, a condenação.

Eu vou me sentar num banco, mas de repente tropeço quando uma onda de náusea cai sobre mim. — Merda — eu falo, correndo para a pia da cozinha cuspindo pedaços pelo ralo.

— Mac! — Minha mãe grita atrás de mim enquanto eu tento acenar para ela.

Gulp. Muito bem, garoto. Essa é uma maneira de tornar a sua presença conhecida, não é?

— Venha se sentar, querida. Vou pegar algo para acalmar o seu estômago. É gastroenterite? Você veio para casa para ter um pouco de carinho de papai e mamãe? — ela me olha com preocupação, enquanto limpa minha boca com um pano molhado que meu pai deve ter pego para ela.

— Não exatamente — eu começo a dizer, fazendo uma pausa enquanto penso nas palavras certas. — Parece que vocês vão ser avós daqui a oito meses.

A casa fica num silêncio mortal. Fica tão silenciosa, que você poderia ouvir um alfinete cair.

— Oh, Mac, isso é fantástico, querida! — ela grita no meu ouvido enquanto eu estou envolta em um abraço de mãe urso. — Oh, John, eu vou ser avó!!

Eu ouço meu pai rindo enquanto ele me abraça por trás, e de repente eu sou a carne num sanduíche da família Lewis. Eu imediatamente me sinto calma e segura. Foi por isso que eu vim para casa. Exatamente isso.

— Bem, eu não sei quanto a vocês, mas eu definitivamente preciso sentar para absorver isso, e eu estou supondo que você veio para casa, porque está um pouco assustada? — mamãe pergunta, alisando meu cabelo solto e segurando meu rosto como ela sempre fez desde que eu era uma garotinha.

— Você me conhece bem. — eu respondo com um pequeno sorriso.

— Certo, bem, vamos apenas saltar diretamente para Mac surto nível cinco e sacar as grandes armas, não é? John, precisamos de um travesseiro, um cobertor e alguns lenços. Vou trazer um pouco de chocolate quente e cookies. Vamos botar isso para fora.

— É melhor você me dizer sobre esse rapaz que colocou você nessa enrascada, senhorita — papai murmura, quando ele sai da sala.

— Tudo bem, papai — eu digo andando até a sala e monto acampamento no sofá. Esta sempre foi a maneira como lidamos com todos os problemas da minha vida. Da minha suspensão na escola primária por empurrar o valentão da escola que estava mexendo com Kate, à minha detenção por faltar à escola com Beau durante o ensino médio, até que eu cheguei em casa de Ohio, uma bagunça, chorando, com um olho roxo, após o aborto, há quatro anos atrás. Todos nós sentamos no sofá com almofadas e cobertores e conversamos, nós três, como sempre foi. Claro, Kate costuma participar também, mas uma vez que eu realmente não disse a ela que eu estou grávida, ela ainda está ignorante a respeito do assunto.

Quando estão todos prontos, mamãe olha para mim com aquele olhar sábio dela e levanta uma sobrancelha, esperando eu começar. — Então, como foi que isso aconteceu?

— Bem, quando um cara e uma garota se gostam, eles gostam de... — eu começo explicando com um sorriso.

— Mac, pare com isso. Eu sei como os bebês são feitos. Eu quero saber como meu futuro neto foi feito. Especialmente porque, quando eu falei com você há um mês, você não mencionou que tinha um compromisso com alguém. Eu pensei que você ainda estava vendo aqueles amigos casuais. Você sabe, como eles chamam nos dias de hoje, John?

— Amigos com benefícios — ele responde inexpressivo, falhando em esconder seu constrangimento em discutir a minha vida sexual. Típico comportamento de pai.

— Sim, amigos com benefícios. Eu pensei que você só tinha aqueles. Você me disse que não queria um namorado.

— Bem, eu não estava procurando por um, isso é certo. Mas Daniel meio que se esgueirou pra dentro de mim.

— Daniel. Esse é um bom nome, é forte. Qual é o seu sobrenome? De onde ele é?

— Pai, eu não estou mais na escola. Não é sobre com quem ele se relaciona e quem é a sua família. Ele é um grande cara, mas eu estraguei tudo, duas vezes

— eu digo, com lágrimas nos olhos. Que diabos são todas essas lágrimas? Eu vou ser um grande dirigível vazando pelos próximos nove meses?

— Bem, eu tenho certeza que não é nada que não possa ser corrigido. Você o ama? — mamãe pergunta, agarrando minha mão e apertando-a suavemente para me tranquilizar.

— Sim, eu o amo, mas só quando eu pensei que tinha chegado num ponto em que eu poderia dizer a ele e estar com ele, eu fugi. Acho que desta vez, porém, eu quebrei seu coração ao mesmo tempo em que eu estava quebrando o meu.

— Bem, se você o ama, e agora vocês vão ter um bebê juntos, com certeza você pode resolver isso? — papai pergunta, sempre otimista.

— Eu descobri hoje, e vocês são os únicos para quem eu disse, além do meu amigo Noah, do trabalho.

— Você nem sequer disse à Kate? — mamãe pergunta, parecendo chocada. — Você e Kate dizem tudo uma para a outra.

— Eu sei, e eu quero, mas essa coisa toda meio que me deixou chateada. E se eu fracassar de novo? Desta vez eu quero esse bebê. Eu não sei se eu poderia passar por aquilo de novo.

— Não podemos saber o que vai acontecer, Kenny, mas se você for com calma e ouvir os médicos, eu tenho certeza que você vai ficar bem. Mas você precisa dizer a este homem, a Daniel, que ele vai ser pai. Ele merece saber. Se vocês estão juntos ou não, e se você resolver isso ou não, ele sempre será uma parte da vida do seu bebê — papai termina seu discurso com um beijo na minha testa. — Mas, se você o ama, e eu posso dizer que você ama, você vai encontrar um caminho. Você sempre encontra.

Dirijo-me a mamãe, e ela começa a chorar também. — Ah, mãe, eu sinto muito. Por favor, não chore por mim.

— Eu não estou. Eu esqueci como seu pai é doce. Ele está certo. Se você gosta de Daniel, e você quer estar com Daniel, você precisa vestir sua calcinha de menina crescida e ir pegar o seu homem. Corações quebrados podem ser consertados, os erros podem ser perdoados, você só precisa admitir seus sentimentos. E de qualquer maneira, eu gostaria de conhecer este homem que fez a minha menina se apaixonar. Porque eu sei que você o ama, Mac. Ele deve ser um homem maravilhoso pra você quebrar a sua promessa.

— Ele é. Eu até acho que ele é meio super-herói — eu sussurro para ela com um sorriso.

— Bem, então, contanto que ele esconda seu uniforme de lycra de mim, nós vamos conviver muito bem — papai nos interrompe, nos fazendo rir.

Sentindo-me muito melhor comigo mesma e com a situação, eu consigo comer o jantar antes de rastejar para a cama um pouco depois das 20:00h apenas a tempo do meu telefone começar a explodir com mensagens de Kate.

Kate: Que merda aconteceu, Mac? Você está bem?

Mac: Eu estou bem. Apesar disso, preciso te contar uma coisa.

Kate: Diga-me agora.

Mac: Eu estarei em casa no fim de semana. Você não tem que vir.

Kate: Não seja idiota. É claro que eu estou indo. Você precisa de mim, eu estou lá. A qualquer hora, em qualquer lugar.

Mac: Idiota?

Kate: Você tem certeza que está bem, querida?

Mac: Eu ficarei. Vejo você amanhã à noite. Você vai ficar bem, sozinha?

Kate: Sempre. Te amo, querida.

Mac: Eu também te amo.

Incapaz de dormir, eu fico lá deitada, aconchegada no cobertor da minha infância na casa onde cresci, e sonhando em como a minha vida com uma criança seria, o que eu quero que seja, e na frente e no meio do meu sonho está o homem com quem eu quero compartilhar isto.

Em um momento de fraqueza, eu pego meu telefone e digito uma mensagem e envio antes que eu possa reconsiderar o que eu estou fazendo. Três semanas sem nenhum contato e só precisa de uma gravidez surpresa para me estimular a ir diante. Vai entender.

Mac: Deitada na cama olhando para o teto, e tudo o que posso pensar é num certo super-herói que sempre me faz sentir como se eu fosse a única mulher no recinto.

Daniel: Isso é fácil porque Superman tem olhos apenas para Lois Lane.

Mac: Eu quero ser aquela garota. Eu quero tentar ser aquela garota para você.

Daniel: Você não precisa tentar. Você é tudo que eu sempre quis, linda.

Mac: Eu sinto muito por não acreditar em nós.

Essa mensagem não recebe resposta. Eu acho que isso significa que a bola está no meu lado. Agora, tudo o que eu preciso fazer é engolir meu orgulho e recuperá-lo de uma vez por todas.

Capítulo 24
O amor machuca

Passei o dia seguinte descansando com minha mãe, enquanto meu pai trabalhava na fazenda. Nós assamos, limpamos, e então ela me mostra todas as coisas da minha caixa do bebê que ela tem guardada. Tudo relacionado a mim como um bebê tinha sido cuidadosamente preservado e mantido.

Mamãe e papai tentaram ter mais filhos depois de mim, mas ela foi diagnosticada com infertilidade secundária, portanto, não poderia ter mais filhos. Mantiveram tudo o que podiam da minha infância, e eu quero dizer TUDO. Desde o cordão umbilical, que caiu uma semana depois que eu nasci, a primeira mecha de cabelo que ela cortou, até o primeiro macacão que ela comprou para mim depois de descobrir que estava grávida. Mamãe ainda tinha guardado todos os meus dentes de leite em saquinhos com data. Se fosse qualquer outra pessoa, eu os teria declarados comprovadamente insanos, mas como fui a única criança que ela poderia ter, eu adoro que ela preze tanto a minha infância.

Depois de algumas lágrimas, e um monte de risadas, eu pego o carro da minha mãe emprestado e vou até a estação de trem para pegar Kate. Ela pegou o primeiro trem para cá, depois que saiu do trabalho. Durante os vinte minutos dirigindo até a estação, eu estava tentando descobrir como eu ia dizer a ela. Isso era algo que eu nunca tinha sequer considerado que aconteceria novamente. Não até que eu fosse casada ou estivesse em um relacionamento sério, nada do que eu estava procurando.

Daniel Winters esgueirou-se dentro de mim e mudou tudo isso. Desde o primeiro encontro, eu sabia que havia algo diferente nele. Não era apenas uma atração física, havia algo mais ali. Ele não era apenas gostoso pra caralho, embora isso certamente fosse apreciado. Era a sua coragem. O senso de humor arrogante que me fazia sorrir sempre que ele me enviava mensagens. Seu jeito atencioso, que faz meu coração acelerar quando eu o vejo. Mesmo a maneira que ele me segura quando dormimos juntos, como se ele precisasse me tocar tanto quanto precisasse respirar.

Tudo o que ele me deu foi tudo o que eu nunca soube que eu queria. E quando eu finalmente entendi o que estava acontecendo entre nós, eu fugi. Duas vezes! Eu não posso esperar que ele me aceite de volta sem lutar. E jogar o bebê na mistura agora... Eu sei que ele vai fazer a coisa honrosa, mas eu não quero impor. Eu não quero que ele se sinta culpado em estar conosco. Quero toda a maldita coisa. Amor, confiança, respeito, compromisso.

Eu quero tudo, e eu quero com ele.

É por isso que eu não posso dizer a ele sobre o bebê até que eu saiba que o bebê vai ficar bem dentro de mim. Eu abortei uma vez, e por mais que eu não quisesse aquela criança, no momento que eu soube que eu tinha perdido meu bebê, aquilo me rasgou em dois. Eu não gostaria de infligir voluntariamente aquela dor a ninguém, desnecessariamente. Então, tão injusto como isso possa parecer, eu vou esperar até que eu esteja em segurança no segundo trimestre para dizer-lhe.

Aconteça o que acontecer entre nós dois depois disso, será por conta do destino. Porque Deus sabe que eu estou sem ideias quando se trata de como eu posso provar a Daniel que ele é o que eu quero e que ele é com quem eu quero estar.

Vejo a cabeleira vermelha de Kate sair do trem, em seguida, identifico seu enorme sorriso quando ela me vê esperando por ela na plataforma. Ela para em frente a mim, colocando sua pequena mala de viagem no chão e os braços sobre os meus ombros, me segurando longe dela, enquanto ela me examina da cabeça aos pés. — Então, sem membros faltando, sem desfigurações óbvias, e você não parece doente pra mim. Então, o que há com o ato de desaparecimento, um Mac ataque?

— Eu sabia que não poderia esconder nada de você — eu digo com um pequeno sorriso.

— Precisou de 15 anos para perceber isso? Agora, me leve para o buraco mais próximo que sirva café, em qualquer lugar, e você vai colocar para fora as suas entranhas pra mim, mocinha. Nós não vamos voltar para a fazenda até que eu conheça e entenda cada detalhe. Porque, meu bem, tem que ser algo grande para fazer você correr.

— Sim, é grande.

— Isso foi o que ele disse! — Kate e eu gritamos, ao mesmo tempo, morrendo de rir uma da outra quando entrelaçamos nossos braços e caminhamos em direção ao carro da minha mãe.

Encontramos um café no meio da cidade e depois de pedir chocolate quente e um café com leite, e sentamos num sofá no canto da loja.

— Desembucha, Mac. Diga-me, o que está acontecendo? Você nunca pediu folga do trabalho, e a última vez que você veio correndo para casa, para o conforto da mamãe e do papai, foi depois de deixar Ohio. O que aconteceu?

Eu pego, de dentro da minha bolsa, um dos panfletos que o obstetra me deu, entregando-o à minha melhor amiga. Eu observo a reação dela ao ler a primeira página do panfleto" Gravidez - O que esperar" e seus olhos se arregalam antes dela olhar para mim, com lágrimas nos olhos.

— Querida — ela me envolve em um grande abraço. — Uau — ela diz, com a voz embargada.

— Sim, uau — eu digo calmamente com um pequeno sorriso.

— Você está bem com isso?

— Na verdade, estou mais do que bem com isso de uma maneira surpreendente.

— Você já disse a ele?

— Não.

— O quê? — ela diz um pouco alto demais, chamando a atenção das pessoas sentadas próximo a nós.

— Eu não posso. Ainda não.

— Ele vai ficar feliz da vida, você sabe disso. Ele vai te apoiar cem por cento.

— Eu não quero que ele fique comigo só porque eu estou carregando um filho dele. Eu quero ficar com ele por mim. O bebê é apenas um bônus incrível.

— Ele já quer estar com você. Você é a única que está enrolando.

— É isso que eu quero mudar, mas eu não sei como. E se eu perder esse bebê também? Isso iria quebrar seu coração novamente. Eu não posso fazer isso. Eu já o feri o suficiente.

— E daí? Você vai esperar até que você dê à luz e vai aparecer em sua porta dizendo 'surpresa!' — ela acrescenta, parecendo irritada.

— Não. Eu só quero esperar até que passem as primeiras doze semanas, quando eu souber que eu realmente vou ter esse bebê e não ser uma outra estatística de aborto.

— Mac, querida. Isso é injusto — ela diz imediatamente.

— Não, isso é proteger a mim mesma e ao Daniel. Mas você sabe o que eu tenho feito nas últimas semanas. Tenho feito uma triagem da minha vida, tentando crescer. Tem sido uma longa jornada. Eu quero ser digna dele. Eu quero estar plena para ele, para que eu não fique tentada a correr de novo.

— Você acha que pode fugir dele de novo? Você acha que ele ia mesmo dar-lhe essa chance?

— Eu queria mudar para ele. Eu preciso mudar. Meu voto foi precipitado, e eu o tenho mantido como uma muleta para proteger o meu coração.

— Daniel não vai machucar seu coração. Você é a única que tem se machucado, e a ele.

— Eu sei, mas é hora de seguir em frente e ter uma chance. Este bebê é a minha chance Kate. Acredito nisso mais do que você pode imaginar.

— Bem, eu vou estar lá pra você a cada passo do caminho. Você sabe disso, né?

— Eu estava contando com isso — eu digo com um sorriso. — Tia Kate soa bem, você não acha?

— Claro que sim. Vou ser a tia legal. Aquela que pinta as unhas e a leva às compras de roupas. Aquela que a leva para os dias de spa e dá à mamãe um tempo livre. Eu vou arrasar nesse negócio de Tia.

— Ela?

— É claro! — ela diz com um sorriso atrevido.

— Você acha que eu estou fazendo a coisa certa, esperando para dizer a ele?

— Não, eu acho que ele tem o direito de saber agora. Mas não é a minha vida, meu bem, é a sua. Embora, se eu ver que você está fodendo com a coisa toda e que você vai perdê-lo por não assumir responsabilidades, eu vou te dar uma bronca. Você pode apostar sua bunda branca nisso.

— Eu não esperaria nada menos do que isso — Eu sorrio para ela antes de abraçá-la novamente. Com Kate ao meu lado, eu sinto que posso conquistar qualquer coisa. Essa é a beleza de ter um melhor amigo. Eles vão andar sobre brasas com você, eles vão te dizer quando você está sendo idiota, e salvá-la de problemas, a menos que estejam sentados ao seu lado na cadeia.

— Você quer voltar para casa amanhã e encarar as responsabilidades? — ela pergunta, terminando seu café.

— Eu acho que deveria. Eu ainda não vou dizer a ele, mas eu preciso começar a viver a minha vida. Não há mais desculpas, sem volta, sem muletas. Somos você, eu e o bebê. Nós três nessa.

— Sim, é, mas vamos cruzar os dedos para que seja nós quatro juntos nessa. Eu tenho um bom pressentimento sobre isso, Mac. Eu sempre tenho.

Capítulo 25
A história

Kate e eu voltamos para Chicago no dia seguinte. Meu enjoo matinal ainda estava me afetando duramente, mas com a combinação comprovadamente confiável de bolachas de água e sal e água tônica antes de sair da cama pela manhã, estava muito mais suportável.

Já passaram algumas semanas desde que eu descobri sobre o meu pequeno super-herói, e todos os dias que eu acordo sem sangue na minha calcinha é um bom dia. A cada dia que passa, tenho me sentido cada vez mais confiante de que esta é a minha vez. Minha vez. Este bebê é para ficar.

Daniel tem enviado mensagens e me ligado de vez em quando, mas eu o tenho ignorado. Eu sei, eu sou uma covarde. Eu deveria ter corrido até lá e ter lhe contado sobre a gravidez, logo que eu cheguei de volta na cidade, mas por que eu não tenho grandes expectativas? Eu sinto como se tivesse dado um bom passo para me preparar para ele. Não há pontas soltas agora. Sean, Noah, e Zander sabem que eu estou seguindo em frente com a minha vida e que o impossível aconteceu.

Makenna Lewis se apaixonou por um homem.

Mas agora, sendo uma covarde maravilhosa, eu estou me escondendo desse mesmo homem até que eu saiba, com certeza, que vamos ter um bebê juntos. Nosso primeiro filho, um lindo menino de olhos cor de caramelo, ou talvez uma menina de cabelos castanhos e olhos azuis como eu. Meu coração dói diariamente também. Eu sinto falta dele, como eu sinto falta da minha própria respiração. Eu nunca pensei que eu me sentiria assim.

Eu pensei que eu amava Beau, mas meus sentimentos não são nada em comparação com o que eu sinto por Daniel. Quero ser forte por ele. Eu quero uma vida de dormir de conchinha e sexo, manhãs preguiçosas de domingo na cama, jogos dos Bears e festinhas no estacionamento do estádio, passeios de roda gigante e pelo lago. Eu quero tudo isso com ele, mas eu não posso dizer-lhe nada disso até que eu tenha passado pelo primeiro trimestre.

Uma em cada quatro gestações terminam em aborto espontâneo. Já passei por essa dor, e eu não estou disposta a infligir isso a ninguém. Especialmente ele.

Então, eu estou esperando.

Eu sei que Kate não entende. Ela está realmente chateada comigo por não ter contado a ele. Ela diz que ele merece saber e que o meu raciocínio é estúpido.

— Ele quer você agora, com bebê ou sem bebê, Mac. Por que diabos ele não ia querer agora que você está carregando um filho dele? Uma criança que vocês geraram na noite em que ele disse que te amava. Não vai mudar a maneira como ele se sente sobre você. Ele vai te querer ainda mais. Cristo, Mac, deixe de ser um mártir — ela disse isso ontem à noite, antes de ir para a cama e fechar a porta do quarto.

Seu coração está no lugar certo, e no fundo eu sei que ela provavelmente está certa, mas eu me recuso a mudar de ideia. Em três semanas eu vou lhe contar. Eu até mesmo marquei a data no calendário.

É mais uma noite sexta-feira, depois de uma longa e cansativa semana no trabalho, então eu estou sentada em casa com minha blusa dos Bears, a minha confortável calça de pijama, com as minhas pantufas de porquinho cor de rosa nos pés e uma barra de chocolate ao meu alcance. Estou prestes a me levantar e começar o meu segundo pote de sorvete Ben & Jerry de banana com pedaços de chocolate e nozes desta noite, quando ouço uma batida forte e rápida na porta.

Eu olho para o micro-ondas para ver a hora e percebo que são apenas

21:00h e muito cedo para Kate estar de volta do seu primeiro encontro com Nathan, um personal trainer que ela conheceu na academia e que a convidou para sair. A única razão pela qual ela estaria em casa tão cedo seria se o encontro tivesse sido um fracasso. Eu verifico meu telefone procurando uma mensagem de texto de SOS dela, o nosso código secreto para quando ela precisa ser salva com um falso telefonema de "volte pra casa urgentemente", mas não tem nenhuma mensagem.

Há uma batida forte na porta de novo, e eu gemo quando eu me levanto do sofá e caminho até a porta.

— Você realmente deveria parar de esquecer suas chaves, Kate. Se você já não fosse ruiva, eu juraria que você era loira…

Eu perco toda a minha linha de pensamento no momento em que eu abro a porta.

Não é Kate. É Daniel. O maravilhoso, lindo, e totalmente comestível Daniel. Merda!

— Oi — eu digo com cautela. Ele está esfregando a parte de trás do pescoço com a mão, do jeito que ele só faz quando está nervoso ou irritado.

Nós ficamos na minha porta, apenas olhando para o outro, no meio do inverno, sem dizer uma palavra. Eu tremo, saindo da minha neblina quando percebo que ainda estamos de pé no frio.

Eu olho para ele, ainda em estado de choque que ele está de pé na minha frente, em carne e osso. — Ah, você quer entrar? — eu pergunto.

— Esse é o ponto de estar aqui para te ver, Mac — ele responde inexpressivo. Ele parece tenso e rígido. Não é um bom sinal.

Eu saio da porta e gesticulo para ele entrar. — Entre.

— Obrigado. — ele responde, com a voz soando mais dura do que o normal. Ele parece irritado, na verdade. Este não é o Daniel Winters que eu conheço. Para onde foi o confiante, às vezes arrogante, ex–amante/namorado? Merda, agora o seu novo nome é pai do bebê e ele não tem a menor ideia.

Caminhamos de volta para a sala e eu me jogo de volta no sofá, agarrando uma almofada e abraçando-a em meu peito. Estou tentando agir de forma indiferente, mas eu duvido muito que eu esteja convincente. Por dentro, todo o meu corpo está gritando, querendo que eu diga a ele que eu estou prestes a mudar a sua vida, suplicar-lhe para que ele me aceite de volta e pedir desculpas por tudo que eu já fiz para magoá-lo, porque isso é a última coisa que eu quero fazer. O Anjo Mac no meu ombro está batendo palmas de alegria, e, surpreendentemente, a Mac Má deixou o prédio.

— Você quer se sentar? — eu pergunto, olhando para ele quando ele se inclina contra a porta.

— Não, eu acho que vou ficar por aqui. Eu preciso de alguma distância de você para isso — ele diz.

— Para quê? — estou confusa agora. Que merda está acontecendo?

— Eu acho que nós precisamos conversar, e já que você tem me evitado nas últimas semanas, cara a cara parece ser a única maneira de chegar até você.

— Eu não estive...

— Mac, você não é mentirosa, por favor, não comece agora. — ele apenas fica ali, com os olhos cheios de raiva.

— Por que você está tão irritado, Daniel? — pergunto hesitante.

— Por que você acha? Você ia me dizer? — Sua voz me atordoa.

— O... o quê?

— Ou você ia se afastar como você faz com qualquer pessoa que se importa com você, que te ama?

— Espere, eu não...

— Agora você está mentindo para si mesma. Você fica tão malditamente confortável e segura em sua maravilhosa pequena caixa, que você esqueceu o que é dar uma chance. Eu pensei que você ia dar essa chance pra mim. Quando você me pediu desculpas há semanas atrás, eu pensei que você tinha tomado uma decisão e que você me escolheu, mas depois você desapareceu.

— Daniel, eu…

— Agora não, Mac. Agora é hora de você escutar. Eu acabo de encontrar Noah no bar — ele se afasta da porta e começa a caminhar em minha direção, parando para se sentar na beirada da poltrona próxima ao sofá. Ele se inclina para a frente, apoiando os braços sobre as pernas.

— E ele me disse a coisa mais engraçada. Ele jogou o braço em volta do meu ombro e disse que eu merecia parabéns. No início, eu pensei que ele estava um pouco bêbado, e talvez ele tenha entendido alguma coisa errada ou algo assim. Mas então ele disse que nunca pensou que algum homem pudesse fazer você se acalmar, e como ele estava contente que tinha sido eu quem fez isso — ele ainda não tirou os olhos de mim. Eu não posso ler qualquer coisa na sua expressão, e ele está começando a me confundir.

Estou atordoada. Minha boca fica aberta, e meu cérebro simplesmente não funciona. Agora, se houvesse uma competição de pegar moscas, eu estaria em cima da maldita mesa.

— Veja bem, a coisa é que, linda, ele parece pensar que nós vamos ter um filho… juntos.

Estou sem palavras. Todas as palavras que eu quero dizer desapareceram. Mesmo o Anjo Mac passou a se esconder. Como eu estraguei tudo?

— É isso mesmo? Você está grávida?

— S… sim, eu estou.

— E é meu?

Eu suspiro. — Claro que é! — meu coração está acelerado, e eu posso sentir meu corpo tenso.

Ele passa a mão pelo cabelo de novo, olhando para os seus pés, enquanto tenta se recompor. Posso vê-lo inspirar profundamente, levantando os ombros e baixando-os quando ele deixa escapar um enorme suspiro.

Ele olha de volta para mim, e seus olhos suavizam. — Por que você não queria me dizer? Você sabe como me sinto em relação a você, não sabe?

Agora é a minha vez de ficar de pé. Eu ando pela sala uma vez, desejando que eu diga as palavras. — Eu não quero estar com mais ninguém, eu não estive com mais ninguém desde que te conheci. Eu estava com medo de perder o bebê, de perder outro bebê, e eu te amo demais para fazê-lo passar por isso.

De repente, ele está de pé na minha frente, a poucos centímetros de distância do meu corpo. — O que você acabou de dizer? — ele pergunta suavemente, cobrindo meu rosto com as mãos.

— Eu disse que eu não queria fazê-lo passar pelo sofrimento de um aborto.

— Não, linda, antes disso.

— Eu te amo — eu sussurro.

— Diga isso de novo.

— Eu te amo — eu repito, mais forte e mais segura de mim mesma.

— Deus, eu sonhei em ouvir essas palavras saindo da sua boca — ele diz antes de colocar os lábios nos meus, mergulhando a língua na minha boca e me beijando como se sua vida dependesse disso. Eu envolvo meus braços em volta de seu pescoço e me perco nele.

Me afastando um pouco, eu vejo o maior sorriso em seu rosto. Eu decido que é agora ou nunca.

— Eu tenho me corrigido. Corrigido a minha vida. Tentando colocar a cabeça no lugar para ter o direito de estar com você, porque isso é tudo que eu quero, mas eu não quero que você fique comigo por causa do bebê. Quando eu descobri sobre o nosso pequeno super-herói... — eu esfrego a mão sobre minha barriga. Ainda está longe de aparecer, mas eu já desenvolvi o hábito de colocar a mão na minha barriga.

— Nosso pequeno super-herói? — ele pergunta com um sorriso.

— Ah, sim, esse nome meio que pegou — eu digo, com um encolher de ombros.

Ele move suas mãos pelo meu corpo e as coloca em cima da minha, no meu estômago, fazendo com que minha respiração acelere.

— Menina linda, para uma garota esperta, você pode ser totalmente sem noção, às vezes. Então, eu vou falar mais uma vez. Porra, eu vou continuar dizendo até que você comece a acreditar. Eu quis você desde o início, e eu lhe disse que você era minha. Que eu iria esperar. E eu estava esperando, linda, mas eu estava prestes a vir bater em sua porta e fazê-la voltar a razão. Você é o meu para sempre, menina. Minha Lois Lane. Você sempre foi, e se depender de mim, você sempre será.

Abro a boca em choque. Isso é mais do que eu jamais poderia ter imaginado.

— Quando eu cansei de esperar, eu tentei forçar a barra com você, o que só fez com que você se afastasse. Depois daquela noite no meu apartamento, pensei que você tivesse sentido. Achei que você tivesse percebido que o que tínhamos era real. Mas então você correu, e uma pequena parte de mim perdeu a esperança. Mas eu já estava profundamente envolvido com você, além da minha compreensão, e eu sou forte. Isso é muito profundo — ele diz com um sorriso atrevido.

— Eu disse que te amava tanto que eu continuaria com você até que você percebesse, ou cedesse aos meus encantos sensuais. Um dos dois — ele levanta as mãos, colocando meu rosto em suas mãos quentes e macias. — Me desculpe por não ter feito você ficar e conversar sobre isso. Eu estava em choque que você estava disposta a ir embora depois do que tínhamos experimentado naquela noite.

— Não, Daniel. Me desculpe, eu não acreditava em nós, ou em você o suficiente para lutar com mais força.

— Então é por isso que você está me evitando? Porque você estava com medo?

Concordo com a cabeça, incapaz de conter as lágrimas caindo pelo meu rosto. Estes hormônios da gravidez são responsáveis por isso.

— Vamos deixar uma coisa bem clara, Mac. Eu nunca iria ficar com você só porque nós vamos ter um filho juntos. Eu queria você antes disso, e agora que vai existir um pequeno super herói, estou mais do que feliz. Eu posso estar um pouco chocado, mas esta é, sem dúvida, a segunda melhor coisa que já aconteceu pra mim na minha vida.

— Segunda melhor? — eu pergunto com um sorriso.

— A primeira foi a noite em que você deixou cair seu telefone na L — ele responde com o maior sorriso que eu já vi. — Eu sei que vai ser assustador, e haverá dias complicados, mas eu vou estar aqui para você a cada passo do caminho, se você me aceitar.

Há uma ternura em seus olhos que me derrete. Ele parece cauteloso, quase como se não tivesse certeza do que eu vou dizer ou fazer a seguir. Não parece com o Daniel e, de repente, eu quero pular em cima dele e beija-lo sem parar.

— É a minha vez agora? — eu pergunto. Ele balança a cabeça e espera. Eu me inclino para frente e o beijo de novo, tentando provar para mim mesma que isto é real. Daniel está aqui, na minha frente, e eu não estou pirando.

Inferno, eu não estou pirando!

Depois de dar uns amassos por alguns minutos como adolescentes com tesão, com toque de recolher, ele se afasta ligeiramente, olhando para mim com um sorriso enorme.

— Eu estou gostando desses hormônios da gravidez. Especialmente se você ficar mais oito meses desse jeito.

Puxo-o para perto de mim, dando beijos suaves em todo o rosto, e não paro até que eu beijei todo lugar que eu possa alcançar.

— Superman, você NÃO tem ideia.

Fim

Mas espere...

Epílogo
Daniel

Eu não sei sobre você, mas eu sempre fui sem noção quando se trata de mulheres grávidas.

Até agora.

Mac está grávida de cinco meses e está começando a florescer. Ela está ainda mais bonita, quase radiante. E com todos os livros que ela está lendo, eu estou recebendo uma rápida iniciação, não só no mundo da paternidade iminente, mas as peculiaridades, beleza, e adaptações interessantes que vêm com qualquer primeira gravidez. Tenho ouvido falar sobre as partes do corpo mais inchadas, técnicas de parto - inclusive como algumas mulheres têm partos orgásticos! - e coisas que estão sendo cortadas que não devem ser cortadas.

Mac reclama que está engordando, fazendo um lindo beicinho e me dizendo que eu vou ter que enrolá-la em farinha para encontrar o seu ponto molhado quando ela estiver do tamanho de uma baleia, então me castiga quando eu morro de rir com as imagens que essas palavras trazem à minha cabeça.

Ela sempre foi linda e sexy. Deus, essa mulher me deixou de joelhos mais de uma vez. Agora que estamos juntos, e que ela finalmente entendeu que nós nos amamos, a vida tem sido muito melhor.

Não me interpretem mal, não é que a Mac realmente mudou, mas ela não está tão arisca. Eu já não tenho que ficar atento a tudo o que eu digo ou faço. Eu posso envolver meus braços ao redor dela, beijá-la pra caralho e dizer a ela que eu a amo sem medo de que ela vá correr para o outro lado gritando. Isto é um progresso. E para ser honesto, um inferno de muito menos estressante do que foram os últimos sete meses.

Ela levou um tempo para se convencer, mas, no final, a ligação que tínhamos era muito forte, mesmo para a teimosa Makenna Lewis ignorar. Nosso pequeno super-herói desempenhou um papel importante, mas eu estava chegando perto do ponto de ruptura no momento em que Noah me felicitou sobre o filho que eu nem sabia que ia ter.

Esta noite vamos ficar na casa da Mac e da Kate. Mais cedo, nós assistimos a um vídeo de parto, que eu tive que parar de assistir porque eu não quero perder completamente a minha libido. Se eu ver outra vagina parecendo que está empurrando para fora algo do tamanho de uma melancia, meu pau vai ficar traumatizado para sempre.

Agora estamos na cama, e Mac está deitada de costas, com a minha cabeça em seu estômago apenas ouvindo, ou tentando ouvir enquanto falo com o nosso pequeno super-herói (sim, esse nome meio que pegou). Decidimos não saber o sexo. Mac diz que é uma das únicas verdadeiras surpresas na vida, e eu gosto da ideia. Com a tecnologia se tornando tão avançada, eu gosto da ideia de que essa é a única coisa que nós não temos que descobrir. Quando o nosso filho nascer, vamos descobrir juntos se nós teremos um super-herói ou heroína (como eu disse, o nome pegou).

Será que eu terei um garoto torcedor do Chicago Bears, que eu possa ensinar a jogar bola? Ou será que eu preciso comprar uma arma para manter todos longe da minha menina?

Algo que eu estive pensando a respeito há algum tempo é em mudar a nossa condição de vida. Estou farto de alternar entre e a minha casa e da Mac. Quero-a na minha cama, no meu apartamento, no meu espaço. Porra, eu quero ser capaz de dizer nossa cama e nossa casa pela primeira vez. Temos falado sobre isso, e eu levantei a possibilidade de comprarmos uma casa juntos antes de o bebê nascer, mas Mac evita a questão, conseguindo mudar sempre de assunto. Ou isso, ou ela finge azia, ou que o bebê está chutando, que é algo que ela sabe que sempre vai me distrair, porque eu não resisto a ver o bebê chutar.

Isso me frustra pra caralho!

Agora que eu tenho uma Mac extremamente saciada e feliz deitada ao meu lado, eu decidi que é a oportunidade perfeita para levantar o assunto novamente. — Linda, precisamos decidir o que vamos fazer quando o bebê nascer — eu digo, levantando o braço e, lentamente, acariciando minha mão para cima e para baixo nas suas costas nuas.

— Ah, o que você quer dizer? Nós vamos ter que cuidar dele, você sabe, como a maioria dos pais de recém nascidos.

Eu rio. — Você sabe o que quero dizer, Mac. Onde nós três vamos viver?

Seu corpo endurece antes que ela levante a cabeça, apoiando a cabeça em suas mãos, quando olha para mim. — Querido, o que quer dizer? Vou morar aqui com Kate.

Agora eu estou puto. É preciso muito para me irritar, mas ficar separado de minha família sempre vai fazer isso.

— Mac, isso não vai acontecer. Você, eu, e o bebê vamos viver juntos, na mesma casa, sob o mesmo teto, no mesmo endereço. Você entende?

— Sim, mas...

— Nada de *mas*. Vamos ser uma família. Eu te amo, você me ama. Vamos criar esse bebê juntos, o que significa que precisamos viver na mesma casa. Eu sei que você e Kate são amigas, e sim, vocês vão sentir falta uma da outra, mas não é como se você estivesse se mudando para outra cidade ou estado. Você está se mudando para duas quadras ao sul.

Eu coloco minha mão em seu cabelo, antes de trazer o rosto mais perto do meu, beijando-a suavemente no início, aprofundando o beijo, quando um gemido reverbera em seu peito, me incitando. Eu aumento a pressão em seu cabelo, e eu posso sentir um arrepio através de seu corpo quando eu chupo sua língua em minha boca, minha outra mão massageando suavemente seu seio. Ela entendeu a mensagem.

Uma das melhores coisas sobre Mac estar grávida são seus seios. Juro por Deus que esses filhotes cresceram durante a noite. E eles estão tão sensíveis, o mais leve dos toques a afeta.

Isso é bom pra cacete.

Mac sempre foi uma loucura na cama, mas a gravidez a deixou definitivamente mais sexy do que nunca. Eu a apalpo sorrateiramente mais uma vez, antes que ela se afaste um pouco e apenas olhe para mim, a centímetros do meu rosto.

— Não é que eu não queira, porque eu quero. Na verdade, não há nada que eu queira mais do que você, eu e o bebê na nossa própria casa. Mas Kate precisa de mim. Ela não tem alguém como você na vida dela para se apoiar. Eu sou isso pra ela. A família dela mora fora do estado agora. Vou sempre ficar preocupada que ela está sentada em casa sozinha. Eu não posso fazer isso com ela, Daniel. Ela sempre esteve lá para mim.

Seu rosto está vermelho, e seus olhos estão brilhando com lágrimas. Eu sei que este é um assunto delicado para ela, e eu não posso deixar de sorrir com sua sinceridade. Ela quer as mesmas coisas que eu, ela está apenas preocupada com sua melhor amiga e eu não posso culpá-la por isso. Essas duas meninas são tão próximas que elas são quase como irmãs.

— Tudo bem, querida. Nós vamos engavetar a ideia, por enquanto, mas você sabe que o bebê não vai ficar dentro de você para sempre. Dentro de quatro meses, o nosso menino ou menina vai fazer sua grande aparição e tudo que eu quero é que nós tenhamos tudo resolvido. Um bebê precisa de um lar. E quanto a Kate, ela é uma menina crescida, e eu acho que a essa altura ela já percebeu que haverá mudanças na vida dela, mais cedo ou mais tarde.

Eu toco seu rosto com a mão, enxugando com o polegar uma lágrima solitária que está deslizando em sua bochecha. Ela sorri para mim, roçando seus lábios suavemente contra a minha mão, então se aconchega enterrando a cabeça no meu peito.

— E eu te amo por isso.

— Diga isso de novo — eu murmuro sonolento contra seu cabelo, puxando-a com força contra mim.

— Eu te amo — ela diz, enquanto beija levemente minha clavícula e deita sua cabeça no meu peito.

— Nunca vou cansar de ouvir você dizer isso, linda. São as três melhores palavras do mundo, quando vêm de você.

Capítulo 1 – Garoto Estúpido
"Stupid Boy" - *Taylor Swift*

Capítulo 2 – A primeira vez que eu o vi
"The First Time I Ever Saw Your Face" - *Leona Lewis*

Capítulo 3 – Sexo na Praia
"Sex on the beach" - *Spankers*

Capítulo 4 – Beije-me
"Kiss Me" - *Ed Sheeran*

Capítulo 5 – Variedade é o tempero da vida
"Variety is the Spice of Life" - *The Doors*

Capítulo 6 – Eu esperei o dia inteiro pela noite de domingo
"I've Been Waiting All Day For Sunday Night" - *Pink*

Capítulo 7 – A noite de um dia difícil
"Hard Day's Night" - *The Beatles*

Capítulo 8 – Olhos famintos
"Hungry Eyes" - *Dirty Dancing*

Capítulo 9 – Calor na cidade
"Hot in the City" - *Billy Idol*

Capítulo 10 – Venha e pegue
"Come & Get It" - *Selena Gomez*

Capítulo11 – Você pode deixar o seu chapéu
"You Can Leave Your Hat On" - *Joe Cocker*

Entre em nosso site e viaje no nosso mundo literário.
Lá você vai encontrar todos os nossos
títulos, autores, lançamentos e novidades.
Acesse www.editoracharme.com.br

Além do site, você pode nos encontrar em nossas redes sociais.

https://www.facebook.com/editoracharme

https://twitter.com/editoracharme

http://www.pinterest.com/editoracharme

http://instagram.com/editoracharme